HUOCHE
BU JINZHAN

"培根工程"丛书

徐 可 ◎ 主编

火车不进站

时代出版传媒股份有限公司
安徽文艺出版社

孙 睿 ◎ 著

"培根工程"丛书编委会

主　任：吴义勤
副主任：徐　可
主　编：徐　可
编　委：李东华　周长超　郭　艳
　　　　严迎春　谭　杰　胡　嘉

孙睿，北京电影学院导演系毕业，以写小说为主，也写剧本。北京作家协会签约作家，首届《当代》文学拉力赛"年度青年作家"。出版过长篇小说《草样年华》系列、《我是你儿子》、《路上父子》、《背光而生》、《斜塔》等及小说集《酥油和麻辣烫》。作品多次获《北京文学》优秀作品奖，入选各类年选集及"城市文学"排行榜、中国当代文学研究会年榜。

HUOCHE
BU JINZHAN

北京作协扶持作品

"培根工程"丛书

徐 可 ◎ 主编

火车不进站

孙 睿 ◎ 著

时代出版传媒股份有限公司
安徽文艺出版社

图书在版编目（CIP）数据

火车不进站 / 孙睿著. -- 合肥：安徽文艺出版社，2025.1
（"培根工程"丛书）
ISBN 978-7-5396-8085-9

Ⅰ．①火… Ⅱ．①孙… Ⅲ．①中篇小说－小说集－中国－当代②短篇小说－小说集－中国－当代 Ⅳ．①I247.7

中国国家版本馆CIP数据核字(2024)第080502号

出 版 人：姚 巍
策　 划：姚　巍　　张妍妍　　宋晓津　统　筹：张妍妍　　宋晓津
责任编辑：张妍妍　　段　婧　　　　　　装帧设计：张诚鑫

出版发行：安徽文艺出版社　　　www.awpub.com
地　　址：合肥市翡翠路1118号　　邮政编码：230071
营 销 部：(0551)63533889
印　　制：安徽联众印刷有限公司　　(0551)65661327

开本：880×1230　1/32　印张：11.625　字数：220千字
版次：2025年1月第1版
印次：2025年1月第1次印刷
定价：45.00元

（如发现印装质量问题，影响阅读，请与出版社联系调换）

版权所有，侵权必究

化作春泥更护花
——"培根工程"丛书序

鲁迅文学院是中国作家协会下属的一家以联系作家、服务作家、团结作家、培养作家为宗旨的教学与研究机构,是我国唯一一所国家级文学院。它的前身是1950年12月27日创立的中央文学研究所,时任全国文协(中国作协的前身)党组组长、常务副主席的著名作家丁玲女士兼任所长。1953年11月,中央文学研究所更名为中国作家协会文学讲习所,1957年11月因故停办。1980年1月8日,文学讲习所恢复办学。1984年11月12日,中共中央宣传部批复同意:"将文学讲习所改建为鲁迅文学院。"

70多年来,从中央文学研究所,到中国作家协会文学讲习所,再到鲁迅文学院,这所以"为时代培养作家,培养时代作家;为人民培养作家,培养人民作家"为己任的文学教育机构,走出了一条具有中国特色的文学教育之路,为中国当代文坛输送了一批又一批优秀作家,走出了莫言、蒋子龙、余华、迟子建、刘震云等在国内外享有盛誉的著名作家,在中国当代文学发展进程中发挥了重要而独特的作用。由此,鲁迅文学院被誉为"作家的摇篮",成为一代代青年作家和文学爱好者向往的"文学的殿堂"。2020年11月20日,中国作协主席铁凝在鲁迅文学院建院70周年座谈会上的讲话中指出:"70年的历史有力地证明,鲁迅文学院光荣地担负起时代和人民赋予它的使命,走出了一条中国式的文学教育道路,有力推动了中国社会主义文学的人才队伍建设,为中国文学的繁荣发展作出了重要贡献。"

新时代对作家培训工作提出了新要求。2019年2月,鲁迅文学院新一届领导班子组成后,就在思考一个问题:在新的历史条件下,鲁迅文学院如何在继承既往经验的基础上,改革创新,更好地承担起国家级文学院的职责和使命,在助推青年作家成长中发挥更大作用?经过广泛调研和深入思考,我们推出了一系列改革措施。一方面,改进教学方法,以精品化、系统化、专业化为目标,对课程设置进行了有针对性的设计和调整,拓宽培训领域,使之更加适应新时代青年作家的特点和需求,力求最大限度提升学员素养,最广视野拓展学员认知,最大容量丰富学员创作经验。另一方面,比以往更加重视、更加关注学员的后续成长,采取一定措施对优秀学员进行长期跟踪、重点培养,力图经过长期努力,打造出一批具有鲜明鲁院特色的优秀作家。在这样的考量之下,"培根工程"青年作家培养计划应运而生。

2020年12月,在中国作协的高度重视和大力支持下,经过充分酝酿,鲁迅文学院正式启动"培根工程"青年作家培养计划,制定了《鲁迅文学院"培根工程"青年作家培养计划实施方案》,并在实施过程中不断加以改进和完善。"培根工程"面向45周岁以下的青年作家,每年从历届中青年作家高级研讨班及其他培训班学员中遴选4—8人纳入培养计划,为他们提供资金和师资支持。培养方式包括:有针对性地为入选学员举办作品改稿会、研讨会,做好优秀作品发表、丛书出版工作,以及有计划地开办"回炉班"等。为鼓励入选作家潜心创作,多出佳作,凡在入选培养计划之后两年之内(自名单公布之日起)完成并发表(或出版)一定数量作品(诗歌不少于1000行,其他文体不少于10万字),并在重要文学报刊上发表作品,或获得省级以上奖励、扶持者,予以一定的奖励。我们希望通过这个计划,加大青年作家培养力度,加强青年作家队伍建设,努力打造一批富有鲁院特色的优秀青年作家。

"培根工程"精心选择作家,本着宁缺毋滥的原则,每一届都严格控制入选人数。第一届、第二届入选作家均为4人,分别是王苏辛、周芳、黄立康、智化加措(沙冒智化)、孙睿、吕铮、王昆、马亿;第三届、第四届入选作家均为8人,他们是魏思孝、汤成难、杨艾琳(杨知寒)、徐广慧、林晓哲、田鑫、龚万莹、武茳虹(石约)、陆秀荔、周齐林、赵宇、吴素贞、王彤羽、甘海晶、邹胜念、许冬林。已入选的这些青年作家,都是同龄作家中的佼佼者,他们在小说、散文、诗歌、网络文学等领域都颇有成就。今后我们在评选时仍会按照这个标准严格把关。

鲁迅文学院为每届入选作家均召开了研讨会,邀请著名作家、评论家和重要文学刊物的主编对入选作家的作品和创作进行精彩点评和指导,作家们普遍认为受到很大教益。"培根工程"也产生了良好的社会反响。2021年6月,鲁迅文学院"培根工程"青年作家培养计划被列入中国作家协会《"十四五"时期文学事业发展规划纲要》。中国作家协会副主席、鲁迅文学院院长吴义勤表示:"鲁院开展的'培根工程'青年作家培养计划是加强青年作家队伍建设的重要举措,已成为中国作协延伸工作手臂、创新培训方式、扶持培养文学新人的有力实践。"《人民日报》《光明日报》《文艺报》《中国艺术报》以及中国作家网等媒体都对这一计划作了充分报道。

"培根工程"入选作家不负期望,取得了可喜的创作成绩。"培根工程"丛书就是入选作家们创作成就的一次检阅和见证。实践证明,鲁迅文学院"培根工程"是深受学员喜爱和欢迎的,持续的、跟踪式的培养和扶持对学员的创作产生了重要的激励、促进作用,鲁迅文学院扶掖作家、服务作家的职能得以进一步发挥。

能够入选"培根工程"的作家毕竟是有限的,我们主要是想通过这种方式,对广大青年作家起到一种示范、引导和激励的作用。创立"培根工程"青年作家培养计划,我们的目光不是仅仅盯着入选的这些作家,而是以此激励更多青年作家潜心笔耕,创作出人民满意的优秀作品。我们将持之以恒做好这项工作,为更多青年作家的成长成才助力。

近年来,鲁迅文学院的工作日益繁重,而经费日益紧张。在这样的情况下创立"培根工程",我和我的同事们无疑要付出更多的劳动,而院里也要承担更大的经济压力。令人欣慰的是,这一计划的实施得到了我的同事们的理解和支持。为了繁荣祖国的文学事业,我们愿意用我们的汗水浇灌这些文学新苗,帮助他们走得更远更高。这是我要特别感谢我的同事们的。

  是为序。

2024 年 8 月 8 日

鲁迅文学院芍药居校区

目　录

火车不进站 / 001

皆为虚妄 / 056

发明家 / 121

斗地主 / 223

脱险 / 295

火车不进站

1

姜蓉蓉七岁前,最盼的就是听到家门口的火车道上,响起爸爸开的那趟火车进站的声音。她家住在铁路家属区,和火车道一墙之隔。火车进站前,会响几声汽笛。响后用不了多久,爸爸便会走进家门。

姜蓉蓉的爸爸是个"大车",家属区里的人管火车司机叫"大车",见到姜蓉蓉她爸,就会喊一声"姜大车"。大,透着尊敬;车,透着重要性,掌管全车。

这片职工家属区住了百十来户,能被叫上"大车"的就三位。姜大车是其中之一。坐大车旁边的叫"伙计",就是副司机,也是徒弟。车头上贴着"非工作人员禁止入内"的标识,只有大车和伙计有权进入。姜大车开的是内燃机车和电力机车,高铁和动车出现之前的主力车型。等大车退休,伙计就可以当大车了,然后会有新伙计出现。能进驾驶室,是份实惠的荣誉,意味着会技术,工资高。

爸爸出车回来,就会给家里带回外面的流行玩意儿。比如这次,爸爸带回来的是两把带花纹的不锈钢勺子。花纹錾刻——也有可能是压制的——在把儿上,美观精致,拿着还不滑手。家里之前用的都是半长不短的铝勺。不仅家里的勺子是这样,幼儿园的勺子也是这样,外面卖豆腐脑的小摊儿上用的还是这种勺子。摊主会将一捆勺子装进空罐头瓶里,摆在桌上,谁用谁就从里面捏出一把。罐里勺子的铝面已经磨得发污,多好喝的豆腐脑用它吃,味道都大打折扣。如果换成爸爸带回的这种勺子,味道就会不一样。拿在手里,用它喝什么,都是一种享受。这是一种生活的恩馈,是一种日常生活可以很美好的证明。

姜蓉蓉拿着不锈钢勺子去买碗儿糕。碗儿糕是这座北方小城特有的甜食,全市青少年儿童几乎都吃过它。当地食品厂把冰淇淋做成一个球一个球的,装在保温桶里,被各个冷饮销售点取走。谁要买,就用纸质小碗装,一碗最多盛四个球,买得多就多盛几碗,故称"碗儿糕"。

碗儿糕配小木勺,薄薄一片木头做的,软,不方便吃硬东西。刚盛出来的冰淇淋球冻得瓷实,水多奶少,木勺戳不动。大家就从家里自带铝勺,只有姜蓉蓉的勺子是不锈钢的,还带花纹。厚厚的勺柄,不会像铝勺那样一扢就弯,握在手里舒适又安心。勺面还能当镜子,把自己和身后的世界都映在上面。

大家没见过这样的勺子,竞相传看,从你的手到我的手再到他的手,忘了吃冰淇淋。而当用它抓起冰淇淋放到嘴里的时候,那感觉更是无可比拟。不锈钢的材质完美传递了冰淇淋的凉,放进嘴里的勺子,比冰淇淋还凉。这个夏天因此而不再炎热。

吃完碗儿糕,姜蓉蓉骄傲地拿着勺子回了家。爸爸又出车了,不知道下趟会带回什么。

2

这次姜大车带回来的是字帖,欧阳询的《九成宫》。号称能万次书写,高科技布面纸,不用墨汁,蘸水就能写,速干,干了再写,省墨省纸,配笔配水盂,还送小笔架,附赠教学光盘。这一年,姜蓉蓉十岁。

于是情况变了,姜蓉蓉最不希望的事情就是火车进站。

一旦进了站,她爸用不了多久就会出现在家门口。她爸进门的时候,要看到她正坐在上个月买的那张二手写字台前练毛笔字,这是姜蓉蓉最不愿意做的事情。

对于一个十岁的女孩,生活中有很多有意思的事儿可做,她却被要求把自己挺得比毛笔还直,然后拿着一根同样笔直的毛笔——刚适应拿铅笔的方式,现在又要用另一种方式握住毛笔——用每写一下都要弄湿笔头的方式,将软塌塌的笔毛落在纸上,力求写出刚劲之感。她爸列举了种种美好事情诱惑她把字写好,诸如老师喜欢、给人留下好印象、能找坐办公室的工作。但姜蓉蓉并不为其所动,不觉得这些重要,她更愿意和那几个同龄的男生去河套里玩——自打升上三年级,就不愿意参加女生们的跳皮筋、十字绣等活动了。

姜大车让姜蓉蓉写毛笔字,是希望她将来不要去开火车,当个女大车并不是值得自豪的事儿,而字写得好,可以去坐办公室。那张二手写字台,是姜大车送给姜蓉蓉的生日礼物。他觉得女儿十岁了,进入两位数的年纪,不能再稀里马虎,就去二手市场淘了这张书桌。此前姜蓉蓉写作业就在饭桌上。姜大车雇了一辆三轮车把书桌拉回家。

姜大车和媳妇都是工人身份,平时不需要写字,家里笔和纸都很难见到。写字台和这套文房用品的出现,给家里增添了文化气息。姜大车很满意。他自己就是因为文化程度不高,十八岁去当伙计,把师父熬退休,当上大车的。普通职工六十岁退休,大车都是五十五岁退,属特殊工种,熬夜不说,车头辐射还大。姜大车师父退休的时候,已经成了半秃。姜大车现在头发还算茂密,但大便不规律,因为睡觉、起床时间没准儿。姜大车不想姜蓉蓉也走这条路——当然,姜蓉蓉不好好学习文化知识的话,有种种从事其他工作的可能,姜大车首先想杜绝的就是这条路。可姜蓉蓉一点不念姜大车的好,她觉得这哪是生日礼物,明明是给生日添堵。

此刻姜蓉蓉正在河套里和几个男生烤鸟。鸟是男生粘的,他们在相隔十米远的地方立起两根竹竿,竹竿之间拴了一张网,像架起一张超大的排球网,然后跑到两百米外,冲着网子的方向吹哨子扔石头,惊动草窠里的鸟。鸟会往前飞,如果不拐弯,就会撞到网上,头陷在网眼儿里拔不出来,坐以待毙。今天烤的这三只鸟就是这么逮的,男生们管这个叫"粘鸟",网子叫"粘网"。

河套是一条河道。过去曾有一条波澜壮阔的河流流经此地,因此河道宽阔,厚厚的沙土下面还有大块的鹅蛋形石头,现在只有中间一条涓涓细流。两旁的沙土上杂草丛生,也有人圈出一块块方地,种了玉米。河套的坝上就是铁路,铁路的另一侧是铁路职工家属楼,从楼上能看到地里的玉米,所以玉米熟了,也不会少。去河套玩的孩子都被大家教育过:不要摘玉米,别给我丢人。

鸟从粘网上拿下来的时候,已经奄奄一息。网眼儿小,被套住的鸟,相当于被猴皮筋儿勒住脖子,用不了多久就会咽气。男生从那条巴掌宽的小溪里抠出泥巴,把鸟裹住,像把馅包进元宵里,放进火里烤。河套太宽了,离家属楼也远,小孩点火没人管。清明节的时候,大人们也都拿着盆来这烧纸,远远望去,河道里流淌着一条火河。

烤鸟不是临时起意,一个男生还从家里带来盐和孜然、辣椒末儿。姜蓉蓉积极帮忙捡砖,搭建炉台。这是一个男生的主意,他说不光要放火里烤,还要用烟闷一闷,能弄出熏鸡的味道。姜蓉蓉第一次跟着他们这样干,对能否达到预期效果存疑。男生说:"骗你干吗?"姜蓉蓉又捡来枯草,守着炉台,拭"嘴"以待。

这时候,她听见火车进站的声音。火车进站前要发出信号,鸣笛一长声。别的车也鸣笛,姜蓉蓉知道那不是姜大车在开。而这一声,她听得出就是姜大车那趟。姜大车按下的喇叭,姜蓉蓉不光耳朵里有反应,生理上也有反应,会让她全身收紧。对于姜大车已经回来了这一事实,她十分笃定——

不能靠火车的颜色辨认,因为下趟车是哪个车次,会是什么颜色,姜大车自己都不知道。姜蓉蓉来不及验证砖膛中的烤鸟是否如男生们所说的那么好吃了,便一瘸一拐地蹿上大坝——蹲久了腿麻——向家跑去。

火车站离姜蓉蓉烤鸟的地方只有一公里,沿着河套往前走,能走到火车站的背身。火车是从另一个省始发的,途经本省,在这个地级市设有一站,终点是第三个省。姜大车开的只是从第一个省到本市的这一段,接下来那段,由终点所在省铁路局的司机来开。交班后的姜大车要去调度站点个卯,可以洗个澡,赶上饭点儿还能去食堂吃口饭,然后再回家。如果归家心切,可以直接回家了,从火车进站到姜大车进家门,快则十五分钟。姜蓉蓉需要在这十五分钟里,从河套的砖炉前,坐到家中的二手书桌前,并摆出一副在练字的样子。

书桌摆在姜蓉蓉睡觉的屋里,卧室的门正对着客厅的门。姜大车进门了,看见姜蓉蓉真的在练字,竟有些意外。姜蓉蓉抬起头,做出一副才意识到姜大车回来了的姿态,喊了声"爸"。姜大车看见椅子背上搭着他给她买的那件红色绒衣。

姜大车摘下包裹着红色条纹的蓝色司机帽,挂在墙壁的粘钩上,走到书桌前。

"写一个我看看。"姜大车说。

姜蓉蓉把半湿不干的毛笔又蘸了点儿水,在布料纸上写了一个"鸟"字。

姜蓉蓉练得怎么样,姜大车也看不出来,他要是懂书法,也不会去开火车了。

"把这个字的原型让我看看。"姜大车说。

姜蓉蓉知道,姜大车的意思是把字帖上古人写的这个字找出来,对照着看。

她不知道这本《九成宫》里有没有"鸟",有的话,一比,也能看出她根本没练过这个字。

"我没照着字帖写。"姜蓉蓉说。

"买字帖就是让你照着字帖写,自己瞎写能练出来吗?"姜大车说。

"那写字帖的人,不也没照着什么,自己随便一写就成字帖了吗?"姜蓉蓉说。

姜大车拿过椅子背上的红绒衣闻了闻,脸一拉,说:"把手伸出来。"

姜蓉蓉每做错什么,便会听到姜大车的这句话,随后就会是木尺子伴随着姜大车呵斥的节奏,落在姜蓉蓉的手心上。

这件红绒衣是今年春天姜大车出车时,在外省的商场给姜蓉蓉买的,本市没有这种样式的。刚才姜大车开着火车即将进站之时,看见这件衣服出现在河套冒着烟儿的小砖堆旁,他想到那会是姜蓉蓉。现在姜蓉蓉还给他演戏,并且狡辩。

姜蓉蓉不知道自己已经暴露,以为打手是因为字没写到姜大车满意,给自己开脱:"我才练几天呀,你写一个试试。"

"我都看见你在河套点火玩了,自己闻闻,衣服上还有烟味儿呢!"姜大车去客厅拿尺子。

姜蓉蓉扭头闻衣服,真有烟味儿,熏鸟没吃成,先给自己熏了。

姜蓉蓉不得不伸出右手。

"那手。"姜大车说。

"为什么?"姜蓉蓉还举着右手。以前每次打的都是右手。

"右手给你留着练字,左手没用。"

姜蓉蓉垂下右胳膊,抬起左臂,掌心刚摊开,木尺子便落在上面。

啪!

3

姜蓉蓉和马珂接吻的时候,左手一直紧紧地攥着。马珂从姜蓉蓉的嘴里拔出舌头,说:"我都把自己的全身心交给你了,你还对我有所保留。"马珂的右手包裹着姜蓉蓉的左手,他想让姜蓉蓉张开五指,和他的五指交叉握在一起,这样他俩的十指就环环相扣了——姜蓉蓉右手的五指已经和马珂左手的五指交叉在一起,只是左手迟迟不愿张开。

"我不习惯。"姜蓉蓉说。

她越这么说,马珂越好奇,想看个究竟。他总得清楚这个让他交出初吻的女生是不是左手有残疾,如果有,残疾到什么程度,他好知道能为这只手做点儿什么,并为她付出更多的爱。马珂举起姜蓉蓉的左手端详,冲向教室窗外的阳光,给手充当背景的蓝色的确良窗帘在随风摆动。现在是午休时间,教室里他俩所在的这片后排区域没有人,几个同学坐在前排写作业。春风和煦,阳光暖亮,姜蓉蓉的这只手还是紧握着。

"我爱你的一切。"马珂说出这个年龄的男女生都无法拒绝其诗意的话,然后把头凑向姜蓉蓉攥紧的左手,亲了一下。吱！声儿还挺大。

姜蓉蓉撤回左手,把脸迎上去,和马珂的脸挨在一起,两人又亲起嘴来。他俩认为眼前这个人,就是世界的全部,并不知道在五米之外,教室后门的外面,聚集了一群抑制着兴奋与骚动的外班同学,正透过后门上方供老师检查班内情况的观察口欣赏着他俩的现场直播。本班同学对他俩近半个月如胶似漆的表现已习以为常,中午该回家吃饭的吃饭,该在教室里低头做卷子的做卷子。同楼层的外班同学经过楼道时,刚刚发现这一幕,立即回自己班呼朋唤友,组团观看。他们和姜蓉蓉、马珂一样,都上初三,正准备一模考试。

姜蓉蓉和马珂更不会知道,外班同学的扒头观望,引来了教导主任。后者一脚踢开教室后门。

学校离火车站不远,留神听的话,还是能听到火车的喇叭声。若不留意,每天耳膜则更多是被上下课的铃声和老师训话的声音充斥。自打教导主任踹开门后——其实从容地从前门走进来也完全可以将马珂和姜蓉蓉当场擒获,"踹"这一动作更像是对全校早恋学生的警示——姜蓉蓉就一直听着姜大车的那趟车什么时候进站。终于在两天后,汽笛声如期而至。

姜大车出现在学校,是在姜蓉蓉听到汽笛声一个小时后,想必是洗了澡。姜蓉蓉在教室的窗口看着姜大车走进位于对面平房的教导主任办公室,着便装,换下司机制服。半个小时后,姜大车走出来,和进去时候的气色不一样,站门口顿了几秒,仿佛刚刚结束长跑,需要喘口气,缓缓,然后才走开。

尽管姜大车总要出车,一走至少三天——连夜开到另一座城市后,休息一天,再把返程车开回来——不能及时到学校,给学校留的家长联系方式仍是他的手机号。他们家奉行小事姜蓉蓉妈做主、大事姜大车做主的原则。吃什么、饭菜咸了淡了、肉去哪儿买、家里需要添什么了,这些都是小事。给家里挣钱和教育姜蓉蓉,是大事儿,归姜大车管。火车司机的工作辛苦,挣得也多(相比铁路其他岗位),不在家的时候是多数,所以三年前,姜蓉蓉升入初中后,姜大车就让姜蓉蓉她妈办了停薪留职,一心管家,保证姜蓉蓉一日三餐的准时,及合理利用放学后的时间,而不是荒废在河套或别的什么地方。一个火车司机的月薪,足够一家三口每月的合理开销。李萍——姜蓉蓉的妈——每月的任务除了照顾姜蓉蓉起居,再就是要把姜大车带回来的工资条上的数字和卡里收到的数额核对一下,然后取出姜大车下个月的开销,装进他的裤兜。三岁看大,七岁看老。姜大车在姜蓉蓉三岁的时候,就觉得她将来可能比男孩子还不好管——刚上幼儿园就不好好坐着,前倾翘起椅子两条后腿美滋滋地晃悠——不严点儿不行。姜大车是经济支柱,话一出口,需掷地有声。所以姜大车真打姜蓉蓉的时候——小学前是打屁股,小学后是打手心——李萍也会识趣地回避。

如果是无关紧要的事儿,姜大车接到学校的电话,通常就让李萍去了。这次在电话里听说是早恋,姜大车在驶离这座城市的火车上说:"老师,我两天后回去见您!"

姜大车没想到姜蓉蓉不仅早恋,还成了校园一景,作为女方父亲,觉得很丢人。在教导处门口站定的那一下,是姜大车在劝自己别冲动。本来他想冲到姜蓉蓉的班里,不顾她已经过了十五岁的事实,把她按在课桌上照屁股一顿揍。同时,另一个声音告诉他,要从长计议,当务之急是让姜蓉蓉中考能考好点儿。姜大车深呼一口气,迈腿离开学校。

放了学,姜蓉蓉知道姜大车在家等着她,他会怎么做,姜蓉蓉想象不出来,但也只能硬着头皮回家。马珂问姜蓉蓉要不要陪她走一程,姜蓉蓉怕姜大车出现在半路上,谢绝了马珂的好意。出了校门,姜蓉蓉一个人向铁路家属区走去。

进了门,姜蓉蓉正要换鞋——她觉得无论一会儿姜大车怎样惩罚她,她总得把鞋换了再接受惩罚——姜大车突然从后面蹿出,不由分说,抓起姜蓉蓉的头发,上来就是一剪刀。

姜蓉蓉感觉到自己的后脑勺轻盈了,梳着的马尾辫瞬间散开,变成垂肩短发,少掉的那一捆头发正攥在姜大车手里,已不再属于她。

"啊!——啊!"

姜蓉蓉吓傻了。泪如雨下。

李萍闻声从厨房出来,手上粘着面,刚准备擀面条。看到姜蓉蓉的大部分头发到了姜大车的手中,她赶紧挡在女儿身前:"有话好好说不行吗?!"

李萍知道姜大车被叫去学校,还不知道姜蓉蓉犯了什么错。姜大车进门后板着脸就仨字:"不像话!"

"越跟她客气,她越不把你放在眼里!"姜大车推开窗户,把那捆头发扔了出去。一撒手,像释放出一股黑烟,头发朝四面八方飘散。

姜蓉蓉靠在墙角哭得撕心裂肺。

李萍转过身,问姜蓉蓉:"你干什么了?看把你爸气的!"

姜蓉蓉抽泣得上不来气。

李萍心疼女儿,搂住她,又顾及丈夫,不宜过于亲昵。李萍和姜大车在管教孩子上有默契,当姜大车唱白脸的时候,李萍绝不能唱红脸,否则姜蓉蓉见有人撑腰,意识不到自己的错。但现在姜蓉蓉哭得太惨了,李萍作为母亲,只能把她搂住。

"现在可怜,在学校疯着呢!"姜大车的每句话都如针刺,似乎犯错误的不是自己女儿,而是一个不相干的女孩。刚刚的话不像姜大车能说出来的,更像一个伶牙俐齿之人所言。他平日里话并不多。在车上,无须主动开口,徒弟会找话题,他只需要嗯啊哦附和就行;在家,他只需要用表情传递所思所想便可。现在数落起姜蓉蓉,素以工人阶级自居的姜大车发现自己在如此情境下居然具备使用语言文字的能力,很是惊讶。

说完,姜大车意识到自己的刻薄,对面毕竟是女儿,又找补:"剪你头发是为你好!头发少了,你就不胡思乱想,别人也不胡思乱想了。再有仨月就中考了!"

姜蓉蓉面临的严峻问题不是中考,而是没了头发怎么出门。她已泣不成声,像必须咬牙完成一个艰巨任务一样,嘟囔出:"你这样对我,就别怪我到时候怎么对你!"说完,跑进自己房间,撞上门。

姜大车冲着门喊道:"我不需要你对我怎样,我现在只要你对自己负责!"

晚饭时姜蓉蓉没有出现在饭桌前。李萍已经知道事情起因,觉得多大的错也得吃饭,要去叫。姜大车摇摇头,说:"叫也没用,过了今晚再说吧!"

晚上九点,李萍在她和姜大车的卧室听到客厅有动静,是姜蓉蓉出来接水喝,随后又回到自己房间。李萍起身跟了进去,说:"走吧,妈妈陪你出去修头发。"

"不用。"姜蓉蓉关了灯,往后一仰,倒在床上,腿蜷缩到胸前,脸冲墙,仿佛回到子宫里。

李萍替姜蓉蓉关上门,然后在隔壁跟姜大车说:"明天早饭你做,赔礼道歉。"

第二天,姜大车坐在那桌他试图缓和父女关系而笨手笨脚做出来的看上去丰盛过头的早饭前,翻看着从学校带回来的中考考前注意事项。一个异样物体突然从眼旁掠过。定睛一瞧,姜蓉蓉以光头形象出现在他面前。

姜大车强忍着拍桌而起大喝一声"你这是做给谁看呢"的冲动,挤出一副和颜悦色,磕开煮鸡蛋,三下五除二剥掉皮,递到姜蓉蓉面前,说:"吃完了早点儿去学校。"他知道再硬下去,只能鱼死网破。

姜蓉蓉根本没往他这边看,自己倒了杯凉白开,冲着窗外喝。

李萍从卧室出来,看到这一景象,赶紧打圆场:"我去学校给蓉蓉请个假,先在家歇两天。"

"直接跟学校说我以后都不去了。"姜蓉蓉开口了。

"你爸不对,昨晚他已经跟我承认了,今天特意给你做了早饭。"李萍说。

"不是不想让我出门吗?你们赢了!"

"我只是想让你的头发短一点儿,是你自己弄成这样子的!"姜大车觉得要是狠起来,还真狠不过姜蓉蓉,毕竟他是大人。

"你把我的头发弄得跟狗啃的似的,至少这样整齐点儿。"

"快中考了……"

"和我有什么关系?"

"你不想上高中吗?"

"我想死。"说完,姜蓉蓉又回屋了。

下午,姜大车要出车了。自打姜蓉蓉早上回屋后,就没再见过她,房门也锁着。姜大车出门前还是跟姜蓉蓉打了招呼,说了软话。里面没动静,姜大车只好先走了。

三天后,姜大车带着一顶粉色的棒球帽回了家。进门前已从李萍处得知,姜蓉蓉一直在家,没去过学校。他当了快十六年父亲,开了二十六年火车,这时才懂得,想像驾驭火车那样驾驭女儿是行不通的。

棒球帽挂在门口,若姜蓉蓉出门,摘下便可戴在头上。挂了一个月,姜蓉蓉长出毛寸,无视帽子的存在,推开门,径直下楼而去。

这是姜蓉蓉一个月里第一次出门。此后她开始频繁出门,但从未去过学校。李萍从其他家长那里了解到——这些家长也是听他们孩子说的——姜蓉蓉会和同学在麦当劳、肯德基等地方见面,同学把新发的卷子带给她一份。班里已经不讲新课了,去学校也是每天做卷子,在哪儿做都一样。班里还有个QQ群,遇到不会的题,姜蓉蓉会在里面问,有人解答。老师也听说了姜蓉蓉的情况,对她网开一面,即便连月缺席也会发她毕业证。有时候李萍还能听到姜蓉蓉的房间里传出笑声,这个消息也让姜大车安心许多。

另一个让人不安的消息是,姜蓉蓉和马珂还好着。姜大车知道马珂他爸和他妈离了婚,马珂妈再婚了,马珂归他爸。他爸在家开麻将馆,人不够就凑一手,没时间管马珂。马珂也不爱在家待着,打小就在外面疯玩,练就了好身手,摸爬滚打,足球、篮球、排球样样精通,就是学习不灵。进入初二,马珂开始蹿个儿,半学期长到一米七五,一张精致小脸,身材瘦挑,两条白腿细又长,穿着高帮耐克篮球鞋出现在操场上,成了全校女生议论的对象。如果是别的男生,姜大车的担心还能少些,恰恰是马珂,姜蓉蓉最不该和他走得近。

姜大车在放学的路上等到马珂,说想和他谈谈。马珂大概知道姜大车想谈什么,也只能同意。两人在"仙踪林"相对而坐,姜大车开门见山,大意是年轻人互相爱慕是美好的,但得分时候,两情若是久长时,又岂在朝朝暮暮,现在他和姜蓉蓉更应该只争朝夕,全力备战中考,难道他们不希望对方有一个美好的前程吗?马珂说:"叔叔您说的听上去全对,我好像听明白了,也好像没听明白。您就说想让我干什么吧!"

"我想让你别再和姜蓉蓉联系了。"

马珂真不和姜蓉蓉联系了。二模之前,他有了新女朋友,也是姜蓉蓉他们班的。

姜蓉蓉终于和姜大车说话了。

"马珂说你找过他?"姜蓉蓉问。

"我是希望你能考个好学校。"姜大车说。

姜蓉蓉说:"既然你坏我的事儿,我也只能坏你的事儿了——我不会去参加中考的。"

姜大车说:"不要拿自己的前途开玩笑。"

"开玩笑的是你,生了我,让我难受,我也不会让你好受的!"

姜蓉蓉真说到做到了。一周后,中考报志愿,姜蓉蓉没交志愿表。老师联系了姜大车,姜大车出车在外,在电话里说了几个学校,让老师帮忙填上了。一个月后中考开始了,姜蓉蓉丝毫没有其他考生那些备考行为——削2B铅笔、吃药推迟例假、少吃西瓜免得腹泻等。

按列车营运表,姜大车返程的日子是中考的前一天,他打算就是绑,也要把姜蓉蓉绑到考场。结果列车延误,半路修桥,火车多停了一宿。天蒙蒙亮的时候,通车了。姜大车以职能范围内的极限速度把火车往家开,每过半小时就给李萍打一次电话,问姜蓉蓉起床了吗。

自打姜蓉蓉知道马珂另结新欢后,每天闷在屋里,不知道在里面干什么,也没有笑声传出来了。事已至此,对姜大车和李萍而言,姜蓉蓉憋在屋里,总比她往外跑要安全。

李萍早早给姜蓉蓉做了饭,还灌了一壶绿豆汤,等她起床,始终没听到动静。姜大车电话打进来,她如实汇报进度。现在到了家里发生大事的时候了,姜大车说了算,她按吩咐来。

八点了,距离中考开始还有一个小时,姜大车远程遥控,让李萍去敲门,喊姜蓉蓉起来。李萍照做,但里面没反应,李萍拧门把手,里面上着锁。姜大车说那就一直敲,给她敲出来算!

李萍连喊带敲,周围邻居被惊动,来李萍家探访,当得知是叛逆期的女儿不去中考后,隔着门帮李萍动员姜蓉蓉。

姜大车给李萍打电话的时候,是徒弟在开车,现在姜大车坐回主驾驶位。这趟车规定的时速是一百二十公里,一般司机都会把时速卡在一百一十五,姜大车坐下后又将时速提高了五公里。

电话这头是李萍和邻居们对着门大动干戈,女邻居叫来丈夫,拿着钳子、改锥开始撬门。电话那头是姜大车开着手机免提时刻关注现场动态,以极限时速离家越来越近。

男邻居因为门不是自己家的,有点手下留情,姜大车冲手机喊着:"使劲砸,砸坏了没事儿,我请你们喝酒!"

女邻居也给门里的姜蓉蓉做工作:"自己出来吧,跟你爸赌气没用,门说话就撬开了!"

姜蓉蓉就是岿然不动。

火车刚驶入市区,开始减速。徒弟在一旁纳闷:"师父,没到该减速的地方呢。"姜大车说:"一会儿临时停下车。"

车停到了铁路家属区前,车头正对着姜蓉蓉的窗口。铁路和家属区隔着一条马路两道墙,姜大车家在五楼,不被围墙遮挡,刚好能看见火车道。

窗外汽笛长鸣。姜大车在电话里说:"我到楼下了。"

门还没有撬开。

姜大车说:"我用喇叭喊她,你们告诉她,她不出来,我就一直按下去。"

果然,喇叭声像防空警报一样,划过天空,风暴般袭来。

职工楼的窗口纷纷出现了观望者的脸,他们不知道外面发生了什么,不知道这趟列车为什么不进站,却停在这里怒吼嘶鸣,像头愤怒的公牛。

这时,姜大车的手机显示女儿来电。姜大车断了和李萍的通话,接进这个电话。姜大车上来就说:"你出来我就不按了。"

对方说:"姜叔叔,我是蓉蓉的同学,她让您别按喇叭了。"

是个女生。

姜大车说:"你也在她屋里?"

对方说:"姜蓉蓉已经在考场了,昨晚她偷偷来我家住了。"

姜大车没明白这一行为的意义。对方又说:"其实蓉蓉就是想给自己来参加考试找个台阶下,当着你们面儿,她不好意思走出家门说去考试,毕竟扬言说过不考的话。"

姜大车说:"你怎么知道?"

对方说:"我们都是这种心理。现在蓉蓉去卫生间了,她让我给您打个电话。"

姜大车说:"她连志愿都没报,怎么可能去考试呢?"

对方说:"她知道您给她报上了,我们班有群。"

姜大车说:"我怎么相信你?你让她说句话。"

对方说:"那您等着,我进去找她……"

十几秒后,姜大车在电话里听到姜蓉蓉的声音:"你烦不烦啊!"随后,电话被挂。

与此同时,喇叭声也在这座小城的上空消失了。很多市民都知道了,今天姜大车的女儿参加中考。

4

姜大车改开慢车了。之前开 T 和 Z 开头的特快和直达,在那次事件中,他违反了铁路司机行驶章程。慢车是民间的说法,官方管慢车叫"普客",就是普通客车,没有空调。

一起跟着姜大车到了普客的还有徒弟和姜蓉蓉。徒弟转岗是因为作为副司机,在正司机做出违背章程的行为时,没有及时阻拦。姜蓉蓉是来上岗。

那年中考结束后,姜蓉蓉上了技校。她考得很差,连技校的分都不够。姜大车背地里给她安排好,报志愿的时候,在电话里让老师填了铁路技校,该校可以破格接收铁路职工子弟,使得姜蓉蓉的学业得以继续。

上不上学,上什么学,对姜蓉蓉来说是一样的,不过是找个地方再混几年耗过十八岁,然后走向社会。姜蓉蓉也没把工作的事儿放心上,依然是姜大车暗中操持,当姜蓉蓉离开学校后,没有让她成为待业青年,直接去他那趟车当了列车员。十九岁的姜蓉蓉对工作没概念,不是玩的事儿她都提不起兴趣,但到了上班的岁数,也只能像到了节气的农作物一样,该长叶长叶,该抽穗抽穗,该被晒被晒,该挨浇挨浇。姜蓉蓉自觉盖住脚踝内侧的那块文身——两年前文的技校男朋友姓名的第一个字母——其意义不复存在,无须被它拖累。

普客每节车厢配一位列车员,姜大车在车头,所以别人就把第一节车厢让给姜蓉蓉。但是姜蓉蓉从没去车头看过姜大车,哪怕是长时间停车的时候。姜蓉蓉不去的理由是,车头里有监控。姜大车说有监控没事儿,录下来也不会每分每秒都有人检查。姜蓉蓉又说车厢里事情多,忙不过来。

倒是姜大车的徒弟常趁停车之机去姜蓉蓉的车厢,帮她干活。姜大车发现后,再停车的时候,他就先来到车外抽烟,往门口一站,徒弟也不好意思明目张胆地往姜蓉蓉的车厢里钻了。年轻人冲动,有些事情抑制不住。停过几站后,姜大车再抽烟的时候,徒弟来到他面前,说:"师父,我去车厢里买两瓶水。"便又理所应当地进了后面那节车厢。徒弟再出来的时候,手里拿着两瓶"脉动",一瓶给了姜大车,说:"师父,喝水。"姜大车没接,说:"我只喝自己的茶水。"徒弟有点儿臊。车启动了,姜大车说:"你来开,我喝口水。"徒弟坐到主驾驶位,姜大车拧开保温杯,吹着热气,看着杯内,慢悠悠地说:"我是个司机,因为出车,名正言顺就可以不回家,我知道不着家对过日子的影响,所以不希望女儿也找个司机。"徒弟的脸红了。姜大车说:"你要是觉得将来没把握换个更好点儿的工作,就别老去后面的车厢。"

试用期一年,合格才转正,姜蓉蓉很悬。姜大车烟酒糖茶化妆品买了不少,分发出去,想再给姜蓉蓉争取一年的机会。客运段领导有点儿为难,一年里没少接到姜蓉蓉那节车厢的投诉,要再有投诉,整个段里的奖金就没了。本来工资就不高,奖金对谁都挺重要,大家私下反映过,希望在自己努力工作力图多挣点儿钱提高生活质量的时候,不要被姜蓉蓉拖了后腿。可对待大车的女儿,一点不留情面也说不过去。多亏了姜蓉蓉自己替领导解决了这一难题。

试用期满,她主动提出不干了。用她的话说,能坚持干满一年,已是给姜大车面子。普客的特点是见站就停,里程不算长,站多,每站上来的都是身上带着汗味儿和土地味道的老农,只有他们坐这种车。姜蓉蓉很愿意说"老农"这个词,无须其他描述,只此二字,经胸腔振动顺嘴而出,便可发泄对该词所指人员的怨愤。不讲卫生,不守规矩,上完卫生间不冲水,只因为花了点儿钱买了车票,就觉得自己该被伺候着。穿着有漏洞的袜子,随便脱鞋,弄得车厢里跟鞋里一个味儿。扫地的时候也不知道把脚收回来点儿,还经常听到"咳——呸"的声音,随后地板上绽放出一枚枚随形的黏稠"花朵"。给多少钱姜蓉蓉也不愿意伺候这些人了。

如果不先斩后奏,姜大车肯定会"强硬"地把姜蓉蓉留在车上。这次姜蓉蓉学精了,人到了深圳后,才给姜大车和客运段报信,说自己以后不来了,这个别人梦寐以求的岗位留给真正需要它的人吧。

姜蓉蓉是跟着一个男的走的,火车上认识的。他在深圳做生意,来走访客户,穿白衬衣,系领带。客户所在的县城只有普客经停,他那天买的是站票,温文尔雅,爱笑。姜蓉蓉查票的时候,他微笑着掏出票;姜蓉蓉每次经过的时候,他微笑着侧身让路。姜蓉蓉记住了他。他在车厢连接处抽烟,正赶上姜蓉蓉把一大黑塑料袋垃圾抬过来,他伸了一把手,两人聊了几句。下车前,互留了电话。当晚,姜蓉蓉在异地的铁路公寓里正无聊的时候,领带男的短信进来,问姜蓉蓉在干什么。姜蓉蓉说闲得发慌,领带男说稍等,客户叫他马上过去一趟,随后联系。第二天早上,姜蓉蓉醒来,看到手机里有一条未读短信,是领带男半夜发来的,说不好意思,刚陪完客户。这天是姜蓉蓉的休息日,姜蓉蓉起床后没事儿干,就给领带男回短信,问他昨晚没喝多吧。领带男马上回信说喝多了,难受,吐得胃疼,现在还没睡。又问姜蓉蓉哪天回程,还坐她的车。姜蓉蓉说那趟破车,她能不上去就不上去,正想请病假歇几天。虽然不晕车,但老在上面工作,姜蓉蓉也快吐了。领带男善解人意,问姜蓉蓉想不想换个工作,姜蓉蓉说她在铁路公寓睡觉的时候,做得最多的梦就是自己不再是列车员了。领带男说:"那你跟着我去深圳吧,我的公司在深圳,你来当销售。"姜蓉蓉问销售是干什么的,要卖什么。领带男说卖保健品,公司有固定客户,需要人手维系,不让客户流失,他这次来就是做这事儿的,公司人手少,他是副总,只能亲自出动。姜蓉蓉想反正也不打算当列车员了,领带男靠不靠谱,跟他去深圳看看就知道了。虽然远,但她很向往,觉得年轻人就得漂泊在外,离家越远越可能发生奇迹。正好一年的试用期快到了,对姜大车,姜蓉蓉也算面子上过得去了。一年前,她以为自己的工作像动车上看到的那样——不用打扫卫生,只负责检票和整理行李架,扫地收拾垃圾的活儿外包给保洁公司——所以姜大车征求她的意见,说给她找了列车员的工作,问她干不干的时候,她一口答应。可当第一趟普客工作结束后,姜蓉蓉觉得上了姜大车的当。

得知姜蓉蓉到了深圳后,李萍问她——也是帮姜大车问——同行的还有谁,姜蓉蓉说都是朋友。李萍追问是什么朋友,姜蓉蓉没再回复。姜大车让李萍问清姜蓉蓉的地址,他下个月请年假,两人一起去深圳看姜蓉蓉。等了两天,姜蓉蓉没回复。李萍把电话打过去,关机。觉得姜蓉蓉不懂事,换了当地的号码也不告诉他俩一声。李萍还每天给姜蓉蓉的老号打电话,并发短信留言,让她看到后给家里回复一声。

一个月没有动静。姜大车有点儿慌,跟李萍说自己右眼皮老跳。李萍也跟他交底,说自己昨晚梦见姜蓉蓉掉井里了,一个劲儿喊救命。姜大车问救上来了吗,李萍说她想去救,急赤白脸往井口跑,一着急,醒了。姜大车说:"咱俩还是去趟深圳吧!"

深圳潮湿闷热的天气让姜大车和李萍站在车站广场上无所适从。他所在的车务段刚刚把中秋节的福利——两条秋裤提前发下来,而深圳街头的人们还穿着短裤。陌生的景象,匪夷的口音,四通八达且宽阔的马路,当这一切真实摆在姜大车面前的时候,他才意识到自己出发前的设想多么幼稚。他以为深圳跟自己家的那座城市差不多,就那么几座半高的写字楼,就那么几条主要街道(每天至少都要经过一条),靠嘴打听或靠贴寻人启事,总能找到线索。眼前的深圳,大大超乎姜大车想象。可供贴寻人启事的电线杆和写字楼太多了,多得让姜大车不知道该从哪儿贴起。这套方案作废了。

姜大车为深圳之行准备的第二套方案,是去电台和电视台录寻人启事。录是录了,负责接待的人告诉他俩,电台、电视台已式微,听的看的人都少了,这座城市每天流动人口几十万,即便一天播出三次,连播三天,也如大海捞针。姜大车问能一直播吗,人就是在这消失的。对方说:"抱歉,我们不是给您一家开的,电视剧我们都很少重播,老播您这个,我们用不了几天就得关门了。建议您最好也报个警,找人警察比我们专业。"

警察做了登记,并给出两种判断。一是青春期叛逆,一个月不联系家里是常有的事儿,等她混出个人模狗样或彻底混不下去了,自己会联系他们。二是参加传销组织了,这种情况常遇到,手机没收,人被关小黑屋里洗脑。李萍问有没有第三种可能,比如出事儿了。警察说:"概率很低,我们联网的备案里,没有你们说的这女孩。"

五天后,没有任何信儿。姜大车和李萍又去了一趟派出所,接待的警察说有信儿自然通知他们,破不破案不取决于他们来多少趟。第六天姜大车和李萍坐车去了大小梅沙,浩瀚无边的南海海岸线上,攒动着如蚂蚁般密集的人群。姜大车都没靠近海边,远远地看着说:"这么找没戏,回去吧!"

在姜大车头发从基本全黑变到黑白参半的时候,李萍接到姜蓉蓉的电话,此时距离他俩从大小梅沙回来,刚刚过去两个月。真被警察说着了,姜蓉蓉确实被带去参加传销了。

跟领带男到了深圳后,有人接站,领带男说是公司的同事,没有直接去住的地方,先找了个大排档吃晚饭。点了烤海鲜,还喝了啤酒。炎热的夜晚让人精力充沛,全身躁动,姜蓉蓉以为令人期待的"深漂"生活就此开始了。吃完饭,她被领到一处民宅,说是员工宿舍。姜蓉蓉站在门口一看,客厅放着黑板,三三两两的人聚在角落聊着天,确实很像集体员工住的地方。有女员工,姜蓉蓉就放心了。

女员工单独一个房间,姜蓉蓉拉着行李进了女员工的房间,两张上下铺,一个大姐热心接待,让姜蓉蓉睡她上铺,上铺干净。姜蓉蓉临下火车时给李萍和客运段领导发了短信,发完手机没电了,现在想充电。大姐说:"外面有插座,我给你充去。"拿着姜蓉蓉的手机和充电器出去了。领带男出现在半敞的门口,轻声敲门,露出亲和的笑,让姜蓉蓉把身份证给他,帮她去办暂住证,办完就还。姜蓉蓉掏给他。坐了二十多个小时火车,又喝了点儿酒,姜蓉蓉困了,脱鞋爬到上铺就睡了。

第二天,姜蓉蓉起来想看手机,被告知工作期间不需要手机,随后男男女女一大桌人开始吃早餐。姜蓉蓉从没吃过这么难吃的饭,粥没有粥味儿,像涮墩布水熬的。主食是馒头配咸菜,也不知道是几天前的馒头了,根本掰不开,只能用牙一点点啃碎。吃完,有人抢着刷碗,莫名其妙地积极。然后姜蓉蓉被热心大姐叫到一旁,了解个人情况。了解完,另一个大哥又进来了解,问题都差不多。之后跟大家一起"做游戏",都是些要靠多人配合才能完成的"游戏"。姜蓉蓉以前在电视上看到过,知道这里的"游戏"都是什么人设计的,清楚自己被带进传销窝点了。想出去,不太容易。下午和上午类似,换了两个人向姜蓉蓉了解情况,姜蓉蓉说上午都说过了,他们说他们还不清楚,掌握每位员工的情况是领导层的责任。听姜蓉蓉说完,他们又给姜蓉蓉讲述了公司的理念和构架,实行五级三晋制,姜蓉蓉更确信这是传销组织了。她想等见到领带男后要回手机和身份证,找个借口离开,"工作人员"却以各种借口搪塞领带男为什么没再出现。

也不是都关在屋里培训,还要出去培训,就是去别的窝点听课,他们管这个叫"串门"。姜蓉蓉想找机会跑走,但是前后左右都是"工作人员",训练有素,不动声色地把新员工团团围住。姜蓉蓉并不甘心,时刻寻找机会。终于在一次听完课"回家"的路上,姜蓉蓉留意到路旁的消防队,继续往前走了几百米,路旁有花坛,她提出要拉肚子,实在憋不住了。大家便原地等她,大姐陪她往花坛走。花坛外围种了一圈带刺儿的柏树,大姐穿着七分裤,怕扎腿,没再往里走。姜蓉蓉一个人从柏树间挤了进去,蹲下来,假装解手。从柏树树脚的缝隙里,姜蓉蓉观察着大姐。大姐一个姿势站得难受,时不时倒倒腿,当换成背冲姜蓉蓉的姿势时,姜蓉蓉站起身,拔腿就跑。姜蓉蓉从花坛的另一侧小柏树丛钻了出去,想追上她,需要经过两道柏树丛。很快身后还是传来"不要跑,等一下"的男声,男员工们追了上来。

经过一家饭馆,小工正坐在门口穿羊肉串,脚边摆了一盆肉、一盘竹签子。姜蓉蓉抄起一把竹签子继续跑,如果有人追上来,就把竹签子戳在他们的脸上,她这么想着,离消防队越来越近了。姜蓉蓉未经门岗的许可,攥着竹签子跑进消防队大院,停在院中央,窝着腰上下掏气儿。追她的人站在门口看着。

姜蓉蓉被"请"进值班室。了解缘由后,消防队给派出所打了电话,派出所的车开来接上姜蓉蓉,姜蓉蓉带他们去传销窝点。警车开出消防队大门的时候,那些"同事"已经不见了。到了小区门口,姜蓉蓉指着一栋楼说就这。警察让姜蓉蓉带他们上去,姜蓉蓉不敢,警察说:"有我们呢,你怕什么?"姜蓉蓉这才跟在警察身后,指着路,进入在此上了两个月班的"公司"。"公司"已人去屋空。

姜蓉蓉去女生宿舍查看,床铺都空了,唯独自己的东西还在,打开包,手机和身份证也在里面。警察说:"赶紧用你的手机给你爸你妈打个电话,他俩过来找过你。"姜蓉蓉一愣。警察说派出所都有登记,姜蓉蓉已经上了失踪人口备案,现在可以销案了。姜蓉蓉不想打,警察说必须得打,需要她父母听到她的声音,他们也要跟她的父母再次确认。

姜蓉蓉当着警察的面儿,拨了李萍的电话。姜大车也在家,姜蓉蓉听到了电话那头的骚动,两人的问题像泄洪一样从电话这头奔涌出来。姜蓉蓉忍住委屈,在电话里佯装轻松,轻描淡写把这三个月的事儿一说,便将手机交给警察。警察例行公事做了回访,又把手机还给姜蓉蓉,说行了。姜蓉蓉把耳机放在耳朵上听了一下,又交给警察,说:"我妈还有事儿找您。"警察拿过来再听。李萍有个请求,希望警察能把姜蓉蓉送到车站,看着她上火车。警察说她要是不想回去,半路也有可能下车,她是成年人了,有人身自由,没犯法,他们不可能派人盯着她。姜蓉蓉听明白什么意思了,又把手机要回来,跟李萍说放心吧,她已经长心眼儿了,不会再被骗了,同时也表达了自己在这边不混出个名堂来就不会回去的决心。

"不行!"姜大车在电话那头喊道。看样子李萍是开着免提在和姜蓉蓉通话。姜蓉蓉这时候有意识地看了一下自己的左手,又是紧紧攥着的。姜蓉蓉张开这只手,也在电话这头喊道:"我就是不回去!"喊完挂了电话。

警察看出姜蓉蓉和家里的关系,说:"你都是大人了,少让父母操心,别到时候他们又来我们这找你。"姜蓉蓉点点头,说她和家里这样不是一天两天了,并请求警察把她送到火车站,怕那帮人跟踪她。最快一班离开深圳的火车是去广州的动车,还有票,二十分钟后发车,姜蓉蓉赶紧买票上车。警察把她送到站台,让她转过身,举起车票,给她和车厢拍了一张照片,说这就算彻底结案了。

姜蓉蓉留在了广州。做啤酒销售员,每天晚上五点上班。到了餐馆,换上"雪花"啤酒的衣服,露着胳膊和大腿,一副凉爽的样子,向来此吃饭的客人推销啤酒。工作地点在餐馆,但和餐馆不存在雇佣关系,工资是"雪花"发,跟推销出多少啤酒有关。姜蓉蓉的竞争对手有很多,她们穿着"燕京""青岛""嘉士伯"的衣服,也露出肤色深浅不一的胳膊和大腿,每个人走过来,都像走过来一个啤酒瓶,让人想喝。

客人们不太知道穿"雪花"和穿"嘉士伯"的区别,点啤酒的时候,只会喊"服务员"。听到这仨字,姜蓉蓉就会第一时间出现在他们身边,如果是点啤酒,就说现在"雪花"搞活动,买几赠几,让客人感觉这么大的便宜不占可就亏了;如果客人是点菜或撤盘子,她也管,出现在客人桌边的次数多了,建立了信任,说什么客人都信。当喝"嘉士伯"的客人想再加几瓶的时候,姜蓉蓉就说没凉的了。"那什么有凉的呢?"

客人会问。姜蓉蓉就说,只剩"雪花"了。南方的夜晚,几乎不存在喝常温啤酒的人。因此"雪花"走量大,姜蓉蓉奖金也高。餐馆过了城管下班时间在街边摆起大排档,门前偌大一片空场,拉着彩灯,桌桌都有啤酒,盛况空前。

有个三十多岁的客人因为老喝"雪花",跟姜蓉蓉熟了。一次在他同桌去洗手间的空当,他叫姜蓉蓉再加四瓶。姜蓉蓉拎来啤酒,问都打开吗。他说对,都开,然后问姜蓉蓉,推销什么都是推,为什么推销"雪花"。姜蓉蓉说因为"雪花"厂子离她家近,亲切。客人问姜蓉蓉:"东北人?"姜蓉蓉说不是,挨着,离得很近。客人说自己是东北的,喝"雪花"长大的。姜蓉蓉说能听出来。客人说坐下喝一杯吧,乡里乡亲的。姜蓉蓉说上班时间不让坐,就站着喝一杯吧,感谢一直捧场。两人碰完杯,都干了。客人问姜蓉蓉几点下班,姜蓉蓉说要后半夜,看最后一桌几点走。客人说改天中午请她吃午饭,晚上她得上班。姜蓉蓉说等周日歇班的时候吧,平时中午都睡觉呢,缺觉。客人说尽着她的时间,留个电话。

周末姜蓉蓉休息,真接到了电话,她存的名字是"雪花男"。约的晚饭,睡了一白天,姜蓉蓉歇够了,傍晚换上一件衣服出发。对方看到姜蓉蓉的时候差点儿没认出来,说:"第一次看你穿便装。"姜蓉蓉说:"穿着'雪花'的衣服,怎么看都像一瓶啤酒,只要不穿那衣服,穿什么都像一瓶矿泉水,是吧?"雪花男笑了,问:"今天还喝'雪花'吗?"姜蓉蓉说:"白的你能喝吗?"

两人要了一瓶四十二度的白酒。雪花男喝酒之前,来了一段开场白,说为了让姜蓉蓉把酒喝明白、喝痛快,这几句话他必须先说出来。他说约姜蓉蓉没别的意思,就是亲切,半个老乡,自己是开灯具店的,要开第三家分店,缺人,他观察她好几顿饭了,手脚麻利,人也敞亮,想挖她。他还补充,自己已经成家,老婆是当地人,孩子三个月大,让姜蓉蓉别多想。姜蓉蓉说卖啤酒和卖灯都是卖,卖灯能落个晚上睡整觉,也直截了当,问能给开多少。雪花男问姜蓉蓉现在拿多少,姜蓉蓉说了一个加上提成奖金的数。雪花男说:"薪水不是问题,我多给你点儿,凑整。"姜蓉蓉说:"卖灯这么挣钱?"雪花男说他是批发为主,走量。姜蓉蓉说万一到她这批不出去怎么办。雪花男说这家店设在新灯具城里,开在北郊,城市扩容后,北郊人口和企业骤增,还没有成规模卖灯的地方。干这行业的人,都在这灯具城加开了分店,不挣钱大家不会这么干的。姜蓉蓉又问,如果开了俩月,灯具城关门了怎么办,她还得重新找工作。雪花男说灯具城和商户签的合同是三年的,毁约有赔偿。姜蓉蓉问了最后一个问题:万一胜任不了,把她开了怎么办?雪花男说:"每月的工资我提前给你,真把你开了,你也有一个月的时间可以找新工作。"姜蓉蓉说:"你就不怕我拿钱跑了?"雪花男说:"这才多少钱呀,店里每天流水比这多多了,你不能够那么干,那不把自己弄低了吗?"姜蓉蓉说:"行,喝酒吧!"

姜蓉蓉脱掉"雪花"的衣服和靴子,换上一套黑色职业套裙,踩上高跟鞋,出现在灯具城。雪花男每天傍晚会来收账,看一下出货情况,再打电话备货。老客户如果住北边,雪花男就让他们来新店拿货,交易完成后,雪花男还会请客户吃饭,到了下班时间,也拉上姜蓉蓉。客户吃好喝好了,一抹嘴就走了,雪花男还不着急回家,让姜蓉蓉陪他再坐会儿,不多喝,就一人一瓶"雪花"。姜蓉蓉问他孩子那么小,怎么不着急回家。雪花男说家里乱,孩子发出各种声音也就算了,大人也不消停,累一天了,不想回家还受罪。姜蓉蓉听出这是家里有矛盾,不多问。雪花男喝了口酒,憋太久了,自己主动说,孩子一出生,家庭矛盾放大了。姜蓉蓉给他续上酒,听着。雪花男说,南北方家庭差异太大,生活习惯、做事方式,都拧着。以前不那么明显,相互还有客气,没必要改变对方。但孩子不能变成那样,绝不能让孩子养成他们家那些习惯——他是这么想的,从他们家对孩子决策权一直占有不撒手上,能看出他们也是这么想的。那就只能硬碰硬,碰了几次,吵几回架,都觉得婚姻是不是有问题。雪花男还想再来一瓶,姜蓉蓉说喝完杯中酒回去吧,早点回去问题能少一点儿。

姜蓉蓉才二十出头,不太懂雪花男遇到的问题,雪花男每次还愿意倾诉。终于有一天,雪花男说:"这种日子没法过了,我和孩子她妈决定离婚,孩子归她,我出抚养费。"姜蓉蓉没想到他们两口子做事这么果断。雪花男说:"在这边做上门女婿,我不在乎,毕竟多年的事业在这边,目前只能在这边发展。孩子出生后,爷爷奶奶一直想看孙女,我没让他们来,过来只会激化矛盾。我想的是哪天带孩子回趟东北,结果天天吵架,一直拖着,现在准备把孩子留给她妈妈了——我一个人在这边势单力薄,孩子妈家一大家子人,孩子跟妈更合适——我得让孩子跟爷爷奶奶见个面。孩子妈肯定不能跟我回去了,所以想求你个事儿,跟我走一趟,我怕路上一个人弄不了这孩子。"

姜蓉蓉找不出不去的理由,花了两天时间在网上看怎么照顾婴幼儿。当雪花男把孩子交到她手里的时候,她抱在臂弯里,另一只手托着小屁股,竟得心应手。

如果没有小孩,雪花男会选择飞机,怕起降时候对孩子耳膜发育有影响(他每次都很难受,觉得孩子更受不了),便选了火车。火车途经姜蓉蓉家所在的那座小城市,但是不停。雪花男知道姜蓉蓉家在这,以前聊过,姜蓉蓉卖灯后,也回过家。雪花男说:"我家的事儿忙完,你放几天假,回家看看。"姜蓉蓉笑了笑,说,再说。

这趟车走的线路和姜大车开的那趟一样,经过铁路家属区。姜蓉蓉默默地看着自己那间屋子的窗口从眼前划过。这间屋子一直空着,春节回来的时候,姜蓉蓉就睡在里面,没变样。李萍说:"广州太远了,咱们这也有灯具城。"姜蓉蓉说:"那边挣得多,机会也多,我不会卖一辈子灯。"姜蓉蓉也到了谈婚论嫁的年龄,李萍问姜蓉蓉什么打算,她同学都有当妈的了。姜蓉蓉说不着急,事业为重。同时心里对姜大车有些不满,那时候不让她谈恋爱,现在又催她——如果姜大车没有这个意思,李萍也不会这么问。

过了姜蓉蓉家,火车又开了两个多小时就到雪花男的家了。姜蓉蓉抱着孩子下车,雪花男拉了两个箱子在站台上軠辘着走,姜蓉蓉跟在后面。快到出站口的地下通道了,突然一个中年男人挡住姜蓉蓉的去路。

吓姜蓉蓉一跳。是姜大车。

"爸?"姜蓉蓉喊了一声。中考前后那段日子姜蓉蓉从不叫他,从技校毕业了才慢慢恢复这个称呼,也是能不叫就不叫。

"蓉蓉,去哪儿呀?"姜大车一身司机服,戴着帽子。旁边的站台上停着他那趟普客,姜蓉蓉熟悉的绿皮火车。

"怎么了?"雪花男转身走过来,以为姜蓉蓉有麻烦。

"这是我爸。"姜蓉蓉介绍着。

"伯父好!"雪花男放下箱子,伸手要握。

姜大车摘掉手套,跟他简单一握,说:"我想和我女儿单独谈谈。"雪花男说好,从姜蓉蓉手里接过孩子,单手抱着,另一只手推着两只行李箱到一旁等。

"孩子是谁的?"姜大车问。

"他的。"姜蓉蓉说,说完意识到,姜大车更在意的是这孩子和她什么关系,便又补充,"不是你外孙女。"

"我想听实话。"

"你认为我就会撒谎是吗?"

姜蓉蓉没想到姜大车心里对自己是这种认识,又说:"你想听什么?希望我说这孩子是我生的?行,那我明白告诉你,就是我生的,满意了吧!"

这时候跑来一个女的,拽着姜大车胳膊说:"干什么呢?快点儿,一车人都等着你呢!"说完她才认出姜大车对面站的是姜蓉蓉,赶紧松开拽着姜大车的手。

姜蓉蓉也认出她,是列车上的推销员,一起工作过一年。那时候姜蓉蓉就有点儿烦她。

女推销员说:"哟,蓉蓉呀,变漂亮了,你怎么在这呀?不是去广州发展了吗?"

姜大车看了她一眼,她意识到自己话多了,赶忙闭口,说:"你们聊,我先回车上了。"临走还叮嘱姜大车,"抓紧啊,已经停车超时了!"

刚才姜大车的那一眼,是他平时看李萍时惯用的,是当家男人那种不可动摇的眼神。姜蓉蓉很难过。

"路过家门口怎么也不打声招呼?"姜大车还在对姜蓉蓉的行为表示奇怪。

"事没办完呢!"

"带着这么小的孩子办事?女孩?有六个月了吗?"

女推销员走到车厢门口,列车员指着手表跟她说了句什么,她急迫地转回身冲姜大车招手,喊着"姜师傅"。

姜大车像轰苍蝇一样冲她一甩手,不可一世,转过头的时候又瞄了眼另一侧的雪花男,压低声音对姜蓉蓉说:"别再被人骗了!"

"那也比你骗我妈强!搞你的破鞋去吧!"

姜蓉蓉甩下姜大车,从雪花男手里抱过孩子,快步走进出站口的地下通道。月台上阳光猛烈,她的背影很快融进地下通道的黑暗里。

5

姜蓉蓉回家了。但不在家住,在外面租了房子。她是租好房子后,才回家告诉李萍,她离开广州了,回来发展的。姜蓉蓉回家的时候,姜大车不在,李萍说他一会儿就该出车回来了。姜蓉蓉说:"我不用见到他,你有事儿给我打电话,我就住星海国际,那听不见火车声,肃静。"星海国际是他们这里新建的高档小区,一提都知道,姜蓉蓉在这租了个一居室。她没把门牌号告诉李萍,不希望李萍和姜大车真去。

离开这座她户口所在地的房子后,姜蓉蓉沿着铁道线走着,有一个强烈感受,这里只是李萍和姜大车的家,不是她的家了。出门前,李萍让她不忙的时候就回来吃饭,她跟李萍和姜大车已经陌生了,总去陌生人家吃饭不太合适。那张二手书桌还在,当年九成新,现在彻底陈旧,还摆在姜蓉蓉以前的屋子里。刚才在那间屋子里,姜蓉蓉随手拉开抽屉,看到的都是自己小时候和青春期玩的东西。在几本音乐杂志下面,姜蓉蓉看到一块延伸出来的布料,用手一拽,一张布面字帖被拽出来。是当年姜大车出车回来给姜蓉蓉买的《九成宫》,抽屉边缘还竖排放着那根毛笔,毛儿已经发黄。姜蓉蓉把字帖和毛笔装进包里。那间屋子除了换了一台新空调,陈设还跟姜蓉蓉去深圳之前一样,看上去,好像从姜蓉蓉离开这里那天起,李萍和姜大车就随时做着她会回来的准备。姜蓉蓉在这间屋子里躺了会儿,以这样一种方式和它告别。窗外不时传来火车进出站的汽笛声,没有姜大车那趟。姜蓉蓉害怕听到他按喇叭的声音,却又有点儿希望听到。

  上回在火车站遇到,姜蓉蓉甩给姜大车的那句话并不是被他逼急了脱口而出,她有依据。她做列车员的那一年,跟姜大车一起出车,到了目的地,同住铁路公寓。她和另一位女列车员两人住一间,姜大车是司机,自己一间。因为每隔几天就要住一宿,铁路公寓索性把那个单间长期给姜大车用,姜蓉蓉第一次走进那里的时候,发现了女性留宿过的痕迹。角落里的头绳、沙发椅上的长头发,还有一瓶没用完的雪花膏,这些是姜大车未曾留意到的,他还像主人一样,给初次进来这里的姜蓉蓉烧水沏茶。姜大车端着白搪瓷带把茶杯走过来,姜蓉蓉想,他是不是也这样给那个女人泡过茶,还是那个女人这样给他泡?放下茶杯,姜大车拿出几本书,让姜蓉蓉没事儿翻翻,这屋安静,可以学点儿东西,将来上个高自考什么的,把学历提升一下,当列车员没出路。真要是混个大专学历,最不济他也能给姜蓉蓉弄到调度站,比跑车舒服多了。那时候姜蓉蓉对列车员的辛苦已深有体会,也渴望换岗,但一想到一个不知道什么样儿的女人在这桌前坐过的时候,姜蓉蓉就一阵阵犯恶心,不愿意在那屋里多待一秒钟。

知道姜大车生活里除了李萍,还有一个女人后,姜蓉蓉就开始寻找这个女人。终于——不过就是在第二次和姜大车出车的时候——她看出这个女人就是车上的推销员。高铁、动车除外,其他列车上都有人推销保健袜、强光手电、皮带等产品。他们不是铁路局的工作人员,是外包销售公司的,弄件和列车员一样颜色的衣服,没有肩章,挨个车厢售卖,广告语一套一套的。这个女人推销的是刮黄瓜利器,每走进一节车厢,就会说:"不要假装睡觉,请睁眼面带微笑;十块钱不多,买不了飞机大炮,也不用回家汇报;有钱不花对不起国家,方法不对苦力白费……"说着,举着她推销的产品,拿出一根黄瓜,转起来。黄瓜皮被削成没有断的一条长片儿,被她贴在脸上,接着说:"只要黄瓜足够长,轻松卷到太平洋,敷脸美容做新娘,用完还能进厨房,不买一个亏得慌……"姜蓉蓉想过,这个女人会不会脸上贴着黄瓜片,躺在姜大车的公寓里看过电视？所以姜蓉蓉在列车上一直就是一副松松散散的状态，收车后也一次没有去过姜大车那屋看书，就这么破罐破摔着，以此表达对姜大车的愤慨。一年后坚决离职，更是为了躲开他俩。姜蓉蓉不知道李萍知不知道姜大车和那女人的事儿。她对李萍也有些不满，这事儿李萍不仅仅是受害者，也是制造者，如果平日里对姜大车不那么言听计从，姜大车在外面也不会如此嚣张。带着对父母的失望，姜蓉蓉跟着领带男去了深圳。如果遇到的不是领带男，去的不是深圳，姜蓉蓉也会离开这趟列车和这座城市的。

后来到了广州又遇到雪花男。姜大车觉得姜蓉蓉又会被骗。从事情的结局看，似乎被姜大车说中。但细究经过，又不能定义为被骗。那年带着孩子从雪花男家回到广州后，雪花男开始和孩子妈办理离婚手续。讲好的条件，孩子妈一直在变。孩子抚养费，从每月三千元，突然涨到六千元，说孩子越来越大了，将来要学习一门特长，每月学费三千。一轮艰苦的谈判后，最终商定为每月五千。孩子妈又变脸，说要把孩子十八岁前的抚养费一笔支付，总共九十多万，否则离婚协议上不签字。雪花男的钱都在账上压着，一下拿不出这么多，又是一番艰苦卓绝的谈判，先给五十万，剩下的一年后付清，连本带息，再付五十万。这轮谈判进行完，孩子已经一岁半了。付款当天,雪花男把孩子妈约到姜蓉蓉这家店里,姜蓉蓉已帮他取好五十万现金。店里有点钞机,孩子妈把钱一摞摞放进机器过完,重新打捆装进箱子,拿起笔,准备在离婚协议上签字。雪花男这时候抱起孩子,贴了贴脸,随口说了一句:"爸爸回头去看你!"孩子哇的一声就哭了。哭声穿透层层墙壁,让有意去了隔壁店避免目睹夫妻离婚尴尬的姜蓉蓉不能再没事儿人似的坐着喝茶了,赶紧回自己店看看情况。孩子妈责怪雪花男,说:"你跟孩子说这些干什么呀!"雪花男说:"我哪儿知道她能听懂呀,才多大呀!"两人一争吵,孩子哭得更凶,孩子妈也没勇气在离婚协议上签字了。她伸手要接孩子,雪花男说:"以后都是你抱,再让我抱一会儿。"孩子被感染,哭得停不下来。孩子妈也跟着孩子哭了,说:"再让我想想吧,先不签了。"雪花男看了一眼已经站在门口的姜蓉蓉,没想到会是这种结果。孩子妈说:"孩子先留你这玩,下午我再来接她。"说完走了。姜蓉蓉看着桌上的提箱,里面的五十万是她一早在银行开门后取出来的,按说应该被拎走,却还留在这。她看明白了,一切回到原点。

这时候姜蓉蓉已经跟雪花男好上了。她知道他们两口子过不下去,离婚的条件雪花男都跟她念叨过,她还给雪花男出过主意,取钱的事儿雪花男也放心交给她去做。今天这情况是他们三人都没想到的。

以为过了这段就能签字,结果越不签,越签不下来。孩子从矛盾爆发的导火索,变成矛盾的调和剂。孩子会说的话越来越多,对眼前的世界有了概念了,像个"人"一样存在了,离婚变成三个人的事情。想离的两方,因为第三方的出现,呈现出"二加一不仅等于三也等于任何可能"的状况,性格也变了,学会谦让和牺牲。包括女方父母,也不那么跋扈了。家庭又平静起来。这一切姜蓉蓉都看在眼里。

持续了一年,姜蓉蓉对雪花男说想回老家了。雪花男听懂了什么意思,问姜蓉蓉有什么条件。姜蓉蓉说:"你想多了。"雪花男还是想有所表示,姜蓉蓉说她打算回老家也开个灯具店,希望雪花男能给她供货,该怎么结账就怎么结账。雪花男说没问题,头三年他只供货不收账。姜蓉蓉说不用,她不想把事情搞复杂。

这次回来,姜蓉蓉租好住的房子后,开始为灯具店选址。这座城市的第一家红星美凯龙即将开业,马珂负责招商。姜蓉蓉也是去了招商部才认出那人就是马珂的,快十年没联系了,马珂给了姜蓉蓉一个位置好的店面。

灯具店开业,姜蓉蓉只告诉了少数朋友。朋友们送来花篮和"财源广进"的挂镜,吃了顿饭小热闹一下。一周后,李萍来灯具店看姜蓉蓉。正是上午，店里没有客人，姜蓉蓉一个人在练字。已经改用宣纸和墨汁，她现在有点儿喜欢闻墨汁的味儿了，像把烟吸进肺里，让人平稳安宁。毛笔是软的，能写出硬挺的字，让她明白了硬话也可以软说。写的还是《九成宫》，这回找到了"鸟"字，原来写出来是这样：鳥。看到李萍进门了，姜蓉蓉赶紧展开一张白宣纸，仿佛顺理成章地把桌面上的笔墨纸砚一盖，问姜大车怎么没跟她来。李萍说姜大车生气了，因为姜蓉蓉开业也没告诉他。

那次姜大车在车站遇到姜蓉蓉，跟她说了几句话，多停了会儿，耽误了开车时间，影响站点调度，又受到段里处罚，改开货运专列了，车头是喷蒸汽的那种，要烧煤，工作环境也差。别人都是越活越进步，只有姜大车越活越倒退。好在还有两年退休了，姜大车没说什么，黯然接受，也借机跟普客上的女推销员分开。他想着靠时间来修复父女关系，没想到姜蓉蓉回来后，根本不在家住，开了店也不请他过去看看。做父亲的很没面子。

其实姜蓉蓉是想告诉他的，可她也有难处。店铺位置不错，是马珂帮着选的，灯具都是从雪花男那拿的货，这俩人都是姜大车眼中的"坏人"。万一被问到，姜蓉蓉会很窘迫。哪怕说不到这，姜蓉蓉自己也心虚，不好意思大张旗鼓请姜大车来店坐坐。

姜蓉蓉换了个角度跟李萍解释，说："开店也不是什么大事儿，他想让我跟着他跑车，我现在当了个体户，没遂他愿，估计叫他他也未必会来。"李萍说："不会，他毕竟是你爸。"姜蓉蓉说："那改天，等他歇班，我叫餐，在店里吃顿饭。"李萍说："行，我问好他哪天歇班，提前告诉你。"

结果不是因为下雨，就是因为客户约好来看灯，还有姜大车临时倒班，饭一直没吃成。一个月后，再约吃饭的时间，似乎也没必要了。开业这么久了，特意吃饭好像弥补什么似的，显得不正常。李萍也不再提这事儿。

一年后，姜蓉蓉打算结婚了。对方是个转业军人，在役时任士官，管技术，负责部队的网络，拿了大几十万转业费，回到地方进了中国电信，还干老本行。用转业费买了新房，准备装修。逛灯的时候，转到姜蓉蓉的店，觉得姜蓉蓉的货和别的店不一样，有点儿特色，真打算买，就加了微信。当兵的比较严谨，又转了别的店，对他们的灯也有兴趣，就问姜蓉蓉，这些灯之间有什么区别。姜蓉蓉把自己知道的都告诉他了，说买谁家的都没关系，也没说别人家的不好，别人家却说了姜蓉蓉家的灯不好。转业兵在部队待了十多年，人事经验丰富，觉得姜蓉蓉实在，订了她家的灯。一来二去，两人熟了。转业兵还从姜蓉蓉的朋友圈发现,她还没男朋友,而他也没有女朋友,便约姜蓉蓉喝咖啡。喝完咖啡,又看过一次电影,转业兵让装修队先停下手里的活儿,他打算和姜蓉蓉一起装修这套房子。两人磨合了半年,转业兵坦承自己在部队没时间谈恋爱,家是本市农村的,有地,父母种了桃和草莓,收成还不错,他转业后已成本市城镇户口。姜蓉蓉也跟他说了自己的家庭情况,广州、深圳的事儿一带而过。转业兵也没问姜蓉蓉两只脚踝内侧文的字母什么意思——在广州的最后一年,姜蓉蓉在另一侧文了雪花男名字的第一个字母——姜蓉蓉觉得这样的男的挺贴心,答应和他一起装修房子,也把准备结婚的消息告诉了李萍和姜大车。姜蓉蓉想的是,自己从上学起就没少让姜大车和李萍跟着操心,现在要结婚了,别再让他俩跟着受累了,自己把一切安置妥当,到时候他们一起参加婚礼就行了。

姜大车不知道姜蓉蓉是怎么想的,只觉得她把结婚的日子都定好了才告诉家里,显然没把父母放在眼里,上回新店开业的气还没完全过去,现在更生气了,不想出席。李萍说:"生气归生气,女儿结婚就这么一次,你早点把假请了,我给你买身西服,那天必须参加。"姜大车觉得叫他去他就去,更让自己在姜蓉蓉心里没分量了。正好那天是他出车的日子,不去顺理成章,他还担心那天休息,想不去都没有理由。

婚礼前三天,姜大车不顾李萍阻拦,毅然走出家门,去机务段签到,准备出车。每次出车最快也要三天后回来,完美错过婚礼。

婚礼前两天,姜蓉蓉和转业兵来看李萍,见李萍愁眉苦脸,姜蓉蓉问她怎么了。李萍看了一眼准姑爷,只说这几天没休息好。当晚,姜蓉蓉让转业兵自己回去睡,她留下陪李萍。婚礼那天的计划是,直接在酒店办婚宴,也没有之前的接新娘等环节,一切从简。李萍问姜蓉蓉摄影摄像准备了吗,姜蓉蓉说联系好了。李萍问伴郎伴娘都找好了吧,姜蓉蓉说没有乱七八糟的仪式,不需要这些配置。李萍又问花炮准备了吗,姜蓉蓉说今年市内结婚不让放炮了,放就罚两万。李萍说那有点儿遗憾,老话都说炮放得越响、越热闹,日子越红火。姜蓉蓉说不让放了,大家都在同一起跑线上,日子红不红火不在这个。李萍说:"嫁女儿,我还是想听听动静,托托人行吗?哪怕少交点儿罚款。"姜蓉蓉说时代不同了。李萍说:"这次都你自己做主了,我和你爸也没帮上什么忙,他跟你赌气,又出车了。"姜蓉蓉说:"没事儿,我不太讲形式。"李萍说:"你从小主意就正,我和你爸说的你也不听,我对你的将来总是有点儿担心。但你爸不担心。别看他故意不参加婚礼。"姜蓉蓉很好奇她爸是怎么说的,问李萍姜大车都说什么了。李萍说她问过姜大车,觉得女儿找的这个姑爷怎么样,姜大车说应该还行吧。李萍问为什么这么说,姜大车说姜蓉蓉是个有分寸的人,不会苦着自己。李萍疑惑,说:"咱闺女是这种人吗?我怎么觉得她总干冒险事儿?"姜大车说从姜蓉蓉十几年前能去参加中考他就看出,姜蓉蓉不是一个不管不顾的人。李萍最后总结道:"但是你爸成了不管不顾的人,真就不参加你的婚礼了!"

姜蓉蓉问李萍觉得自己了解姜大车吗,李萍说什么了解不了解的,在一起快三十年了,没散就是了解。姜蓉蓉没再说什么,她觉得不了解可能才是散不了的原因。但又觉得家属楼里没有秘密,大家二十多年住在一起,根本无法保守住自己家的秘密,也从不替别人家保守秘密。所以李萍可能比她更了解姜大车。她觉得自己的妈虽然是一位在家操持家务的妇女,或者说,是一位把家操持得很好的家庭妇女,可是这种好的背后,有多少心酸?如果换成她,该怎么办?姜蓉蓉无法让这个疑惑保存到婚礼后,她问李萍,觉得这辈子亏得慌吗,好像除了处理家务,在李萍的生活里看不到别的内容了。李萍说:"我干完家务活儿出去打麻将当然不能让你看见喽。人跟人不一样,你爸挣得多,一人顶俩人,但也累,我当然就得在家伺候他了,多少人羡慕我这么多年不用上班呢!你看对门的黄阿姨,刮风下雨都得去售票口卖票,卖完票还得买菜做饭。男的和女的过日子,不都是这些事儿吗?"

晚上,姜蓉蓉和李萍并肩躺在平时姜大车和李萍睡觉的床上。这张床是姜大车升为司机那年从外地拉回的,是铁路家属楼里出现的第一张"席梦思"。关灯前,姜蓉蓉又问了李萍一个问题,说:"你跟我爸快过一辈子了,心始终往一个方向使劲,就没背道而驰过?"李萍缓了缓,深吸一口气,又呼出来才说,也闹过。姜蓉蓉问因为什么闹。李萍说:"当司机挣得多,能花钱的地方就多,给这个花,给那个花。我跟他说,家只能有一个,让他看着办。"姜蓉蓉问什么时候的事儿,李萍说了一个时间,姜蓉蓉一想,正好是自己在广东那段时期。姜蓉蓉问:"最后怎么不闹了?"李萍说:"还是考虑到你,他不希望你从外面回来,发现家已经没了,这样你就更不会回家了——你毕竟是他女儿,他再浑,也不希望你委屈。"

没有炮仗的婚礼确实差点意思。人群再怎么叫好、鼓掌,司仪麦克风的声音再大,也没办法把气势和气氛彻底推上去。当姜蓉蓉站在台上,和新郎四目对望,准备交换戒指之时,突然传来震耳欲聋的汽笛声,划破长空,刺透万物。

婚礼的酒店和火车道只隔一条河套——当年姜蓉蓉烤鸟的地方——姜蓉蓉听得出,这是姜大车回来了。众人向窗外望去,一列黑褐色货车正缓缓停下,蒸汽机车冒着白烟,卧在铁轨上,嘶鸣着。一声长鸣过后,又是三声短笛,像在招呼所有人往这看。司仪的声音被盖住,大家全部望向窗外。

长长一列货车已完全停住,像条巨蟒,趴在堤坝上。伴随着又一声长鸣,一团更磅礴的白烟从火车头的烟囱口喷薄而出,像一条长龙,蹿上云霄,犹如一场盛大的烟火表演。

人们看到司机姜大车从车头里走下,坐在枕石上,掏出一盒烟,要点,摸半天没摸到火儿,又把烟别到耳朵上。李萍笑了。

姜蓉蓉拖着洁白的婚纱,跑下舞台,向宴会厅的门外跑去。在场的很多人——特别是马珂所在的那桌初中同学——都看到,她跑出去的时候,左手攥得紧紧的。

却没有人看到,她手心里握着的一包喜烟和一个打火机。

皆为虚妄

1. 缘起·处女作

米乐终于当上导演。他的第一部电影开机了。此时,距离他导演系毕业已经过去十三年。

米乐打小喜欢看电影。爸爸所在的大学每周末都放电影,米乐的家就在大学里。周末吃完饭,拿着马扎儿,顺厕所的窗户跳进学校礼堂,在过道找个好位置,支开马扎儿,黑暗中一边挠着蚊子咬的包,一边津津有味地看完一部部电影,他就是这样度过童年的一个个周末夜晚的。

三部《大决战》中隆隆的炮声,让米乐血脉偾张;《妈妈再爱我一次》里的生离死别,让米乐整个周末沉浸在哀痛中;《鹰爪铁布衫》里被捏碎的鸡蛋,让身为男孩的米乐坐在椅子里都觉得胯下一阵疼。银幕上发生的一切,神奇而真实。多年后,已上高三的米乐去考电影学院的文学系和导演系,文学系卡在三试,导演系榜上有名。

那个暑假是米乐最快乐的日子,他以为用不了多久,自己拍出的电影胶片也能装进放映机,一圈圈转动着,被一束光柱投射在银幕上。那时,他将有一个新的称呼:导演。他渴望通过大银幕与童年周末体会到的那种美好产生联系。在米乐看来,电影里面的才是更真实的人生,否则不会有人在影院的黑暗中开怀大笑或黯然神伤。画面上那些因胶片自然磨损而放映出来的划痕,像是在人生这篇课文的字里行间画下的一道道横线,留下的一笔笔记录。

然而十七年过去了,胶片的时代已经结束,洗印厂纷纷关张,米乐仍没有拍出一尺胶片。数字时代来临,米乐并没有因为摄制耗材成本降低而当上导演。哪怕中国电影票房呈井喷之势,2017年大年初一一天的票房就到了八个亿,也跟米乐没一点关系。这时,他已经三十五岁。

米乐还住在大学的老房子里,这些年他有些导演以外的收入,给父母在五环外买了房。他们已经退休,不需要守着学校了,搬去了新房。老房子是那种20世纪80年代的灰砖楼,三十多年的风雨给楼体上了一层包浆,让原本就幽暗沉稳的青灰色更加古朴,也让住在里面的人看上去都像特有学问的。这样的气氛,让米乐觉得住这比住外面那些动辄十几万元一平方米的楼高级,他留下了。

每到夏天,楼身上长满绿色的爬山虎,一片青翠将青灰的楼体包裹住,使得这栋楼更跟现实世界拉开距离,似乎外界的事情和这儿的每个窗口里发生的事情扯不上半点关系。楼有了一种高傲、清冷的人格,楼里进出的人大多也是这种表情,包括米乐。他所干的事情和这所理工科院校没什么关系,但不耽误他一直喜欢住这儿,他不喜欢一出门就是社会,有层学校保护着他,居住空间吻合了他的心理空间。尤其这所学校还在四环里,出行方便,他还要为自己做导演的事情奔波。

2017年的除夕米乐是在父母那边过的,吃完年夜饭,也在这睡的。父母搬来的时候就给他留了一张床,他是独生子,父母希望他能多来。初一吃完饺子,米乐想回自己那,他妈说过年这几天就待这吧,反正他也没事儿可干。这话背后的意思就是,反正你一没媳妇,初二不用回娘家,二没工作,初七不着急上班,在这还能吃口现成饭,虽然就是一闲人,妈也愿意给你做饭。

要是搁以前,米乐早急了。这两年信了佛,他学着控制自己的情绪了,倒觉得他妈能说出这样的话,也是他给逼的。

老太太快七十了,还没当上奶奶不说,连儿媳妇也没有,出去跳广场舞都不好意思和别的老太太聊家事。以往过年的时候,饭桌上老太太还催米乐赶紧找个媳妇,米乐的爸倒向着米乐说话:"既然走了做学问这条路,就不要遗憾没有做丈夫和当爹。"米乐他妈会问:"可是做的学问在哪儿呢?"米乐爸会说:"做学问不是种地,不需要每年都看到什么。"米乐爸爸是80年代初大学毕业留校的,没教过什么正经课,大部分时间在教务处,虽然没做过学问,但是尊重学问,每次提起学校那几个在学术上有建树的老同事,都满怀敬意。米乐妈的学历和工资都比米乐爸低,单位也没米乐爸的好,过年发的年货水准就差一大截,因此在世界观和价值观上甘拜下风,不和米乐爸争论。后来看到父子二人一条心,她也就放弃当奶奶的愿望了,委屈自己广场舞散了赶紧回家,能不聊天就不聊天。但这心病还在,话里话外都透着不甘心。

尽管自己的人生在亲妈那被否定,但被自己的爸认同,米乐在父母家也能住得心安理得,况且这房子是他给他们买的,没有固定工作并不意味着不挣钱,也没耽误他孝敬父母,推动全家实现小康。

初一晚上,他自己看了场电影。作为一个导演系毕业没拍过电影但仍着魔般热爱着电影的人,他对中国电影目前的盛况没什么兴趣,只是想看一部电影而已。看的电影乏善可陈,电影院里却人满为患,吃着爆米花,啃着烤香肠,真诚地笑着。米乐很不理解——首先不理解的是为什么会笑,还笑得这么真诚;更不理解的是,难道过年在家吃得不够好吗?怎么刚初一就来电影院吃这种东西?

跟大众的反差已经不是一年两年了。米乐也反思过是不是自己的问题,为什么和别人那么不一样,思考的结果是,米乐觉得自己这样也不是什么坏事儿。

初二中午吃完饭,他没事儿干,正犹豫着是从网上下部外国电影看看,还是出去再给中国电影捧个场的时候,手机来电话了。

这两年,手机很少会在过年这几天有电话。平时打骚扰电话问你贷不贷款、买不买或卖不卖房的也要过年,认识的人拜年靠微信就解决了,特意打来电话的,一定是有别的事儿。

米乐拿起手机一看,显示的是位韩国友人的名字,国际长途,接通。

"新年快乐!"电话里先冒出一句中国话的女声。

"新年快乐!"米乐送出2017年嘴里说出的第一句拜年的话。

"知道我是谁吗?"

"当然。"

来电话的是位韩国女士——以前是女生,五年前米乐给她上过剧作课。

那是2009年下半年,米乐从导演系毕业五年了,在追逐自己导演梦的时候为了生活,写了一部电视剧剧本。也没怎么上心写,收视率却超乎预期,米乐也因此成了抢手编剧,片约不断。但是米乐没有趁热打铁再写部续集多挣些钱,而是趁各影视公司约他见面谈合作的时候畅谈自己的电影梦。人家想请他来做电视剧编剧,他非说自己要做电影导演,完全是两件事情。结果一年过去了,新电视剧剧本也没写,电影导演的梦依然遥远,自己刚有的那点小名气也快过气了。这时候当年的老师给他打来电话,问他愿不愿意回电影学院教剧作课,正缺老师,不在编,先教一年,一年后去留看教学效果和个人意愿。米乐觉得学校是个平台,接触的人多,方便促成自己拍电影,每周几次课并不怎么占时间,便应下来。

到了第二学期,表演系进修班也要上剧作课,没人教,就管导演系借老师,米乐又去了表演系"支教"。进修班学制一年,无国籍限制,学员都是对表演有兴趣或有点演戏经验期待更上一层楼还敢有梦想的人。这届就有一位韩国女生,在韩国演过两部韩剧里的小角色,中文说得不错,来进修表演。米乐比这班学生的平均年纪大不了多少,甚至还比有些人岁数小,年龄相近,吃喝玩乐能凑到一起,处得不错。半年后这个班结业,吃散伙饭,互留电话,饭后大家在饭馆门口以表演系特有的方式告别——紧紧拥抱,然后各奔前程。米乐和每个人都拥抱了,但他只记得这个女生在和他拥抱时说的话:

"老师,期待你的获奖剧本早日被你拍出来。"

并不是因为班里只有这一位外籍学生,而是这句话说到了米乐心里。带课的这半年,欢声笑语不断,只有这个女生在此时触碰到他的梦想。或许女生只是一句随意的祝愿,但仍让梦想的主人浑身一颤,就像球场上哪怕一次不经意的抬腿,被踢到要害的人也会蹲地上疼半天。

米乐听完,由衷地说了声"谢谢"。最后韩国女生在"老师加油"的结束语中,撤回自己的胳膊。

女生所说的剧本,是米乐刚刚给"青年导演计划"投稿的一个电影剧本,得了二等奖,组委会的说法是获奖剧本将在三年内拍摄完成。颁奖活动搞得轰轰烈烈,结果三年过去了,这个剧本没有人再提起,米乐也没有得到一个为什么落实不到拍摄上的确切答复。

"来中国了?"米乐在电话里问女生。

"在首尔。"女生中国话说得依然流利。

"挺好。"米乐不知道接下来该起什么话头。

"老师后来拍电影了吗?"问得直接。

"没。"回答得干脆。

"为什么不拍?现在中国电影票房这么好,昨天一天就卖了八个亿。"

"嚯,这事儿都传到你们那了。"米乐充满不屑,这反应并不是吃不着葡萄说葡萄酸,是他看不惯现在这些电影的风气,觉得不叫电影,不过是在银幕上放了一段段九十分钟的娱乐视频而已,有些想娱乐还根本无法让人乐起来。米乐的这种蔑视,旷日长久,这也是他迟迟没有当上导演的原因——对电影的标准要求太高,而自己又没拍过,没有一个投资人相信新导演的处女作会以他嘴里说的那么高的标准完成,米乐那些对电影的理解,在投资人们看来就是"说说而已"。

"中国电影市场太好了,我们公司想参与一下。"女生开诚布公,"你的那个获奖剧本拍了吗?"

女生说她还在做演员,在韩国签了一个小公司,公司也做影视开发,一直想进入中国市场,昨天中国的票房纪录让他们再也按捺不住了,发动全公司人员寻找能进入中国市场的项目。女生就想到了米乐和他的剧本。

"还没。"米乐都快把这事儿忘了,"觉得那剧本没意思了,这两年正弄一新的。"

"能不能发给我看看?"女生在电话里问。

中国的年,韩国人不过。当中国影视公司刚刚结束春节长假的时候,韩国的影视公司看完了米乐的剧本,带着合同出现在北京。

"我还没拍过电影,他们怎么那么痛快就让我当导演了?"米乐不敢相信。

女生告诉米乐,如果他是老导演,还未必用他拍,公司就是看重新导演的想象力和锐利,同时为了保证质量,会给米乐配一名经验丰富的监制。韩国电影发展得快,就是敢用新导演。

韩国电影每年的总票房离中国电影这两年的票房还差不少,毕竟人口有限,但电影工业的发展已远超中国,米乐相信韩方的执行能力。女生也很得意自己推荐的项目被公司选中,她可以获得在这部影片中出演的机会。她现在只是一名演员,没出名的演员需要不停地给自己找戏,找到戏就是找到工作。

这次来京会见,女生也跟来了,洽谈亲切热烈又高效。她见证了米乐在元宵节这天,签下人生中的第一份导演合同。

开机时间定在 4 月,前面有两个月的时间用来改剧本和筹备,早开机早上映,争取 2018 年的春节能和中国广大观众见面。"一天票房就八个亿啊,哪怕分到百分之五,也是四千万,一个春节下来就是两个多亿,折合韩币四百多亿!"韩国公司的老板感叹着。

请来的监制是位香港人,拍过不少港片儿,经验丰富,技术上有保障。摄影师是米乐自己找的,电影学院的同学,也毕业十多年了,拍过若干部大片,两人熟悉,好沟通,对此韩国公司没有异议。制片人,也就是负责给剧组做预算和花钱的这个重要职位,韩国公司请了一个六十岁出头的中国老制片人来负责。他熟悉中国国情,从 20 世纪 80 年代就开始拍戏,和各种岁数的中国导演打过交道。以前他作为中国剧组的制片人去韩国拍过戏,韩国公司和他有过接触,这回韩国公司第一次涉足中国市场,把重任交给了他。

签约工作完成,女生准备回国,等待 4 月开机前再进剧组定妆。临别前,米乐单独请女生吃了顿饭,以示感谢。之前两人见面都是在会议桌上,主谈工作,这回两人以叙旧为主。

先是空聊了一会儿欧洲电影,然后又聊到亚洲电影,这时候一瓶红酒已经喝完了,又开了第二瓶。酒是米乐带的,跟她吃饭,他不必充大个儿。

随后在米乐的询问下,女生讲了自己回韩国的这几年干了什么。听上去她是个上进的人,就是不太走运,拍的片子没什么反响,被她谢绝的片子却都火了,捧红一个个新人,眼看着自己过了三十岁,而这个年龄段的角色在韩国都被全智贤垄断着。

"那你来演我的处女作,不知道是好事儿坏事儿。"米乐给女生的杯里又倒上酒。

女生听过米乐的课,知道他的调侃风,举起酒杯:"所以不要给我写太多戏。"

两人碰杯。

"你结婚了吗?"喝到第二瓶酒,米乐终于问出早就想问的事情,女生将在米乐的电影里出演一位丈夫出轨的妻子。

"离了。"女生并无遮掩,"你呢?"

"没机会离,更没机会结。"又是米乐惯用的说话方式。

"结不结不那么重要。"女生很坦荡。

"有没有婚姻经验还是不一样。"米乐难得认真,"我是想把你那部分戏写得更真实。"

"韩国女人结婚后就不怎么出来工作了,我喜欢工作,所以离了婚。"女生端起酒杯,落落大方。

饭后,米乐把女生送回酒店,便迫不及待回家改剧本。她让米乐对剧本中的女性有了新的想法。

两个月的筹备期很顺利。香港的监制很职业,懂得配合,为米乐干了不少添砖加瓦的事儿。摄影也是老同学,交流毫无障碍。老制片人不是每天都出现,安排了一个执行制片人,巧的是,也是米乐这届的同学,管理系的,没代沟,同学间沟通顺畅。4月初,电影如期开机。

前一个月的拍摄没碰到太大的困难,米乐第一次拍电影,有些想法不好执行,摄影师和监制经验丰富,能把米乐的想法最大限度地在镜头中实现。这天要拍女演员的一场戏,原本这场戏的内容是女人买了活鱼回到家,正要做糖醋鱼——她老公喜欢这口——突然发现老公出轨的证据,于是女人把鱼拎到河边,放了。表面上看女人很平静,把鱼放生,寓意"放手",表现她"想开了",日后她老公突然死掉,让观众联想到女人放生鱼时的冷静其实是对蓄谋杀夫的遮掩,自然将她当成怀疑对象,最后谜底揭开,并不是她。

监制突然找到米乐,建议把这场戏改一改,改成女人发现老公出轨后,残暴地把鱼杀了,厨房洗菜盆里血淋淋的,溅得女人脸上也都是血,然后接下一场,她把自己清洗干净打扮漂亮,坐在餐桌前,对面是她老公。洁白的餐桌布上,摆放着刚才那条被杀的鲤鱼,侧躺着,眼睛直愣愣地向上盯着,身上已经被浇了汁,撒了香菜和葱叶,鱼头旁还盛开着一朵紫色的牵牛花。描述完,监制分析了为什么剧本改成这样会更好,这是一部情爱悬疑惊悚电影,这场戏需要完成的任务是让观众将女人锁定为凶手,然后再解套。之前"放生"的表现手法太含蓄,展现女人内心的方式偏文学的隐喻,无法简单而有效地表现出女人想杀老公。现在这么一改,厨房残暴的视觉场面和之后貌似平静的一顿晚餐,给观众一种"风平浪静下暗流涌动"的感受。监制以他参与过近百部港片儿拍摄的经验告诉米乐,商业片要拍得通俗且直接,不能文艺腔,"有观影障碍,就是把票房挡在门外"。

米乐完全能够理解改完的意图,可有个坎儿过不去:"戏可以改,但鱼不能杀。"

"为什么?"

"我受了杀戒。"米乐说。

2. 因果·电影梦

米乐是两年前开始信佛的。说到信佛,得从他十几年前的生活说起。大四的时候,眼看就毕业了,米乐决定找个女朋友。之前不是不想找,是时机不成熟,米乐能看上的,不喜欢米乐,能看上米乐的,他又不喜欢,结果就一直旱着,看着别人不停地分分合合。直到大四开学,又一批大一表演系女生入校了,米乐觉得必须在这拨新生里给自己划拉个女朋友了,趁着她们还涉世未深,再晚又成别人的了。

正好这时候出现这么一个女生,长得也符合米乐的银幕标准——小时候在电影院混多了的男生,对美好女性的印象都停留在童年时期银幕上出现的那一张张女性的脸上。对于米乐来说,这种脸就是娃娃脸、大眼睛、红嘴唇,笑起来脸颊鼓起两个"小苹果",饱满娇羞,早期代表人物是《庐山恋》里的张瑜,后期是《顽主》里的马晓晴。米乐在食堂看到这么个女生后,毫不犹豫,果断出击,端着饭坐在女孩对面,问女孩是不是大一的。女孩毫无戒备,问米乐怎么知道的。米乐说,因为以前在学校里没看见过她,还问女孩是不是表演系的。女孩继续用"你怎么知道的"来表达自己的好奇,米乐说每个系的女生都有每个系女生的特点,她这风格是表演系的,但偏古典主义。女孩问师兄是什么系的,米乐说:"导演系,正准备拍毕业作业,你来帮我演吧。"这时候,米乐已经决定找这女孩做女朋友了。至于为什么找表演系的,米乐觉得这是命运的召唤,中外电影史上,银幕背后男导演和女演员的故事比银幕上的故事还吸引人,这种搭配似乎天经地义。导表不分家,况且那时候导演系和表演系还在一个楼里,叫导表楼,出来进去成天见面,天然就像一家。

米乐要拍的毕业作业是二十分钟的短片,学校出钱,每届都拍,是个传统,目前正在全校征集剧本。米乐也想拿学校的钱拍片练手,需要剧本通过才能申请到这笔钱,他还没剧本。看到这个女生后,米乐一晚上写完了剧本,写的是机器猫带着康夫(有的版本管他叫野比或大雄)通过时光机飞跃到20世纪80年代中国电影的场景中,当时的人物也都在,康夫参与到他们的生活中,并改变了他们的命运。这些电影有一个共同特征——女主角都是娃娃脸、大眼睛,一笑两颊鼓起两个"小苹果"。米乐打算让大一女生出演这些女主角。第二天剧本交给学校,一个礼拜得到答复:80后一代的情窦初开,浪漫主义作品,给钱,可拍。

于是米乐的第一个摄制组成立了,摄影师就是后来这部电影的摄影师,当时他们是同学。总共拍了七天,在第三天的时候,女孩成了米乐的女朋友。她觉得米乐是个有意思的人,想法多,还是导演系的,成熟。

然后米乐毕业,带着他的导演梦,走上社会。

作为新导演,不会有人拿着现成的剧本来找你拍,得自己带着剧本找机会,制片公司喜欢这剧本又信任你能拍好它,才可能给你机会做导演。而他们喜欢的,都是能挣钱的剧本,和米乐写的电影剧本不太一样。所以毕业之初,米乐每次带着剧本出去谈完都大受刺激,觉得作为年轻新导演,想获得拍片的机会,只有一种可能,就是命好。

但是不坚持试一下,怎么知道自己命好不好呢?

那几年中国电影正在低谷中,中小城市的电影院都关门了,有的改成二人转剧场,有的重新装修改造成KTV,因为卫星频道多了,电视剧迎来春天。各影视公司纷纷立项电视剧项目,年产量数万集。米乐出去找活儿坚持聊电影,没人和他聊,为了不再花家里的钱,米乐开始写电视剧剧本。

电影和电视剧虽然都算影视行业,艺术追求却有天壤之别,电视剧一直被电影导演所不齿。就像火车站法制小报上的故事和诺贝尔文学奖,虽然创作者都属于文字工作者。米乐明确知道自己的这一行为属曲线救国,和见异思迁绝不是一回事儿。

米乐在电影学院旁边租了房,每天窝在屋里写剧本。"小苹果"则每天清晨从米乐的被窝里爬出来,准时出现在学校操场表演系出晨功的队伍中,冲着天空"咿呀嘿吽"开嗓子,或者睡眼惺忪地一条腿搭在树上一条腿站立披着大衣睡着回笼觉。当然这仅限于低年级,到了大三,她们就知道怎样不耽误睡懒觉也能出晨功了——根本不用出,学校没人真的管你,记考勤的老师也不是天天能爬起来。

"小苹果"成了米乐女朋友后最大的变化便是,不再是娃娃脸了,婴儿肥褪去,"小苹果"变成了"鸭梨",出现棱角,有人说这是交过男朋友的标志。

三年后,米乐还在一边写电视剧剧本,一边找机会梦想成真。三年的时间对于一个想拍电影的年轻人来说,就像从昨天到今天这么快,不易察觉。"鸭梨"也毕业了,和米乐一起住在电影学院旁边租的房子里,以这样的方式"留京"。考上表演系是能当上演员的第一步,毕业后没有回老家而是留在北京是第二步,第三步就是运气。"鸭梨"每天出去跑组,碰碰运气。跑组就是去各个剧组投递简历,偶尔有些小角色会让"鸭梨"去演,虽然是电影学院毕业,运气也不太好。因为电影学院每年都有毕业生,每届都有好几个班,北京除了有电影学院,还有戏剧学院、戏曲学院、广播学院和师范大学的表演系。僧多粥少,就是这个行业的现状。

跑了一年组,"鸭梨"的脸更瘦了,成了"杧果"。"杧果"决定签公司,这样就有经纪人替她跑组了,不用她再挤公交坐地铁,虽然片酬要给公司提成,但机会也比现在多。"杧果"是在跑组的时候结识了经纪人,比她大两岁,干这行快十年了。经纪人觉得"杧果"条件还不错,问她愿不愿意签个经纪公司帮她找戏。了解完情况,"杧果"觉得自己确实需要挂靠在一个公司里。

"杧果"回到家,跟米乐说自己要签公司。米乐听完不让签,认为合同限制太多,他们也未必能找到多少戏,就像中介带人看房子,能不能成取决于房子本身。如果女孩真想拍戏,就先学着把戏演好——相当于把房子装修好,得花心思去看、去揣摩、去学习,别太着急拍戏,再说也不用成天出去演戏,一年演一两部好戏,足矣。说完米乐又继续写自己的剧本去了,"杧果"听从了米乐的建议,没签。毕竟他是导演系的,成熟,"杧果"这么想。

多半年过去了,"杧果"并没有拍上什么戏,不要说一两部好戏,一两部不好的戏都不是想拍就能拍的。她和从前一样,平均每周五天去跑组,像个上班族;米乐每天还在埋头写电视剧剧本,签了合同,得按时交稿,制片方催得紧。米乐和"杧果"见外人和盯着电脑的时间,远比两人互相认真看看的时间多。

"杧果"在跑组的时候又遇见了上回那个经纪人,她知道这个经纪人刚刚推荐他们公司的几个新演员去拍了一部古装大戏,明年上映后这几个演员将随之有些名气,再拍戏就容易多了。本来这机会可以属于"杧果",面对签约,"杧果"拒绝了,这次有些不好意思面对这位经纪人。倒是经纪人一派谦和,也没提自己的功绩,问了"杧果"的现状,还开导她,说虽然导演最后用不用取决于她是否适合角色,但至少他们会把她的资料送到好剧组和大导演的面前,有机会参选,而且公司每年都会给各个导演和制片公司送礼,这些导演再拍戏的时候,看面子多少也得用公司的几个演员。说得"杧果"又心动了,但是经纪人并不着急要"杧果"答复,让她回去好好想想。

回到家,"杧果"问米乐想不想和她结婚。米乐正忙着赶剧本,看了她一眼,莫名其妙:"这不像你们系毕业的人喜欢掺和的事儿。"

"我们系毕业的应该掺和什么?"女孩又补了一句,"那你们系毕业的呢?"

"反正我现在想的就是赶紧交稿。"米乐眼睛一直盯着电脑屏幕,"超期半个月了,一天仨电话催我。"

这一刻"杧果"心里有了答案,米乐对他自己的事儿的在意远胜过对她的事情的关心,她现在可以替自己做主,和那家公司签约——合同里规定签约后四年内不能结婚,七年内不能生孩子。公司要给艺人们做宣传、拍照、包装,不能钱刚花出去,当事人突然转入家庭生活,前功尽弃。

"杧果"和公司签了八年,签完也没告诉米乐,因为她进门的时候,米乐仍对着电脑,头都没回。开始有人替"杧果"跑组送资料,不用她出门了。公司效率很高,很快就给她接了一部小成本电影,下个月开机,让她先看剧本。

米乐写的电视剧剧本交稿了,终于能把眼睛放在"杧果"身上,见她也没怎么出门,却开始背台词准备拍戏了,问是哪儿的戏。"杧果"便将签公司的事儿道出,并预料到米乐会有什么反应,不等他做出,就把要签公司的理由摆出来:首先,一年拍一两部好戏当然是最好的,但全中国一年的好戏也就一两部,都是给知名演员预备的,小演员不用异想天开了。其次,是该在自身上下功夫,但演员的功夫无非就是多拍戏积累经验,各种角色都尝试,各种情绪都锻炼,拍出来在荧幕上找不足,下回才知道怎么演,要不为什么戏好的演员都叫老戏骨?再次,公司比她人脉广、资源多、面子大,同样的角色,她自己去试肯定不如公司推荐管用。最后,也是最重要的,反正米乐这四到七年内也不会考虑结婚生孩子的事儿,这是签公司唯一会带来不便的地方,现在也不成为问题了。

米乐听完,无法反驳。白纸黑字,事已至此,米乐只好说:"剧本给我看看,替你把把关。"

看完,米乐把剧本往床上一扔,郑重说道:"不要去拍——太烂!"

"杧果"并不是只相信米乐的判断,她自己看完也觉得剧本漏洞百出,就如实告诉了公司,公司没有强求,尊重了她的想法。

不久后,公司又给"杧果"拿来一个剧本,说是公司投资的一部电视电影,也是小成本制作,让导演从公司签约的演员里挑角色,"杧果"被选中。

"杧果"又把剧本拿给米乐看,米乐看完表情更严肃,把剧本往地上一扔:"拍它干吗?比上回那个还烂!"

女孩捡起剧本:"公司已经决定投拍了。"

"要不你让他们把这个停了,投我的电影吧。"米乐突然兴奋起来。

女孩还是有分寸的,没拿着米乐的剧本去找公司,只对经纪人说希望能接到更好的戏。经纪人也看过剧本,当然知道"杧果"怎么想的,他比"杧果"看过更多的烂剧本,又开导"杧果":"教科书里的那些剧本都是大师们的经典,不可复制,不要想着自己非拍那样的戏,古今中外几百年才那么几部,现实中拍戏,更多剧本还不如你看到的这两个。而且作为公司的签约演员,公司的戏都不接,是不给公司面子,给公司惹急了,日子不会好过。再一个,公司签了那么多演员,彼此间存在竞争,到时候一年下来,谁拍的戏多,谁拍的戏少,公司会考量,这直接关系到重点培养谁不培养谁,即便签了公司,肯定也有一些人停滞不前。"

"杧果"相信经纪人说的是实话,她别无选择。

接了。

米乐的剧本被打回来了,要求大改。因为很大一笔尾款没拿到,米乐只能改,对着电脑像对着自己的命运。所以"杧果"收拾行李的时候,米乐求之不得,正好能一个人在家安静地改剧本,只是问了一句:"什么时候拍完?"

女孩说计划拍三个礼拜,米乐也没真听见,女孩什么时候回来他不是非知道不可,最关心的是自己的剧本怎么能让制片方满意。二十天后,"杜果"回来了,她的出现让米乐感到意外:"怎么回来了?"

"不回来去哪儿?戏杀青了。"米乐的反应让"杜果"失落,她本以为会是小别重逢的惊喜。

"要不你再接个戏吧,我这还有半个月就改完了。"米乐写得兴起,屁股都没离开椅子。

"杜果"知道其实米乐陷入剧本中也很痛苦,他又何尝不想早日交稿拿到钱,早日把精力转到正轨上——拍自己的电影?她识趣,接下来的半个月里,能不在家就不在家。白天出去逛商场,以前晚上不爱出门,现在谁一叫她,起身就走,只为给米乐个安静的创作环境。

这天公司搞团建,叫"杜果"来KTV玩。她知道肯定会乱糟糟的,但为了给米乐腾地儿,还是硬着头皮去了。包房里已经乌烟瘴气,公司的演员和工作人员基本都在,一群二十出头的男男女女和一些四五十岁的中年人混在一起,烟酒没离嘴。经纪人带着"杜果"去给那些中年人敬酒,他们都是导演和制片人,希望日后多合作。"杜果"不怎么喝酒,碍于面子,端着红酒喝了一杯。

正好一个导演有部戏要开机,里面有个农村丫头的角色,想安排"杜果"来演,但需要提前去农村半个月体验生活。"杧果"问清时间,表示没问题,双方口头达成合作意向。话音未落,米乐电话来了,让"杧果"回家。

"杧果"问米乐怎么了,米乐就说有急事儿,赶紧回来,便挂了电话。"杧果"怕米乐那儿出什么情况,万分歉意地跟刚刚认识的导演告别,说家里真有事儿,必须得走了,怕让导演觉得失礼,又说农村生活随时都能去体验。

一进家门,米乐迎上来:"怎么这么大烟味儿?"

"杧果"赶紧脱去外衣:"熏的。"

没想到刚脱掉外衣,其他衣服也被米乐褪去,按在身下,然后进入了。

"杧果"毫无准备,问米乐这是干什么。米乐动作没停,暴风雨般伏在女孩身上,说完稿了,写得太激动,得发射出来,平复一下。

女孩了解米乐,只有电影对他才是真实的生活,电影以外都是在演生活,现在他演完一部,可以喘口气了。

平复后的米乐四仰八叉,闭着眼睛,放空自己。女孩躺在他的肚子上,说了自己接下来的安排,要去拍一部农村电视剧。米乐眼睛没睁,问导演是谁,女孩说了个名,米乐非常不屑地说那导演就是一烂导演,没拍过好戏。女孩说她也想接不烂的戏,但有吗?米乐睁开眼说:"你等着,等我当了导演,你就能拍上不烂的戏了。"女孩说:"你想用我拍,但制片人答应吗?我不抱那幻想,你能顺顺当当当导演就行。"

"我想好了,再写最后一部电视剧剧本,挣的钱都拿出来,自己当制片人,拍一部小成本电影,自己说了算,不看他们丫脸色!"米乐一下坐了起来,女孩的脑袋从米乐的肚子上飞起,滑落一旁。

女孩躺在床上,仰望着坐在床上的米乐,从这个角度看去,米乐不光显得高大,也显得奇怪。

此时米乐的目标是拍一部两百五十万的电影,市场上几部投资不超过三百万的电影都成功了。米乐需要做的,就是挣够两百万,然后找同学们来帮忙,靠刷脸开机,片子卖钱了,再把酬金给大家。

如果说那个电影梦是君主的话,米乐愿意做奴仆,服从它,服务它。

随后"杧果"便去农村拍戏。米乐为自己的雄心壮志早日实现不辞劳苦,又接了一部古装电视剧剧本写。

在农村拍戏很无聊,不出工的时候没事儿干,仅有的娱乐就是在村子里溜达或者看剧组的人打牌。他们还拉着"杧果"下注,输多赢少,"杧果"的娱乐项目便又少了一项,仅剩下在村里瞎遛了。"杧果"待得无聊,让米乐来陪她,换个地方写东西。米乐知道村子里苦,不愿意去,一门心思写剧本,没满足"杧果"。每次"杧果"联系他的时候,他也都爱搭不理,忙着赶进度。"杧果"知道米乐想的是早一天拿到钱,自己的电影就能早一天开机,便也不怎么联系米乐了。对于米乐实现电影梦这事儿,她愿意配合。接触外界多了,她现在比米乐成熟。

剧组里的人知道"杧果"有男朋友,却不怎么见她和男朋友联系,哪怕她生日这天,也没见男朋友有什么动静,别人的男朋友都来剧组探个班或者快递鲜花和礼物。"杧果"和组里的几个朋友去镇上饭馆过生日,他们半开玩笑地问:"你其实是单身,怕我们追你才说自己有男朋友吧?"

"杧果"当然不能告诉他们男朋友在"卧薪尝胆",顺着他们的玩笑说:"既然被你们看穿了,那谁来追我啊?"

一个男演员喝多了,当场就向"杧果"表白,愿意从此刻起陪在她身边。"杧果"赶紧收回刚才的话,说男朋友过几天就来看她。

但几天过去,男朋友并没有出现。那个男演员在镇上喝完酒回来,半夜去敲"杧果"的门,"杧果"吓得没敢开,隔着门一再表示自己有男朋友。男演员痛苦地敲着门说:"我真不信。""杧果"用桌子顶住门说:"我真没骗你,你真的快走吧!"

戏要拍两个月,才过了一个月。接下来的日子里,男演员没再对"杧果"来硬的,开始来软的。备好了遮阳伞、小电扇、咖啡以及暖水杯——不知道他怎么观察出"杧果"来了例假。看着这些东西,"杧果"有些晕厥,只想早点把戏拍完,剧组解散了赶紧回家。

终于挨到杀青,"杧果"都没参加关机饭,怕那个男演员喝多了又乱来,偷偷订了火车票,当天就回北京了。为避免麻烦,她直到火车启动才给剧组的人发短信告知离开,并没有发给男演员。然而男演员的短信还是过来了,洋洋洒洒几百字,估计打这些字都耽误在关机宴上夹菜了。短信回顾了过去两个月相处的快乐时光,又展望未来,盼重逢,无论是拍戏重逢还是生活中重逢。全文情感饱满、充沛。本以为逃过一劫的"杧果"看完又不平静了,犹豫了一下,还是给删了。

米乐说好来接站,突然写得意犹未尽,不愿意离开电脑,让"杧果"自己打车。看着空空的站台,"杧果"有些失望。

这时候,男演员的短信又进来了,他查了火车几点到站,准时发来短信,问候是否顺利抵京,并不忘问一句:"有人接吗?"

"有。""杧果"回复了短信,然后一个人拉着大箱子,艰难出站,排队打车。

回到家,以为米乐能为她准备好饭菜,她在火车上饿了一宿,然而进门后看到的却是露着肉几近全裸像死猪一样躺在床上的米乐,酣睡不起,座椅上放着一个大号的碗和筷子,垃圾筐里塞满泡面包装袋。

也许是写得太累了吧,"杧果"这样想。她没有叫醒米乐,放下箱子,自己下楼找吃的。

经历了一年的拍戏生活,"杧果"成长了,对爱情有了认识,其中不乏烂剧本的帮助。戏里的女人对男人都有一个要求:关心。"杧果"现在觉得男朋友除了成熟,还要关爱她,而这点米乐太缺乏了,他只爱自己的电影。

恰恰自己又被男朋友以外的男人关心过,如果关系正当,被关爱的幸福感确实让人难以拒绝。"杧果"只期待米乐要盖的电影大厦早点竣工,腾出工夫关爱关爱她。

又一年过去了,从一个夏天到了另一个夏天。"杧果"拍了越来越多的戏,认识了更多的演员、副导演和制片人。这天有个制片人过生日,叫"杧果"过去玩。"杧果"拍过这个制片人的两部戏,不能不捧场,买了礼物前往。

米乐一个人在家苦战剧本,去年那个电视剧进展不顺利,光梗概就改了十个月,现在才进入正式剧本阶段。过了晚上十一点,"杧果"还没回来,当然也是有意晚回,省得打扰米乐写东西。但今天米乐没状态,写不出来,早早就躺下,却睡不着,老想着女孩走的时候没带钥匙,得给她开门。米乐给女孩打电话,催她回家。女孩以为米乐又写兴奋了,和上回一样需要平复一下,不属于非办不可的突发事件,便说一时半会儿还回不去。

"差不多得了啊!"米乐在电话里说。

"你先睡,明天补偿你。"女孩的话很含混,但意思明确。

"我倒想睡呢,不是得给你开门吗?"

"到家之前给你打电话,你先踏实睡。"

"大概几点?"

"说不准。"

"现在不回来,你就别回来了。"米乐说完挂了电话。

"杧果"不能离开是因为大家正在玩"杀人游戏",一共八个人,其中两个"警察",两个"杀手",人数合适,少一个效果骤损。"杧果"做事懂顾及。

到家的时候已经凌晨三点多,"杧果"按门铃,米乐没有开。又不能太使劲砸门,旁边邻居已经在屋里喊"小点儿声"了。打米乐电话,也没接,不知道米乐在不在房子里,眼看着天就亮了。"杧果"坐在地上,靠着门,睡着了。

米乐坐在屋里,知道女孩在门外,真就一宿没让她进来。其实他也一宿没睡,为剧本苦恼,把写不出来的气愤投到女孩身上。剧本写不出意味着拿不到钱,没有钱就意味着自己的电影梦遥遥无期。愤怒使他摆出一副和世界决裂的态度,出自本能毫不留情面地清扫挡在电影路上的一切障碍。敲门声和特意为女孩来电设置的手机铃声就在耳边响着,他无动于衷,跟自己死磕,也跟世界死磕。

太阳照进来,屋里阴冷的色调消退,墙上多了一丝暖色,米乐心里的冰冷慢慢化开。他来到门外,摇醒靠在墙上的女孩:"进屋睡吧。"

女孩蒙蒙眬眬睁眼一瞄,半睡半醒起身,摇摇晃晃走进屋,一头倒在床上,蒙头大睡。她太困了,没有力气对米乐做出反应。

"杧果"在床上躺到晚上,中途醒了几次,不愿意起来,就一直闭着眼睛躺着,也不说话。米乐问过她吃不吃饭,女孩没回应。米乐知道她在生他的气。

不能总这样冷战下去。天黑后,米乐拉上窗帘,打开灯,从床上拉起女孩:"吃饭。"

女孩从米乐手里撤出胳膊,自己走到饭桌前,端起碗就吃——饿坏了。

吃完饭,似乎有了力气,女孩放下筷子,说出一句话:

"咱俩分开吧。"

米乐没想到昨晚的赌气行为引爆了这个结果。这其实是他期盼的,早就等着"杧果"的这句话。这一年,他发现自己只能活在电影梦里,别的任何事情都提不起他的兴趣,连女朋友也觉得是多余的。但分手由他提出来太残忍,女孩一个人在北京打拼,岁数比他小,又对他挺好,他不忍心,就一直忍着。其实米乐也委屈,他的那个电影梦越真实,电影以外的事情就越假,包括爱情。他已经不愿意再假眉三道地过下去了。

女孩的这句话让米乐轻松了许多。

"好吧。"米乐坐在女孩对面,平静地看着她。

眼前那张杧果般的脸已经无法唤起米乐对生活的热爱了。九岁的审美一旦满足,摆脱童年桎梏,他二十九岁了,对"苹果"已无感,何况曾经的"苹果"如今已成了"杧果"。"杧果"让米乐看着陌生而麻木。

"杧果"本来也不叫杧果,她有名字。

女孩的眼泪掉进碗里,在已经凝固冰冷的汤里激起涟漪。上学的时候她能死心塌地跟米乐好是觉得他有理想,现在动摇了是觉得以前那个有理想有抱负的师哥,不知不觉间,变成了一个面目可憎、追求功利而冷漠的成年人。以前演感情戏,女孩总觉得自己演得飘、空洞,现在知道该怎么演了。

米乐搬回到父母在大学里的老房子,以为一切归零,回到原点,继续孵化自己的电影梦。半个月后,他正坐在电脑前的时候,接到女孩打来的电话,她怀孕了。

"我怎么知道这孩子是不是我的?!"米乐说出刚刚在电视剧剧本里写过的一句台词。在电脑上敲字的时候他心里念过这几个字,语感尚存,也知道这话很"狗血",还是脱口而出。随后米乐又为自己的过激反应找到合理解释:"你签公司能不让我知道,干别的事儿也能不让我知道。"

这句话让两人彻底崩裂。

当晚,米乐关了电脑,躺在床上不安,给女孩拨了一个电话。响了几声被挂断。第二天米乐去他曾经和女孩住的地方找她,敲了半天门,没敲开。也不知道里面有没有人。等候的过程中,米乐体会到那晚女孩被关在门外的滋味,觉得自己真不是人。离开前,他又给女孩打了电话,每次都是刚一接通就被挂断,显然已被设置来电屏蔽。

三天后,女孩给米乐发来一条短信:"我恨你。"

随后女孩删掉米乐的电话。女孩跟公司签了四年内不结婚、七年内不生孩子的合同,违约金是数百万的赔偿。孩子留不住。

看着这条三个字的短信,米乐知道孩子跟自己有关系,猜到发生了什么,后来猜测在同学那里得到印证。去印证前,米乐想见女孩,已经找不到人。

颓丧了一个月,一些东西被时间掩盖、抹平。拍电影的愿望经过发酵,又浓烈起来。然而曲线救国的方针也失败了,手头这部电视剧剧本写了一半,制片方迟迟不结钱,追讨无果,时间就这么过去了,什么都没干成。在米乐看来,他们不是欠自己钱,而是欠了自己一部电影。自己掏钱拍电影的想法就此搁浅。

这时候米乐已经二十七岁。2009年的上半年就这么结束了,7月份学校打来电话问米乐愿不愿意回去教课,他当即答应。说不定"电影学院老师"这个身份,有助于拍电影。

一年后,米乐认识到,学校并不能为一个有导演梦的人提供实实在在的机会,都是拍不上电影的人才来教书,正在拍电影的人都在社会里,待在这里就会永远拍不上电影。又浪费了一年。心比天高,命比纸薄,这是米乐对自己那一时期生活的总结。为了生存,他又开始写电视剧剧本。

写电视剧剧本苦是苦,但挣钱不少,米乐买了房。北京的房价越来越高,再不买就永远买不起了。起因是他妈说,电影梦先放一放,那是虚的,只能在里面睡觉;房子是实的,不仅能在里面睡觉,还能在里面写剧本,继续做电影梦。房价比他毕业的时候涨了一倍,一部电影的制作费也涨了,以前两百多万能拍的片子,现在得五百万。米乐发觉自己挣钱的速度赶不上货币贬值的速度,为了保证未来自己电影的品质,米乐决定先把房子买了。等真用钱的时候,再把房卖了,房价的上涨会帮米乐解决拍电影越来越贵的问题。

在电影梦这个君主面前,米乐不仅成了奴仆,还成了管家,替它算账、保值。

拿不出全款,米乐贷了款。父母正好都退休了,米乐让他们去住新房,自己守在大学的老房子里,每日坐在窗前,在笔记本电脑上狂敲。

窗外是恋爱中的在校年轻男女生,鸟语花香,打水打饭,阳光灿烂;窗内是一个人在战斗的米乐,一片狼藉,锅碗瓢盆,满腔愤怒。唯一能平息愤怒的是金钱,每当拿到一笔钱的时候,那种喜悦是真实的,每个月的房贷问题解决了,这意味着房子仍属于米乐,电影梦还可以做下去。

即将三十岁,电影梦支撑着米乐每天一个人在电脑前战斗,摆在他面前的路似乎只有一条:写剧本,挣钱,挣够了拍电影。在这条路上摸爬翻滚,米乐心无旁骛。

与此同时,同行们也在聊着钱,谁谁谁写一集戏已经多少钱了,谁谁谁占股的影视公司上市了,身价几千万了……想到自己并不比这些人差,挣的却比这些人少得多,米乐开始不平衡了,觉得这是对他背后电影梦的不尊重。再接写剧本的活儿,也开高价,他看清一个事实,辛辛苦苦三年写两部电视剧剧本,不如一部戏要上价写三年,人这一辈子也就能写那么几部戏,必须提高单位产值,况且还要腾出工夫准备自己的电影剧本,不能所有精力都扑在写电视剧剧本上。

米乐开始四处撒网,见各种人,看谁开价高,满意了才写。有个朋友给他介绍了一公司,说是要重拍《西游记》,正找编剧。米乐小时候就爱看,对重新演绎这个题材有兴趣,去见了公司的人。原来人家不是要拍《西游记》电视剧,是想拍玄奘取经的纪录片,沿着当年的路线再走一遍取经之路,属佛教公益行为,没什么经费,凭兴趣参与,会耗时一两年。米乐听完觉得自己能写,而且还能写得不错,唐僧当打之年把所有事情都放下,只去取经,和他这么多年含辛茹苦只为拍电影没什么区别,他很理解唐僧。可不给钱,就相当于取不到经,所以米乐婉拒了这事,说自己福报不够,跟这事儿没缘。公司也没介意,给米乐结缘了几本佛教书,让他有闲心的时候看看。

米乐拿着书,回到家就堆在窗台上,扭头继续为电影奋斗。为了电影梦,放弃艺术尊严写电视剧剧本,这是他的潜伏行动。

人有时候越想得到就越得不到。半年过去了,米乐写电视剧剧本开出的价格没人接盘,他打算靠这部戏,筹够拍电影的费用。之前写的一部电视剧播出了,没什么反响。编剧的价值完全靠收视率体现,等于过去的这两三年并没有让米乐的事业迈上一个新高度,前后的路都被堵上了。这个行业就是逆水行舟,看着别人的事业蒸蒸日上,自己离拍电影越来越远,米乐抑郁了。患此病者在影视行业尤其多,米乐的免疫系统不出意外地遭受攻击。

开了药,米乐又自降身价接了一个剧本,情况似乎有所好转。他花一个月写出两万字的剧本梗概,制片人一晚上就拿出一万字的修改意见。眼前一片灰暗,米乐倒在床上,高烧不退。

退烧药、白开水、出汗、噩梦,米乐在床上挣扎着,被折磨得筋疲力尽,昏昏睡去。第二天,床头窗台上的一摞书——被米乐在床上翻滚撞击重心失衡——轰然倒下,把他埋在底下。米乐先拿起落在脸上的那本,是《金刚经注释》。

休息一夜,烧退了,脑子也清醒了。米乐翻开砸在脸上的这本书,它砸在米乐的脸上的意义如苹果掉在牛顿头上一般。凡所有相,皆是虚妄——书里有这么一句话,做注释的人是这样解释的:所有的相,都是和人的眼耳鼻舌身以及人的意识发生关系后才产生的,是意识的产物,如果没有主观作意,它们未必会出现在我们的意识中;因为我们活在错觉中,所以它们有了真实属性,但真相是它们和我们以及一切都是虚妄的,都是我们错觉的产物。注释者特意补充了一句:错觉遍及一切,越是你所关心的、放不下的,越是错上加错,才放不下。

怎么就虚妄了呢?

往深了想想,还真是,要不去"认识"它们,它们真就谈不上存在。

但又觉得世界就是真实的,怎么可能虚妄呢?——虚妄了的话,那现在所看所听所感又是什么呢?昨天难道不是我在发烧吗?现在难道不是我被《金刚经》搞蒙了吗?

越蒙就越想看看后面是怎么说的,于是这本书不离身了,连出去谈业务坐在咖啡馆等人的时候,米乐也会拿出这本书看。来的影视公司老板见米乐在看《金刚经》,关系一下就拉近了,他是佛教徒,和米乐畅谈自己对《金刚经》的理解。米乐听得云里雾里,只能频频点头。阳光照在他的脸上,晒得他往外冒虚汗,咖啡喝猛了,眼前有点儿冒金星,影视公司老板的嘴一张一合,说什么米乐已经听不见了,周围有人在走动,有人在聊天,宛如和自己隔着一个世界。恍惚中米乐一激灵,像突然又回到这个世界,听到对面一张一合的嘴里传出一句话:"凡所有相,皆是虚妄。"

接下来米乐真就"虚妄"了一会儿,刚才的感受让他说出:"写不写剧本没那么重要,钱多钱少也没那么重要,出不出名还不重要,反正人最后都是一死,想不虚妄都不行。"这么一聊,老板觉得和米乐投缘,必须合作。于是双方在"话都说出去了也不能贪心太重了"和"反正都是虚妄的生不带来死不带走无所谓了"的背景下,需求迅速达成一致,签订了协议。

米乐拿到定金,找阿姨把房子做了彻底打扫,还买了一把预防久坐腰椎间盘突出的高级椅子,准备大干一场。写到兴致正高时,突然接到老板通知,不用再写了。他的公司去年做了一部戏,从银行贷了点儿款,播出收益没有预想的好,还银行钱的日子到了,还管人借了点儿才把银行的账还上,一时半会儿没钱投拍新片儿了。老板还跟米乐说,给的钱不用退,要是觉得亏,他给米乐再补点儿。米乐还真写出不少东西,已超过预付金的标准,乘人之危乱开口不是他的作风,他提议,既然公司已付定金,就把版权给公司留着,等公司缓过劲儿,继续合作。

这意味着,米乐的电影梦又延期了。

老板说这些的时候,跟说不是自己的事儿似的,毫无一屁股债的苦恼,把什么事儿都不当回事儿的心态让米乐羡慕——听完这些他比老板还愁。老板说:"这就看你把什么当作生活的重心——是解脱,还是别的什么,别的则导致不解脱。"

影视圈信佛的人多,大部分信是图个美梦成真,事业有成早点出名,每部戏开机前也都会摆上供品祭拜,求个风调雨顺拍摄平安。老板告诉米乐,佛教的最高目标不是冲着岁月静好此世安稳去的,佛教的最经典著作《金刚经》里没说怎么能长寿和发财,说的是怎么能解脱,脱离八苦。被八苦之一"求不得苦"——也就是梦想永不成真——折磨得够够的米乐当然想解脱,虽然对有没有解脱这事儿半信半疑,但至少是有了兴趣。

老板说:"真想解脱,得先皈依。皈依是深信佛法能带给你解脱,不同于封建迷信,是理性地看破世界的如梦如幻进而解脱,又叫证悟。想证悟,需要由浅入深地学习和训练,矢志不渝信心永存,才可证悟,获得解脱。"后面的话米乐有点儿听不懂了,他想既然要求皈依,那就先皈了吧,也不太麻烦。

于是,在老板的介绍下,米乐去了藏区的一个寺庙,那里有位上师,老板于此皈依,让米乐和上师聊聊,投缘的话,想皈依也可以。皈依不是出家,只是在家人信仰佛教的认证。出家人叫和尚,不出家信佛的普通老百姓叫居士。

藏族上师汉语说得不是太流利,米乐要抓住他说的每个字,自己再组合,才能领会说的是什么。但就是这种半生不熟的字句,竟让米乐有生以来第一次听人讲话听进去了。从小到大,父母和老师讲的话,总会被米乐拒之门外。上师的这些话以前别人也以其他方式表达过,无论电视上、广播里还是书报刊的字里行间,在米乐看来,不过是一些想当然的道理,没有可行性。但此刻从这位上师嘴里说出来,这些语言既不是知识,也不是道理,是在解放米乐,把他从枷锁中拽出来,让米乐当下便释然。

米乐觉得这种释然是被上师自内而外渗透出来的力量所感染,飞机场电视上那种以说服别人为工作的声嘶力竭和这种平静的力量比起来,就显得太低级了。上师给人的信任感,是那种以名人名言和"鸡汤"伦理儒家做工具来显得自己活得明白但其实私底下比谁都纠结的人不可比的。

尤其上师说到因果,更是说到米乐心里。上师说因果有三种呈现方式:第一种是因果都发生在当下,此生的善恶行为,导致此生的结果;第二种是过去因导致现在果或者现在因导致未来果,前世的善行恶行导致此生的结果,此世的善恶此世看不到,但未来世会有果报;第三是因的能力很微弱时,遇到强大的对治力,果就不一定发生。米乐觉得上师说得太准确了,人不就是一直以来想干什么就干什么吗?现在已经开始承担果报了,越来越糟糕的空气不正是人不择手段发展欲望造成的吗?尤其是米乐所在的这个行业,大多数从业者没原则,什么片子都拍,导致现在审美混乱,好片子没出路,越是妖魔鬼怪的片子越讨好。米乐也不是没写过,作为曾经的造因者,他现在也必须接受这个苦果。拍不上电影,活该。

好在还有希望,可以用强大的对治力改变因必然要导致的果。对治力就是忏悔,此生誓不再犯。听到这,米乐心底泛起淡淡的喜悦,轻松感和紧迫感油然而生:轻松的是生活其实没有自己想象的那么难;紧迫的是自己得抓紧改变现状了,对治以前的苦因,免受果报之苦。

上师在和米乐说这些的时候,平淡自然,却在米乐心中掀起巨浪,将他之前对佛教就是烧香拜佛这种形式化的错误认识席卷一空。上师的话像一根坚实的木桩,钉在米乐的心里,米乐觉得有了这根木桩,自己可以站在上面,不至于踩在泥里越陷越深,有了脱离苦海的可能。莫非这就是传说中慈悲的力量?没有理由不皈依这位上师了。

皈依仪式上有受戒环节,上师问米乐能否持戒,并给米乐介绍了居士可选择受的五条戒律——杀盗淫妄酒。

杀,杀生。凡是残害人和动物生命的事儿都算破戒,包括堕胎和去饭馆点现杀现做的水煮鱼、大闸蟹等。

盗,偷盗。未经许可拿起别人的东西用一下、上班拿工资却不好好干活、用公家电话聊自己的事儿都算破戒。

淫,邪淫。在不恰当的时候(白天)、不恰当的地方(佛像前、石头地等)和不恰当的人(结了婚有家庭的),发生不恰当次数(一天五次以上)的性行为都算破戒,包括手淫。

妄,妄语。背后议论人、说别人坏话、不诚实、吹牛都算破戒。

酒,喝酒。无论白酒、啤酒、红酒,凡是含酒精的饮料,主动去喝都算破戒。本来挺好一人,喝多了就容易干杀盗淫妄的事儿,酒壮怂人胆。

上师说最好能五戒全受,如果有困难也可以受一两条,当然一条都不受也没关系。皈依是第一步,受戒是第二步,走向解脱的第一步已经完成。

虽然可以五戒都不受,但米乐想,还是先受一个吧。在受戒问题上,这件事情吻合米乐的某种潜意识,说好听了是原则性强,说通俗了就是成心给自己找点儿麻烦堵自己的路。所以受完戒,米乐竟然有种抑制不住的快感,他这种与生俱来的非得给自己提点要求的心理愿望,现在终于通过受戒实现了。之前,这种心理以坚持艺术标准、坚守电影梦想的名义被一点点满足着,并不解渴,现在则通过受戒被充分满足、释放。

杀盗淫妄酒,之所以先受杀戒,是因为米乐最容易遵守。

盗,米乐虽然不会去偷东西,但有些拍摄的行活儿只能睁一只眼闭一只眼糊弄过去,有"拿工资却不好好干活"之嫌,因为认真去干反而对方不接受,好些时候越瞎凑合,对方越满意。这个行业就是如此。

淫,米乐知道自己不会出大乱子,但是有这个规矩太不人性，比如两人正好白天的时候来了感觉，本来一会儿就解决完的事情，难道非要保持热情到太阳落山？

妄，米乐觉得生活唯一的乐趣就是朋友之间互相打镲、取笑，这不是贬低，是"打是亲骂是爱"，况且有些事情需要保持批判精神，不能做和事佬。

酒，米乐的生活和工作离不开。平时写东西，得先喝点儿让自己兴奋起来。哥们儿之间，喝点儿，聊电影聊文学才来劲，现代生活中这种美好已经不多了。

只有杀戒现阶段能受。生活中没有什么事儿非得靠故意伤害别的生命才能办到，不吃活的东西完全可以。鱼活得挺好的，非把人家捞出来敲一棒子，弄死切片水煮，挺浑蛋的。市场上死鱼也有的是，赶上哪条吃哪条并不会影响生活质量。尤其是米乐过去和女朋友堕过胎，用佛教观点看已属杀人，不悔改会堕地狱的，现在想起来触目惊心。有没有地狱，米乐也说不好，但《西游记》里有一集孙悟空就被带去了，宁可信其有。包括现在人与人生活差别之大，也完全可以看作是天堂和地狱之别，这种不平等一定是有原因的。受此戒就是对过去所做之事的忏悔，发誓绝不再犯，来世不至于太悲惨。也算一种对过去因的对治力，免遭将来的苦果。

皈依受戒结束，米乐觉得像被格式化了，神清气爽，有种重新做人的喜悦,没拍电影的人生遗憾荡然无存。上师对米乐说的这种感受只是笑笑,说回到家,不超过三天,是人就会重新陷入滚滚红尘中不能自拔,苦闷烦恼卷土重来。米乐问那怎么办,上师说如果真想解脱,就要"闻思修","闻"就是多看多听多接触佛教智慧的理论,比如再拿出《金刚经》翻翻、看看法师们讲座的视频。

回到北京,果然万丈红尘扑面而来。满街的电影海报、灯红酒绿的工体西路、从不熄灯的簋街、永远分辨不出东南西北的望京、噼啪乱响的微信消息、此起彼伏的汽车喇叭、咖啡馆、会议室、机场、滴滴打车、大众点评、免费体验券、VIP卡、充电宝……米乐又乱了。

乱完回到家,他就打开视频,听上师讲"皆是虚妄"的智慧。虽然似懂非懂,但至少听的过程中没有更乱,心安住在听上,越来越清净。过后的一段时间里,也是平静的,没有太多愿望无法实现而造成的苦闷。如果烦恼又多起来,很简单,那就再多看看。米乐虽然不知道皈依学佛最终会怎样,但至少现在不那么难受了,电影也不是非拍不可了,少些驱赶自己的欲望,活在当下的每一分每一秒也挺好。

是年,米乐三十三岁。

3. 善恶·停机

拍电影的梦想贯穿米乐十几年的生活,后来这个愿望不那么强烈的时候,机会来了。开机那天,米乐发现自己并不兴奋。所谓的兴奋,不过就是心理的一阵乱,以前为拍电影每晚睡不着的时候已乱过太多回,现在乱不了了。所以他清楚有些镜头自己不能去拍。现在因为米乐的不杀生,全剧组停工了。

停机后最兴奋的莫过于下面的工作人员,之前没白天没黑夜地干了一个月,得不到休息,现在终于能喘口气。怎么解决,那是制片人和导演之间的问题,越不尽快解决越好,反正剧组管吃管住。各部门的人吃过饭,迫不及待地回到房间支起牌桌,开始"度假"。最着急的当然是制片组,执行制片人第一时间出现在米乐面前,饭都没吃,给米乐做工作。

在剧组给米乐配的老款 GL8 商务车里,执行制片人作为同学,替米乐分析形势。车里只有他俩,执行制片人说半道停工是剧组的大忌,对人力和物力消耗大不说,更容易涣散军心,越长时间的等待,再开起工来,效率越低,所以他建议米乐赶紧把这场戏拍了。米乐说他要是能拍早就拍了,他可以多写出几个版本的修改方式,只要不拍杀鱼。

"那就拍杀鸡,估计这样在他们那也好通过。"执行制片人建议道。"他们"指的是韩国公司和监制。

"不是鸡和鱼的事儿,是不能拍杀生。"米乐说。

"这事儿对你那么重要吗?"执行制片人不太清楚米乐能干什么不能干什么以及为什么不能干,认为米乐就是因为善良而受杀戒。

"重要。"

"但现在这场戏他们就想拍得血呼啦的。"

"要不买条死鱼,也能拍开膛破肚,就是省略从活到死的那一下。"

"他们就觉得那一下是重点,没那一下不过瘾。"

"观众未必那么嗜血吧?"

"现在观众口味都重。他们吃水煮鱼会点活鱼,不觉得这有什么。"

"我再想想别的办法。"米乐说。

"别想了,拍吧,祖宗!"执行制片人拍着米乐大腿哀求着,"咱们现在正是做事儿的时候,得往前冲,不能瞻前顾后,得拿出狠劲儿。咱们这代特尴尬:上一代不撒手,六七十岁了还拍戏,一点没有给咱们腾地儿的趋势,眼看着咱们就中年了;下一代来势汹汹,不按套路出牌,什么都敢招呼,很可能上一代完了,接班的是他们这代,咱们这代就被跨过去了。所以,不能坐以待毙,抓着机会就得上,都这岁数了,能出名赶紧出,要不然就给淹没了,一辈子就过去了。"

"那也不能没规矩乱来。"

"大哥,我不知道你哪儿来的规矩,你看那些一直在拍片的有规矩吗?规矩就是堵自己的路,咱别这么年轻就堵自己的路行吗?"

"那是他们,我干吗非跟他们一样?"

"你真有点儿想多了,这岁数就该吃喝玩乐,不枉做一回人。尤其是导演,有机会就得享受,别苦着自己,现在就当老头早了点儿。"

"该怎么做我自己知道。"

"听我一句劝,开弓没有回头箭。想想你都毕业多少年了,好容易有这么一机会,如果这次拍一半,把你换了,可能你这辈子不会再有拍电影的机会了。"

"会换我吗?"

"不好说。刚才制片人已经急了,正往这赶。"

"来了正好,可以商量怎么拍。"

"他不是来跟你商量的。"

"那我也不能那么拍。"

"兄弟,你也替我想想,把你换了,也得把我换了,工作不得力,这点屁事儿都搞不定。"执行制片人耿耿于怀,"本来说好拍完这部戏让我做独立制片人的,我还想着将来咱俩都混好了,来个最佳拍档,统领中国电影,看来纯属扯淡。"

"如果让你做制片人的前提是杀一个人,你杀吗?"米乐问道。

"如果杀一个人带来的麻烦就像杀一条鱼,我杀!"执行制片人肯定地说。

"那咱俩成不了搭档。"米乐拉开车门,下了车,左顾右盼找司机,没找到,对车上的执行制片人说,"你给司机打个电话,拉我回房间歇会儿。"

"司机接到通知了,不能拉你离开片场,他故意让你找不着。"

"谁通知的?"

"当然是制片人,他马上就到了。"

正说着,一辆路虎气势汹汹向这边开来。

"来了。"执行制片人给米乐打预防针,"已经在电话里把我骂了一顿了,说我办事不力。别跟他拧着,他肯定不能让这戏停工,他闺女快结婚了,他还打算早点关机拿到钱买辆车给闺女当嫁妆。"

路虎开到 GL8 旁边,一个急刹车,没停稳,制片人就蹦下来了,走路带风,地上的土被卷起一片,不像六十岁的人。

执行制片人留给米乐最后一句话:"你跟他聊吧,咱们学校可都二十年没出个像样的导演了,有机会能拍出来还是别放弃,也算给学校争脸。"说完他看到制片人冲自己甩甩手,像在轰蚊子,识趣走开。

"我饭吃一半就过来了!"制片人一开口就带着火气,"这场戏今天能不能拍?"

"我再想想别的方案……"米乐话没说完就被打断。

"就按监制那方案,拍不拍?"毋庸置疑的口吻。

"我受戒了,不能杀生。"

"甭跟我说这个,你是导演,你的任务就是把戏拍了,保证按时关机。"

"这场戏怎么拍可以再商量,后面的戏我可以拍快点儿,按时拍不完你们就扣我的钱。"

"不是钱的事儿。这场戏就得今天拍,今天不拍后面准出乱子!"制片人在剧组混了三十多年,知道如果今天不把米乐"拿下",后面全组都会不好管理。剧组就是一个各部门相互斗争又不得不协同工作才能把事情进行下去的组织，想让剧组稳定，就得实施铁腕政策，话语权和决策权只能在制片人手里。

"杀生会下地狱。"

"狗屁地狱！你去过吗？你没去过的地方好意思说有？"制片人拍着GL8的顶棚，咚咚作响，"这是实实在在的东西，别扯那摸不着看不见的，装神弄鬼。"

米乐突然感觉受到侮辱——人怎么就不能给别人点尊重呢？非得强拆别人内心那点与众不同的空间，把别人的自留地填死。这种残暴让米乐愤慨。

"你现在杀一条鱼，拍完我送你一车鱼放生，让你上天堂。"制片人也不是一点理不讲。

"不一样。作一次恶就会留下种子，行多少次善也改变不了，杀的种子已经种下去了。"

"怎么这么矫情！我跟第四代、第五代、第六代都合作过，人家拍大片儿的导演也没你这么事儿，你这德行，当不了导演。"

米乐不辩驳，同时也更坚定自己的选择，努力想着不杀鱼剧本该怎么改。

"这戏谁导不重要，重要的是按时拍完，明年春节上映。

一天八亿元票房呢,折合一千五百多亿韩元——这话你也知道什么意思。你现在要不拍,我立马换人拍。"

"凭什么换我?"米乐维护着自己的权利,"合同约定我就是导演。"

"你这属于'无法完成基本的导演工作',没执行合同,后面的戏你也甭拍!"说着制片人掏出手机,给监制打通电话,"你过来一下。"

挂了电话,制片人觉得不够出气,继续数落米乐:"拍戏就是打仗,不是让你修身养性。我当兵的时候,打对越自卫反击战,布置了十点钟冲锋,时间一到,越南鬼子的炮弹在脑袋上飞来飞去,照样也得往前冲。管他什么死活,就一个字——干!"

制片人嘴里喷出最后那个"干"字,有气吞山河之势,也有种往广东话上靠顺便骂下人解解恨的意思。

监制从片场另一侧的休息大巴走过来,制片人给他安排了任务:"这场戏你来拍。"

"我是导演。"米乐郑重声明。

制片人无视米乐的存在,继续对监制说:"按你的提议拍,我让他们准备好活鱼。"随后又补了一句话,"不信了我就,活人还能让条鱼憋死。"

皆为虚妄 / 107

米乐站到制片人面前,有些激动地指着他的鼻子:"你用这种简单粗暴的方式对待我——不合适!"

"给你机会你不拍。"制片人一副胜券在握米乐拿他没辙的得意相。

"行!剧本是我写的,你们甭他妈用!"米乐转身进了GL8,拉上门。

制片人原地站了几秒,觉得不能让米乐拿住,要往GL8里冲。穿着白衬衣的监制拉住他:"我去找他聊聊。"

监制走到车前,敲窗,米乐在里面拉开门。

"我上去坐会儿?"监制在车下指了指车内。

米乐点点头。

监制上了车,在米乐对面坐下。座椅已被改装,两排面对面,方便开会。

"我比你大十岁,信教快二十年了,做了不好的事情就会告解圣事,就是你们佛教说的忏悔。"监制操着广东普通话,从身上掏出一本《十诫》的小册子,翻到其中一页,递给米乐看,"我们的第五诫,是不杀人不害人。"

米乐接过,看着上面的白纸黑字。

"知道为什么我们的'诫'比你们的'戒'多个言字旁吗?"监制问。

米乐经提醒,又看了一眼上面的字,这才发现,不是一个字。

"这个'诫'是警告、劝人警惕的意思。"监制解释道。

"就是说有些事儿不应该干,但迫不得已的时候,还是可以干?"米乐知道监制上车的用意。

"信仰主要是纠正内心,没有恶的动机是最主要的,不能不做事了,人毕竟是地球的主宰——当然这话这么说肯定会惹一些主义者的不满。"

"所以主宰者就制定一个有利于自己的规矩?"米乐还在置气,"咱俩不是一个体系的,圣母和释迦牟尼不是一回事儿。你们可以做坏事,做完忏悔,把包袱一甩,下回还可以再干,然后再忏悔,什么便宜都占了,还落一个没心理负担。"

"不然呢?人活着本来就不容易。"

"香港为什么拍不出大师级的电影,只有商业片?"米乐突然问出这么个问题,"没别的意思,就是纯探讨。"

"我们的观众不需要电影向生活输出思考,只需要娱乐。"

"还有你们的原因,太急于生存了,为了活着,放弃了别的。"

"我们的资源有限,陆地面积小,没有生产力,得先保证活下来。这也是最近几年几乎所有的香港导演都来内地拍电影的原因,这里有资金和观众,香港的任何行业都比不过内地,完全就是小渔船和航空母舰的差别。我们香港人都觉得有份工作不容易,有电影就好好拍。"

"拍电影前,我已经为电影杀过一条命了,现在拍上电影了,需要再杀一条命的时候,我得救下这条命。"

"理解。尊重。但不要停工,你还是整部电影的导演,这场戏,或者说仅仅是那个杀鱼的镜头,我可以替你拍,算是我拍的,算我杀的,事后我会去神父那忏悔。还是那句话——既要做人,也得做事儿,一份工作不容易。"

米乐迟疑着。他觉得如果就这样把"杀鱼"的事儿转嫁到监制的头上,然后自己毫不受影响地又当了导演又没犯戒,更浑蛋。

这时候车门突然被拉开,制片人恶狠狠地站在车下:

"摄影师撂挑子了!我就知道,兹要停工,糟心事儿准保一出接一出!"

然后问监制:

"你那有没有合作过的摄影师?赶紧叫来!"

"摄影师怎么了?"监制下了车问。

制片人气得点上一根烟:"我让他们在现场把灯布好,随时准备开拍,不就是个杀鱼的镜头吗?没人拍我都能拍,大不了多杀几条多拍几遍,他们不配合,说导演让拍再拍。"

然后对米乐说:

"你们就合着伙地弄事儿吧!"

监制问:"现在摄影组的人呢?"

制片人说:"我让他们都回宾馆收拾东西滚蛋!"

米乐赶紧蹿下车,向宾馆驻地跑去。

"调个摄影师过来,今天这场戏必须拍完,越不拍掉越不顺。"制片人用命令般的口吻说道。

米乐跑到驻地的时候,摄影师的杆箱立在门口,他正往背包里装最后的随身物品。旁边几个房间都是摄影组的工作人员,也都敞着门收拾行李。

"正打算收拾完了告诉你呢。"摄影师看见了米乐。

米乐走进来,坐在桌上:"犯不上跟他们较劲,我和他们掰持就行了。"

摄影师放下手里的东西:"这戏是你叫我来的,你不想拍,我肯定得站在你这头,这是其一。"

摄影师拉开小冰箱门,拿出两听啤酒,递给米乐一听:"其二是我现在也不想拍这种镜头,进组之前我媳妇刚做完手术。"

"怎么了?"

"乳腺癌,拉了。"

摄影师在左胸前比画了一个切掉的动作:"她现在每天吃素念经放生。"

"去年一起爬山还没事儿呢,这么突然?"

"所以我就想,为什么赶上这事儿的是我媳妇?为什么我们家就不能赶上点好事儿?凡事肯定是有原因的,现在多做点好事儿,以后安心。"

"我不拍是有原因的。"

"我知道。有些事儿你比咱们同学看得透彻。"摄影师入学的时候比米乐他们应届考进电影学院的大四岁,提及一件往事,"大一开学的时候,我在宿舍放了一个我拍的纪录短片,别人都说看不懂。"

"我记得,叫《上坟》。"

"那时候我都二十三了,你们才十九,看不懂很正常,但你跟我说,你喜欢这片子。"

"因为我也给我爷爷扫过墓。"

"从那时候起,我就发现你跟别人不一样,认为你们这届导演系里如果能有拍出来的,应该是你。"

"但我是我们班里拍东西最少的。别人电视剧、网剧、广告、宣传片,拍了一堆。"

"就是因为你不是什么都拍,我才觉得你能拍出好东西。所以这次你一叫我,我就来了。"

"我可能并不适合拍电影。这行业太多创作以外的事情我不喜欢。"

"不拍电影也挺好,活着不止电影的这点儿苟且。"

"现在我也这么认为。可是我还没拍过一部完整的电影,又觉得自己没资格这么认为。"

难得有个说心里话的机会,两个人在房间里喝着啤酒,像当年在宿舍里聊电影。摄影师又从冰箱里找出点儿吃的,突然说到他上部戏是跟"杧果"一起拍的,他提到了米乐前女友的名字。

米乐知道迟早有一天这个名字会出现在自己的生活中,虽然六年了都没有联系过,却总觉得自己和名字主人的关系并没有完全结束。米乐没有往下问,知道摄影师自然会讲。

"她问了你在干什么。"摄影师说。

"她在明处,我在暗处。"米乐戏谑道,"她有公司替她宣传,我一'百度'就知道。"

"她快当妈了。"摄影师说了一个百度查不到的,"应该这个月就生,可能已经生了。"

米乐一算,签公司的七年正好过去了,可以生孩子了。这个消息让米乐释然,他这才意识到,原来心里一直悬着块石头,终于落地了。这是一个好消息。此刻他觉得和这个名字的联系可以结束了。为此,米乐又打开一听啤酒。这时,他的手机响了。

是执行制片人打过来的,他正在片场,老制片人又找来一组摄影师,准备拍杀鱼的这场戏。他建议米乐最好能过来,现在还有周旋的余地,互相给个台阶,后面的戏还由米乐来导。突然电话里一片嘈杂,听得出现场有情况。

执行制片人在电话里冒出一句:"女演员晕过去了!"

然后冲现场的人喊道:"赶紧送医院!"在挂掉电话前道出一切事情的起因和对米乐的抱怨,"本来就一条鱼的事儿,现在越搞越大!"

确实是一条鱼的事儿,但又不仅仅是一条鱼的事儿。米乐告别摄影师,回到自己房间,躺在床上,琢磨着这事儿的前前后后。本以为不拍杀鱼,换个方案,事情就解决了,没想到弄成现在这样。他也不知道这样做到底对不对,只是觉得从始至终,有股劲儿在支撑着他。这股劲儿他非常熟悉:十几年前是这股劲儿让他去考了电影学院;后来是这股劲儿让他建立了自己对电影的审美,爱憎分明;再后来这股劲儿支撑着他写剧本,追名逐利"曲线救国"拍电影;更后来这股劲儿让他在皈依仪式上受了戒。看似不相干的几件事儿,像不同人干的,但它们和谐而统一地发生在米乐身上。在这股劲儿里,米乐能真实感受到自己的存在。

他迷迷糊糊躺在床上,似睡非睡。每当这种时候,都是他最能想清楚事情的时候,脑子里的念头像潮水慢慢消退,真相和本质水落石出。对,存在感,原来这些事情都是自己刷存在感的方式。

可人为什么非得刷存在感呢?

米乐拿起手机,把今天发生的事情告诉了皈依上师。平时他很少联系上师,一怕打扰上师,二是也没有非问不可的问题,现在非问不可的问题出现了。米乐编辑了文字,发到上师的微信上,然后在等待回复的时间里,昏昏睡去。

是被电话惊醒的。女演员打来的,外面的天已经彻底黑了。

"没事儿了?"米乐听到她的声音后说,"还打算去看看你。"

"那你现在来吧。"女演员在电话里说。

"哪家医院?"米乐看了一眼表,已经晚上十一点多。

女演员报上医院的名字,然后说:"别进医院,是对面的酒店,房间号我发你手机上。"

"医院没病床了,安排你住酒店看病?"

"来了再说。"

米乐拿着手机,找到女演员所在房间,按下门铃。

门开了,女演员站在门后,例行公事地喊了一声导演。米乐进了门,环视四周,没有找到任何医疗设备,不像一个病人住的房间。

"其实我没事儿。"女演员揭开谜底。

"他们说你在片场晕倒了。"米乐有点诧异。

"那是演的。"女演员指着对面的医院说,"他们把我送到那里,安排我住了院,做完检查没问题他们就走了。我溜出医院,住进这里,如果他们找我,我就说出来买东西了,随时能回去。"

"为什么?"

"这样至少今天他们拍不了这场戏。"

女演员说既然米乐不想拍杀鱼,她就配合米乐让这场戏拍不成。

"这可是你们公司投的戏,你应该配合公司顺利关机。"米乐说。

"我支持你。"

"你也不杀生?"

"不是。"女演员说,"我站在弱者这头。"

女演员说个人和公司之间,个人永远是弱者。其实她离婚不光是因为想外出工作和老公有矛盾,更主要的是她婚前签了另一家公司,签的时候没细看合同,公司给她接了一部电影,有裸露镜头,她不想拍,公司拿出合约,说她必须拍,她只好硬着头皮演了。电影是一部正经的片子,她在里面演一个小角色,那个角色需要露一下身体。韩国电影分级,在某个级别内,裸体是许可的,也是需要的。拍完这部电影,她就结婚了,结果电影上映的时候被丈夫看到,虽然一闪而过,还是成了丈夫和她离婚的理由。从结婚到离婚,不足一年。那次婚姻结束后,她一直一个人,年过三十,父母不停地催她重组家庭,她暂时没有这种想法。每当再有人给她介绍男朋友见面的时候,她会不由自主去想这个男的如果看到她在那部电影里的裸体怎么办,但又不能主动提及这部电影让男人们看完再决定是否继续交往。她脱掉衣服站在镜头前的那种羞耻感至今还在,总觉得看过这部电影的人的目光在给她文身。这都是和公司签了合同,必须拍这部戏所致。

"公司只想着挣钱,个人都是善良的、无辜的,我永远支持个人。"女演员用韩国腔汉语说道。

"真的感谢你。"米乐由衷道。

"叫你来是想告诉你,我装病也坚持不了几天,你得尽快想出办法。加油!"

"你也加油!"米乐不知道除此外还有什么更好的回答。

"辛苦了!"女演员又习惯地冲米乐鞠了一躬。

她说得真诚而温暖,让米乐觉得人生是挺辛苦的,从小时候看到第一部电影到现在,三十年过去,自己和电影死磕了这么久,心力交瘁,好不容易当上导演,又碰上这种把他逼到墙角的事儿。女演员的一句"辛苦了"给了他宽慰和鼓励,他也真诚地张开双臂,给了女演员一个拥抱。

两人抱在一起的时候,这个夜晚被点燃了。他们用激情,照亮了人生的黑暗。两个人缠绵在一起,亲吻着对方宛如亲吻着自己的伤口,四肢交织在一起,感受着对面传来的温度,像两个赤裸在寒夜里的人抱团取暖。他们拼命地建立连接,连接越紧密,才越能获得对抗这个世界的力量。终于,爆炸般的高潮让他们暂时逃离了悲伤。世界平静了。他们像两个穿越大洋抵达终点的疲劳旅者,无所牵挂地酣睡在沙滩上。

不知过了多久,米乐的手机在枕边噗噗噗接连响了几声,米乐睁开眼,天已经亮了。微信里上师发来几段语音,替米乐号了号脉,说米乐一开始的电影梦,就是一个持续了十多年的念头,后来皈依,在"凡所有相,皆是虚妄"的训练下,拍电影的念头淡了,又把受戒不能杀生当成拍电影那般神圣的任务,其实是又一个强烈的念头升起,被它左右。人就是这样,总要执着在某个念头上,这个忘了,就换一个,有念头执着,人才舒服,但现实往往和念头期待的方向拧着,所以人会痛苦。不杀生当然好,但看不清不杀生的本质,被它控制,就依然活在虚妄中。

为了方便理解,上师给米乐讲了个故事:有位菩萨和五百个商人一同渡海,船上出现一个强盗,发现五百个商人带着很多财宝,准备晚上把商人全部杀掉。这五百个商人都是前世发过菩提心的人,杀害发菩提心的人是要堕地狱的。所以这位菩萨发现这个强盗要杀害那些人的时候,就想:如果我杀死那个恶人,自己就会堕地狱;如果不杀,他杀害发菩提心的人,将造无间罪业,受无量大苦。所以我应该杀了那个恶人自己堕地狱,而不让他受无间地狱之苦。于是这位菩萨就把那个强盗给杀了,既为了救五百个商人,也为了挽救强盗。

故事讲完,又给米乐留了一条语音:

"解脱不是躲清净,真正的修行就在日常。所以,杀,还是不杀,鱼的事情你自己定。"

米乐把上师的几段语音听了三遍,里面似乎在告诉他答案,但这个答案听上去又如此缥缈,虚幻得不像个答案。

门外传来响动,楼道里有人走过,新的一天开始,人们出门了。

米乐从床上起来,倒了杯水,不由自主往门的方向看去。漆黑乌亮的木门光可鉴人,米乐看到自己投在上面的模糊反光,看不透门外有什么在等着他。

突然,门变成电影院的银幕,一件三十年前的往事浮现在上面。五岁的米乐为了吃到一根冰棍,捡起地上的一块砖头追着他爸满大街跑,因为他爸怕他吃多了甜的,牙坏了——之前米乐已经吃了两根,还要再吃。这件事米乐并不记得,是日后他妈多次讲述,他才知道发生过这么件事儿。

此刻米乐仍不知道虚妄是什么,但刚刚浮现的这件事儿,想想就可笑。

门还关着,打开它走出去,是早晚的事儿,也是必须做的事儿。

发明家

1

挂着长焦镜头的相机像门小火炮,就在手边,我们已经在别墅区门口趴了二十三个小时。第二轮贴的暖宝也在变凉,仪表盘显示车外零下六摄氏度,车里更冷,晒不到阳光,不能总开着空调,太费油。我又拿出几袋暖宝,撩开衣服,揭下旧的,换上新的。腰、肚子、肩膀都贴上了,还脱掉鞋,贴了专门暖脚底板和脚指头的。做我们这行,注重细节,讲究专业,不对自己好一点儿,就得挨冻。

太阳即将再度落山。昨天日落之时,我和小鲁跟踪一个知名男演员到了这里,在我们掌握的资料里,这是他的家。回家没什么特别的,能让我们这般吃苦受冻,都是因为他的车里还坐着一个不是他妻子的年轻女郎。男演员三十五六岁，已婚多年，妻子也是知名演员，此时她正在外地剧组，所以近期我们对这个男演员"关爱有加"，看他能不能耐住寂寞——这是我们"灵感"的来源，老大说当不知道哪儿有新闻的时候，就盯着单身男演员，效果都不会差。跟了几天，最终于昨天下午在工体的酒吧门口拍到一名身材高挑的女子钻进他的车。他们的车启动，我也驾车尾随，并通知了小鲁——他正在倒休，我俩这几天每人二十个小时轮班跟随着这名男演员——到时候他会守候在男演员家所在的别墅区门口，在车里支好相机，拍下男演员载着女子进入小区的一幕。

前两步昨天已顺利完成，第三步是拍到男演员和女子结伴离开小区，辅以男演员的妻子正在外地拍戏这一事实，那么一进一出这段时间里男演员和高挑女郎在他家里发生了什么，报道出来必会让人浮想联翩，如此一来，我和小鲁就算没白挨冻。

车里备足了充电宝、暖宝、口香糖、瓜子和漱口水，以及空脉动瓶，方便接尿。在车上吃喝拉撒睡是我们的家常便饭，职业所需。你可能猜到了，我是一名狗仔，文雅一点的称呼叫娱乐记者。某某某拍了电影，这不叫娱乐；谁谁谁发了唱片,也不叫娱乐;某某某和谁谁谁滚了床单,这才是娱乐。报道的时候,不仅要深知他和她是谁(或他和他,以及她和她)、他们从哪里滚来、滚完又去了哪里,还要细化到滚的时候脱下什么牌子的秋裤,这是老大对我们的要求。我们老大是个东北人,"75后",20世纪末开始北漂,无论在阐述团队使命,还是探讨全球大事时,都是新闻体掺着北京话并夹杂东北腔儿,造句生动,生活气息浓郁。

我供职于一家民企,法人就是我们老大。别的公司职员都这总那总地称呼自己老板,我们就叫老大,显得亲切,又能体现团队的战斗力。干我们这行,需要战斗精神。世界上每时每刻都发生着两种娱乐新闻,一种是上得了台面的,一种是上不了台面的。前者有发布会,请记者到场,塞红包,还有主办方写好的通稿和修过图的新闻照片,没有追求的记者和媒体把红包揣进兜里,直接发稿便可;后者则不会这么隆重地发生,都偷偷摸摸。我们是专门为后者而生的人。这样的新闻更具爆炸性,颠覆三观,一出来便是头条。

我们的下线是几家门户网站,他们会根据新闻吸引眼球的程度支付图片使用费。为了拍到一张这样的照片,我们会夜以继日地守候在事发现场,辛劳程度胜过很多行业,所以这些照片价格不菲。具体能卖多少我也不知道,那是老大和网站的约定,老大只要给出够意思的年薪,苦点儿累点儿也都是分内之事,况且这也是我爱干的差事。

外面传被我们拍到的明星,愿出高价收购这些照片,遮蔽丑闻。此事不假,但我们老大有原则,不为五斗米折腰,无论对方开价多少,就是不卖。他说不能好事儿全让这些人占了,也让老百姓看看他们有多不堪,我们不会糟改谁,只是揭露事实。

对于明星,我们是在暗处的路人甲,藏匿在租来的不同款的车里,每次拍完,照片统一交给老大发布,换一种车型,接着偷拍下一位。那些被拍的明星都盼着我们老大早点儿死,也有人想做掉他。老大给自己和我们都上了高额保险,目前没有人用上,这么做是想让我们拍照的时候无后顾之忧,那些拍摄对象不好惹,能成明星的,都有些特殊能力,除自身业务好,性格也跋扈,保不齐真干出超乎想象的事情。不过在作风不正和杀人越货之间,孰轻孰重,明星们心里也有数。

我们两人一个小组,忙起来的时候二十四小时里总能有一个人睁着眼睛,另一个人倒班睡觉。我和小鲁一组,这次拍到男演员带女郎回家,就是采用了前后夹击的战术。小鲁是个退伍兵,在部队就开车,各种战术越野,车技了得,喜欢搞些刺激的事情,经朋友介绍来到老大的团队,揭明星老底极大满足了他的个人喜好。我也喜欢干这一行,因为这是能看到真相的地方。为了那一瞬间的真相,我会不分昼夜端着相机守候在暗处,等待着那些在电视上衣冠楚楚的人士,将毁三观之举不经修饰地展现在镜头前,然后按下快门。很多时候我会觉得,我们不是狗仔,而是抡起斧头开天地的盘古,在一片混沌中劈开一道缝儿。那一刻,无论是光,还是风,都从这个缝儿里进来了。

小学六年级,我的理想是当个发明家,发明一种能看透人心的仪器。为此,有了我的今天。

2

六年级下半学期开学不久,要交班费,每人一百块钱,包括即将去春游的包车费用和公园门票钱。全班四十九个人,收齐后也是挺厚的一摞,班主任徐老师觉得装进兜里不方便,就把钱放在讲台上,上面压了两个粉笔盒,然后开始上课。这是上午的第二节课,下课铃一响,按学校要求,学生们应以最快速度冲到操场,站在自己班的位置,准备做广播体操。徐老师是最后一个离开教室的,忘了带走粉笔盒下面的钱,等想起来再回到教室的时候,发现钱上面的粉笔盒倒了一个。他拿起钱,一摸,薄了,再数,发现少了五百。把钱装进兜里,徐老师来到操场上,又清点自己班的人数,一个不少。

课间操结束,学生们有十分钟的休息,可以喝水、上厕所,听到铃声后又回到教室,准备做眼保健操。喇叭里响起音乐,学生们闭上眼睛,按广播指示,开始按揉脸上相应的穴位。第三节还是徐老师的课,他提前进了教室,当大家闭着眼睛做眼保健操的时候,在各排中间溜达来溜达去,似乎想发现些什么。眼保健操需要闭着眼睛做,除了已经近视真想治好眼睛的那几个同学会全程紧闭双眼,尚未被近视困扰的学生都眯着眼睛东瞄西瞧,想法给自己找点儿乐子。大家都看到了在桌椅间徘徊的徐老师,以为他在检查学生们是否闭好眼睛,等他走至跟前儿,赶紧闭眼,估摸走远,再睁开。

我就是在这个时候发现徐老师不正常的,往日他也偶尔在课桌间溜达,但步频较快,从不为某个同学逗留。这天向我走来后,我觉得他应该走到两张课桌以外的地方了,眯着眼,余光瞟到他的皮鞋还在我身旁的地上戳着,便又闭了眼。过了好久再次睁开,看到他刚刚走到前面的一排,随后发现,他在每个同学的身旁都会稍作停留,我在"按揉太阳穴轮刮眼眶"的时候仰起头,手挡着眼睛,看到他驻足的同时,还会扭着头往每个同学的脸上看。

眼保健操结束,徐老师站回讲台,说刚才放在这里的钱少了几张,如果是本班哪位同学拿走的,现在承认错误并不晚,要是不好意思,可以下课后单独去找他,他会替这个同学保密。也可以更简单一点儿,当事人等没人的时候把钱放回到这个粉笔盒下面就行了,当什么都没发生过。说完这些,徐老师开始上课,继续讲《詹天佑》。他是班主任,也教语文。课堂气氛凝重。

下午放学前的最后一节课是班会,徐老师走进教室,我们坐在各自的座位上,一言不发地看着他。他走上讲台,没有说话,低头看了看粉笔盒所在的位置,然后轻轻拿开粉笔盒,我们的目光也落在那里,期盼看到什么。第一个粉笔盒下面什么都没有,徐老师又抬开第二个,还是什么都没有。我们和他一样失望。

徐老师说今天是周三,周五放学之前,他的承诺一直有效,原物返回可以视作没有发生。

五百块钱终归没有配合地跑到粉笔盒下面,也没有出现在他的办公室。钱是经徐老师手丢的,只能自己补上五百,交给学校。一周后的春游,徐老师毫无游玩之兴,好几次我想让他尝尝我带的咖喱味儿锅巴,看他绷着的脸,都没敢递过去。回到学校后,徐老师继续给我们开班会、留作业,像没有发生过什么一样,然而我们都知道,班里发生了一件很严重的事情,五百块钱是我们的父母辛辛苦苦上半个月班才能挣到的。那时候我们每周会写一篇作文,上学期秋游后已经写过关于秋游的作文,这次春游没再被安排成作文任务,给出的是一个新题目:《我的理想》。此前我的作文一直不大好,但这篇交上去后,徐老师竟然给了"优",还让我在全班朗读。我扭捏而得意地站起来,大声读道:

"……有人说要做望远镜,看到人类的未来;有人说要做显微镜,进入更微小的世界;而我的理想是发明一面'心镜',能看到每个人在想什么,这样,就能知道班费那五百块钱是被谁拿走的了。不仅如此,还能帮助警察叔叔把全世界的案子都破了,到时候,没有人敢犯罪了,地球将成为一个安全和平的星球!"

我得意的地方在于,自己终于会在作文里使用分号了。意外的是,等我读完,同学们竟鼓起掌。在这突如其来的掌声中,我天真地认为作文中提及的那个设备,随着我掌握的科学文化知识越来越多,真能发明出来。我甚至做好随时将科研进度向徐老师汇报的准备,早日帮他揪出拿走五百块钱的人。

没想到第二天,徐老师没有来学校,语文课临时改为数学课。后来几日徐老师也没有出现,班主任一职和语文课改由另一位女老师负责。传言陆续抵达班里,说徐老师的工资都交老婆保管,为了补上那五百块的亏空,放学后他去社会上做家教,晚上冒雨骑着自行车回家,被雨刷器坏了的大卡车撞倒,腰椎骨折,无法坐立和走动,只能卧床静养,等待骨头长上。这让我更坚定了自己的理想,认识到发明"心镜"的重要性,一定要查出让徐老师遭受不幸的罪魁祸首。

后来直到小学毕业,也没再见过徐老师。伤筋动骨一百天,不到一百天的时候,我们就从小学毕业了。

进入中学,我的身体迅猛生长,心里被更多新东西填满,发明"心镜"的想法烟消云散,这也跟我掌握了更多科学知识不无关系。我的绝大部分精力被更务实的想法占据,比如怎样让家长给我买一双酷炫的篮球鞋,怎样能不丢人地让隔壁班的那个眼窝深邃的女生知道我喜欢她。直到2003年愚人节,张国荣跳楼的消息传来,像一道惊雷,在我们这些MP3里存了那么多他的歌的学生中间炸开。我瞬间又被拉回到发明"心镜"的理想上——他已经什么都有了,为什么还跳楼呀!

两个月后高考开始，我在志愿表里填了新闻专业。比起那些看到名称倒也认识这些字但不知道学了毕业后能干什么的专业，"新闻"俩字让我有安全感，也让我再次触碰到自己的内心。我认为，当一名记者就有权利去了解那些匪夷所思事件背后的真相了，对此我抱有极大的兴趣。

最终我考上省城一所有新闻专业的二类本科，大三的时候辅修了摄影。既能拍也能写，一条龙把新闻做出来，才是未来记者的出路——这是老师在课上告诉我们的。那时候我隐约认为，或许照相机就是我看清人的心里到底在想什么的仪器——人这种二十四小时都不闲着的生物，有白天黑夜，有人前人后，也有正反面。

毕业后，我进了省城的日报社，跑文娱新闻。工作不是自己找的，大四实习的时候，我先去了我们省的门户网站，负责国际新闻，每天值夜班，把北京时间深夜发生在国外的大事从雅虎、CNN（美国有线电视新闻网）、每日邮报等网站搬运到我们的网站，翻译成中文，干了半年，混成熊猫眼，最终还是未被留用。在我深夜里摔了几个啤酒瓶，给家里打过若干次电话后，爸爸发短信给了我一个地址，是省日报社所在地，让我去面试。半个月后，我有了工作，也有了新的认知——找工作不是真的去应聘一份工作，而是找人，找到人，工作也就有了。拿到第一个月工资的周末,我回了趟老家,请父母下了馆子。我爸喝高兴了,嘴没把门的了,透露出我的工作是他花五万块钱托人搞定的。

回到报社,我努力工作,想摆脱这一事实对我的干扰,只有做出漂亮的报道,在报社食堂吃饭时我才能放松下来。省内的文化事件不像北京、上海每天都在发生,也没有太多具有新闻价值可深挖的文化人物,我每天的工作就是例行跑会、采访、发稿,这样的工作不会出什么彩,更不会出什么错。

但还是出了问题,问题出在我拍到点儿"不一样"的东西。那是一个电影剧组来我们这取景拍摄,发布会也在这搞的,上午十点在新建成的希尔顿酒店,主创都露脸了。女一号十年前演过一部婚恋电视剧,现已是家喻户晓的明星;男一号是个唱歌选秀出来的"85后",跟我年纪一样,去年获得选秀亚军,在戏里是女一号的弟弟。剧组为我们提供了这部电影的介绍文字和演员的定妆照,主创们每个人做了简短发言,到场媒体结合自身需求问了定制问题,本省的一份妇女报问了女一号如何看待女性乳腺健康,一份社址也在省内的大学生杂志问男一号当代青年应该树立怎样的理想。女演员的回答了无新意,说少喝酒、不吸烟、不熬夜是女性对自己的最大关爱,男演员说的也是类似能从所有地方听到的那种话,然后发布会就结束了。我正常发了稿,又投入每日庸常的报道中。直到有一天,我下了班去参加大学同学的生日会,凌晨两点背着相机包从KTV出来,打车回我租的房子的路上,看到了一对特殊的身影。

当时出租车行至电影院门口,空荡荡的街道上,一男一女刚好从正门走出。此时恰逢中国电影的低谷,这座城市的四家电影院只剩下这一家,其余都变成二人转剧场,或撤去座椅改成农副产品批发市场。这家电影院除了正常放映近期电影,也有一个小厅放通宵录像,用的是盗版DVD。文化局对此现象并不干涉,电影院创收是为了给职工发工资,职工的人事关系都在文化局。一男一女走出深夜的录像厅不是什么大不了的事儿,我的目光能被吸引过去,是因为那位女士在这种夜深人静的时候鼻子上还架着墨镜并头戴一顶男款棒球帽。定睛一瞧,二人正是前些日电影发布会上的女一和男一。此刻他俩并没有什么特殊动作,我的手还是下意识伸进相机包。刚把相机攥在手里,男演员点上一根烟,递到女演员面前,女演员一伸脖子,把烟叼在自己嘴上。我赶忙举起相机,让司机减速,透过尾部车窗,对着那个方向一通按快门。司机是位五十多岁的大叔,听到咔嚓咔嚓的快门声,问我深更半夜有什么可拍的。我让司机过了前面的路口靠边停车,然后藏在座位靠椅后面,等待车后的那对男女走近。司机透过后视镜大概知道了我在拍什么,放低声音问我,是不是帮人捉奸的私家侦探。我笑问:"你了解这一行?"司机说,在电视剧里看过。

那对男女走近,手已经拉在一起,都被我用长焦镜头拍下来。他们在路口拐了弯,向希尔顿酒店的方向走去。司机问我要不要跟上去,我当时挺害怕的,拿着相机的手颤抖不已,也掺着兴奋。我说不用,去希尔顿酒店。说不上哪儿来的灵感,我有一种到了那里还会拍到什么的直觉。那时候这座城市到了夜里能去玩的地方很少,KTV、台球厅和网吧当然也早都有了,但人多易暴露,估计不是这位女演员的菜,所以他们只能回酒店。既然发布会是在希尔顿开的,想必希尔顿和剧组达成合作,按这两位男女演员的身价,应该也会住在希尔顿。

司机拉我到了希尔顿的大堂门口,没等停稳车,又主动将车停进车位里,特意选了有树的位置,正好遮蔽了路灯的光线,隐蔽性好,还能看到酒店的院门。他不无得意地说:"我也有干你们这行的素质吧?"酒店独门独院,墙外的街道上早已阒无一人。我掏出一盒烟让司机留着抽,叫他熄火并继续打表。司机抽着烟说:"干这个成本挺高的吧?光车费就得不少钱,是不是收费也高呀?"为了对我即将拍到的东西保密,我只能顺着司机的思路说。我说高不高也看跟踪什么人,有时候也接比较平民化的单。聊着聊着,目标出现,走到酒店院门口,两人拉着的手松开了,幸亏我快门按得及时,还将印刻着酒店名称的那块大石头拍在前景,这是我在摄影课上学到的构图方法。一张应有尽有的照片诞生了,"A和B深夜牵手回酒店",我想若配以这样的标题,应该是一条还算轰动的新闻。A比B大十五岁,姐弟恋在当时颇具话题性,A两年前和另一名年龄相仿的男演员分手,一直处于空窗期,如今有了新恋情,哪怕是"露水夫妻",也值得老百姓茶余饭后聊上一会儿。我终于抓到了不是让人看完就忘的新闻。

看着两人往酒店大堂走,出租车司机说:"这对'野鸳鸯'挺有消费能力呀,跟踪他俩应该收费不低吧?"顾不上多聊,我不停地拍着。长焦镜头有将远处人物放大的效果,我在镜头里看到女演员径直进了酒店大堂,男演员则颇有默契地停在门外,点上一根烟,抽得只剩烟头,故意耗了会儿,才步入大堂。

"还等吗?"司机问我。我说不用等了,然后掏出一张一百块钱给了司机——计价器上的数字是五十多,这座城市小,起步价也低——让他不用找了。这位出租车司机见证了我第一次体会到何为记者,如果有两百元面值的人民币,我也愿意掏给他。

收下钱,司机问我一会儿去哪里,我这才意识到,不能就此下车。司机说他也打算收工了,可以先送我。我让司机开到一家二十四小时营业的洗印店,盯着师傅把数码相机里的照片洗了出来——按报社流程,我应该将照片和新闻稿传给编辑,他看完再让主任审。但这个新闻太特殊了,我不知道编辑看完会如何处理,决定天亮后拿着照片和打印出来的稿子直接去找主任。

清晨五点,照片洗好,我也手写出新闻稿,用洗印店的电脑打印了一份,然后找了家麦当劳,点了汉堡和咖啡,坐等天亮。怕一睡就睡过去了,我要第一个把待审阅的新闻放到主任的办公桌上。窗外尚未泛白,我感觉这一宿都是亮的。

主任看到照片后先是一笑,说:"真没想到呀!"然后说,"我们是日报,晚上的事情少报道为好。"我说这些恰恰才是老百姓感兴趣的事情。我还记得两个当事人在数日前的发布会上对记者说的那些话。主任说:"这种新闻不是我们报纸的风格,也没必要招惹他俩,万一起诉报社怎么办?"我说:"我们没有违反新闻法,如果他们起诉,等于帮咱们报纸打广告。"主任说:"咱们报社新中国成立初就有了,用不着别人打广告,关键是这东西到了总编那里也过不了审,如果非要送,你自己把稿子和照片拿给总编看,这条新闻特殊,不算越级。"一想到总编每次主持会议说的那些话,以及无论什么颜色的衬衣都会被他塞进裤子里的形象,我就打消了继续送审的念头,问主任那照片怎么办。主任说:"只要不发在我们的报纸上,怎样都行。"我收拾起桌上的照片和新闻稿,准备离去。主任叫住我,安抚说:"咱们报纸的格调,你得慢慢适应。"

我又不适应了几个月,当薪水拿够五万的时候,提出辞职。我不能没了工作,还让家里搭进去五万块。正好这时期家里换房,我把手头的钱给了我妈一半,让她尽量买个大些的房子,然后带着剩下的一半钱,来了北京。

上火车之前,我已经给网上能搜到的正在招聘的北京媒体都投了简历,并接到三个面试通知,所以买火车票的时候没有半点儿犹豫。

3

面试的第一家媒体就是老大的团队,确切说他们并不是媒体,只是为别的媒体提供内容,即供货商。招聘信息的文案出自老大之手,自称"北京某著名媒体",说来到这里工作,从此会对同行业的其他工作视而不见,因为在这工作带来的满足感,浓度极高。

电话里我问他们究竟是什么媒体,联络人说电话里不方便,见面会告知。面试官就是老大,他介绍这个团队做出来的新闻只提供给日浏览量过亿的门户网站,小网站给多少钱也不会卖给他们,因为要的是新闻放出来后像氢弹爆炸般的效果。最近一年比较轰动的几条娱乐圈新闻都是他们爆出来的,对这个团队我也有所耳闻,所以他们自称著名媒体也不为过。老大也问了我的情况,并看了我被前任领导否掉的稿子和照片,冲照片上的两个人冷笑了一下,若无其事地说现在这俩人已经分了。我听完一惊,问他为什么不报。老大说这种正常恋爱然后分手的事儿在娱乐圈算不上新闻,要报就报不正常的,比如现在这男艺人又找了一个男朋友,老大的团队已经盯了他一个月,这会儿团队的人还在机场守着呢,今天男艺人在深圳拍完广告回北京,看他是不是下了飞机直奔男朋友家。我觉得北京我来对了。

老大说进他的团队,一发不了财,二会比较辛苦,熬夜是日常,在车里一窝就是一宿,问我吃得了这苦吗。我说不觉得这是吃苦,如果自己就喜欢干这事儿,过程是享受的。老大笑笑说:"未必,先留下试试吧!"

就这样我在北京落了脚,另两家媒体我都没去面试。老大提供住处,给的底薪不高,主要靠业绩奖金。团队的人都住在位于顺义的一户农家院里,离机场近,方便去蹲点。院里有座二层小楼,每人一个房间。大家盯梢对象不同,有人白天出门,有人凌晨出门,多半个娱乐圈的秘密被掌握在这座农家院每个房间的相机里。

每次拍到什么,统一把卡交给老大,他会处理那些照片——卖给网站,或暂且按下,放长线钓大鱼。老大打小就在演艺圈里混,熟知圈里人的秉性,有耐心且善于和他们周旋。

老大他爸是当地剧团的团长,不仅负责团里的节目质量,还负责团里女演员的工作调动,为此捞到很多肉体上的实惠,久而久之,老大他妈知道了。老大的妈也是剧团里的戏曲演员,年轻时候唱刀马旦,生了老大喂完奶后腰不如从前,命运使然成了老旦。就是这时候,剧团改革,老大的爸在不到四十岁的时候便当上了团长,一边抓剧团建设,一边将注意力从家中"老旦"的身上转向团里的"青衣"和"花旦"那里。头一次两次发生得悄无声息,三次四次也弄不出什么动静,五次六次墙就不那么隔音了,七次八次小道消息开始在剧团内部流传,到了第十次就传到了老大妈妈的耳朵里。过了十次,老大的爸上瘾了,被老大的妈堵在门里也停不下来,顶风作案奔二十次去了。老大的妈也闹过,甚至用上舞台上刀马旦的绝活,但无济于事,老大的爸老实半个月又出去了。老大的妈没有提出离婚,毕竟团长级别的三居室比单身宿舍住着舒服。她采取新的回应方式,也开始出去——唱刀马旦之前她也干过青衣,稍加捯饬,犹存的风韵便醒目地从剧团大院的众人眼前掠过。有些急迫的男性顾不上思虑团长夫人这个身份,甚至有人恰恰因为这个身份,想求团长办事,才配合地冲他夫人迎了上去。家中的两个中年人在人身自由上达成某种默契,这一切被正值青春期的老大看在眼里,记在心里。第二次高考失利后的暑假,老大把积压多年的愤懑与迷惑写成一部十五万字的章回体小说,叫《剧团魅影》,发在"天涯"连载,记录了从他记事起发生在剧团大院里的种种逸事奇闻,小到邻居叔叔趴女厕所、女演员晾晒的内衣不翼而飞等琐事,大到一对中年夫妻在赶往各自偷情的路上发生自行车相撞事件,最后两人在大雪中同心协力修好自行车各奔前程等充满戏剧性的场面,内容新鲜热辣,因有太多真人真事而细节生动,且以孩童视点描写这一切,充满趣味并发人深思。有敏锐的书商在连载尚未结束时便捕捉到这部作品的商机，跟老大签了实体书出版合同。一年后这本书卖了十万册，二十岁的老大在第三次高考失利后成了存款比父母多的人。他并没有张扬自己出书的事儿，出版用的是笔名，每日仍忙于外出的父母并不知道儿子身上和内心发生着什么，只是询问他是否还要继续复读。老大说不考了。父亲问他打算干点儿什么，可以给他在剧团里安排个不太累也不怎么需要技术的岗位。老大说他想去创作部，写剧本。父亲说："把你的作文拿来给我看看。"老大回到自己屋，从抽屉最底层翻出《剧团魅影》这本书，想了想又塞回去，空着手走出来，告诉父亲，目前没有拿得出手的作文。父亲说没关系，那也可以进创作部，他来安排。说完父亲又出门了。

这个时候书商又找到老大，想让他改写一本书，原版书是书商在香港书展上买来的，写一个刚刚过世的香港富商跟十几位女性的往事，这些女人里有港姐，也有港星。书是繁体版的，书商想出个简体版在大陆卖，又不想支付版权费，就打算让老大把这本书用他自己的腔调重新叙述一遍，书商在《剧团魅影》里看出老大独具的一种笔法，擅于营造江湖凶险水深叵测又柔情蜜意的氛围，特别适合讲述这类故事。老大觉得不妥，问会不会侵犯版权。书商说哪有什么版权，港版的作者也不过是根据香港八卦杂志上的花边新闻写就此书,虽不乏主观臆断,但人物关系全部属实,并非空穴来风,有历史依据,历史人人有权探究。"来吧,先给你三万块预付。"书商在电话里发来邀请。

父亲再回来,告诉老大,明天可以去创作部上班了。老大说:"我又想去北京了。"父亲说:"在咱们剧团这个院,我好使;出了这个院,我说话就跟放屁似的。"老大说:"那我自己去北京试试。"

老大在北京第一个睡觉的地方,是书商办公室里的沙发。每日醒来,他跟着员工一起吃盒饭,吃完就将自己抛进港商数十年的情史中,数度落泪,最后写出香中泛雅艳而不俗的三十万字,是港版字数的一倍还多。书被分成上下两册推出,征订热烈,加印不断。书商借势扩大宣传,在各种渠道散布消息:大江南北狂销一百万套。但好景不长,三个月后,书商的传真机上接到一纸诉状,书中提及的三位已过中年的女港星联手起诉了书商,说他侵犯了她们的隐私,但未提及那本港版书,因为香港的出版社在图书上市前已经拿到她们的授权,当时她们觉得自己出现在港商的传记中是给自己镀金。现在内地版号称销售一百万套的消息传至香港,三位女当事人不懂何谓"注水",认为真的销售了一百万套,有利可图,便以内心备受困扰为由,索要精神损失费三百万元。书商认为隔得远,对方的胳膊伸不到这边,没理这茬儿。但对方不撤诉,书就没法卖,订货商纷纷退货,一箱箱书积压在库房开始长毛。加上之前出版的两本书也遇到莫名其妙的问题,书商一气之下关掉公司,自己去一家新创刊的报纸当文娱主编了,也带上老大,让他当记者。

创刊之初,为了在京城众多报纸中站稳脚,书商主编要求记者们拿出的稿子必须抢眼球。于是这家报纸的文娱记者成了文化活动最不愿意请,也必须得请的媒体。因为这些记者在发布会上提的问题总会让当事人头疼,现场气氛搞得很紧张,发出来的稿子却最受网络媒体欢迎,竞相转载,对传播活动很有帮助。这些稿子都有一个特点——迎合了读者的低级趣味和险恶用心。书商主编说,写稿子不要拿腔拿调的,做报纸是给人看的,先要弄明白人是什么,想想自己的德行,扪心自问,然后再写。

报纸做了两年,在文娱领域成了北京独具特色的一份报纸,书商主编接到名牌出版社的邀请,总编辑空缺,让他去干。书商主编应邀前往,他认为报纸的生命力只有一天,图书的生命力是一直下去的,更愿意做书。临走前,他想让老大跟他一起走,老大也表达了自己的追求:还是愿意做新闻,更直接。老大留下了,报纸新上任的主编是另一种风格,尺度越收越紧,老大写完的稿子屡屡被毙,他索性直接发给网络媒体,也不要稿费,只为了让自己的文字见天日。用了几篇后,网媒不好意思了,觉得付出劳动就应该有所得,自身也不差钱,就每月给老大开一笔钱。老大又不好意思,觉得这边拿着报社的工资,自己满意的稿子却给了外面,索性辞了职,做自由记者,对谁都不亏欠。老大就这样单枪匹马干了起来,经过七八年的发展,陆续扩充队伍,成立了现在的"给你真相工作室",成了明星们的肉中刺、眼中钉。

老大在酒桌上给我们讲这些往事时绘声绘色,毫不讳忌。他说:"所以我们干的事情并不是娱乐八卦,是在理解我们的父母以及我们未来可能变成的那个人。"说到这,大家都举起酒杯,齐敬老大。老大摆摆手,把相机摆到桌子中央说:"一起敬它!"

4

加入"给你真相工作室"后,我先被分在"生老病死"支部,就是负责追踪明星生娃、生病和死掉。另一个支部叫"吃喝玩乐",顾名思义,就是在明星做这些事情的时候及时拍下——这需要穷尽各种办法。这两个支部的名称,涵盖了人生的全部,起点是出生,中途是玩乐吃喝,插曲是老病,终点是死亡。

我第一次外出采访,就挨揍了。那是一部电视剧收视率创新高的发布会,卫视频道首轮播出刚刚结束,为了二轮卖片价格高一些,制片方召集了这部剧的主演,弄了一个庆功会,摆了十桌酒席,请了记者,还叫来一些同行。来的人里有一个中年男演员,曾经很火,在事业高峰期迎娶了年轻貌美的女演员,三年后两人离婚,他的事业开始走下坡路,如今成了一个看上去有些水肿的中年男,偶在电视剧里演演不得志的父亲或窝窝囊囊的职场科员。上周他的前妻刚刚宣布升级做了妈妈,发了一张抱着新生儿的照片,一脸幸福,传遍全网;现在看到他,我突然萌生了采访一下他的念头,这也是"生老病死"的一部分。我端着酒杯,来到他们桌,先敬了一杯酒,说我是看着他的戏长大的,他很受用,跟我碰杯喝了。然后我问:"上周您的前妻喜得千金,对此您有什么祝福的话想说?"顿时他的脸色就变了,然后我的脸上就被泼上了茶水,是那时期流行喝的铁观音,一股清香,还好不是很烫。"你丫有病吧!"男演员身旁的一名男歌手怒吼着冲了过来,一把把我推了个跟头,刚刚的茶水也是他泼的。我站起来,报上身份:"我是记者。""打你丫个狗仔!"男歌手揪住我的衣领,二话不说,照着面门就是一拳。鼻子一酸,有热液流了出来,我知道是鼻血。然而并没有感觉到疼,我想的是,哪怕没有采访到男演员对前妻当妈的感受,至少有了他的哥们儿为他挺身而出的事迹,也是一条由"生老病死"引发的新闻。

两个小时后,一条标题为《前妻为人生女,兄弟为他插刀,×××的愁与乐》的消息上了A网站的首页。×××就是男演员。我受到老大嘉奖,他说采访逻辑的背后,透着对何谓人的好奇与探索。我没想到老大能把这事儿上升到这种高度,这是往好听里说;往难听了说,不过是用自己的龌龊和幸灾乐祸心理去绑架别人,想看热闹不怕事儿大。我鼻子里还塞着止血棉,有点儿明白自己是个什么家伙了。

我在"生老病死"接手的最后一单,是跟踪一名刚刚年过五十身患肺癌的男高音歌唱家。前一年多明戈来华,两人在私人酒会上即兴合作了一曲,对飙高音,你来我往,不分伯仲。视频流出,该歌唱家迅速蹿红,年底又登上春晚的舞台,一曲嘹亮的《春天狂想》引领全国人民喜盼春日,也把自己推向艺术生涯巅峰。天妒英杰,没想到春天真的到来时,他被查出肺癌,不能再唱歌了,低调住进北京某医院。老大得到消息,让我拿上相机去看看。晚上我拎着果篮来到医院病房呼吸外科所在的楼层,找到前台护士,说我是歌唱家的朋友,请护士明早帮我把这个果篮和贺卡交给歌唱家,现在太晚了,我不想打扰歌唱家休息,明天一早我要出差。护士答应下来,于是我也证实了歌唱家确实住在这家医院。老大派了一辆黑色的捷达,这是当时最不起眼的车,停在离住院楼不远的地方,供我安身并藏身。终于在第二天下午,我等到歌唱家下楼,他在老婆的陪同下去取片子,回来时手里拎着装CT打印片的塑料袋,脸色苍暗,步履沉重。我在缁黑色的捷达车里按下快门。

第二天,歌唱家因病住院的新闻全国人民皆知。稿子出自老大之手,称歌唱家不幸患上恶性疾病,独家首发在B网站后被各种网媒转载,总点击瞬间过亿。为什么老百姓爱看这种新闻?我也想不明白,就是感觉人有时候对人挺狠的。

歌唱家第一次手术也是我拍到的。他一直没有离开医院,我觉得应该是在等待手术,如果做的话,会是当天的第一台。于是每天早上八点半我会去手术室门口坐一会儿,终于在五天后,看到歌唱家穿着病号服进了手术室,我悄悄掏出相机。两个小时后,手术室的灯灭,歌唱家被推了出来,我躲在楼梯间,透过铁门上方那块一尺见方的玻璃,拍下歌唱家躺在病床上已经从麻醉中醒来的画面。一个小时后,可能歌唱家的很多亲属都不清楚他做了肿瘤切除手术,关注娱乐新闻的网民已差不多都知道了。第二天,医院各楼门口多了一个牌子,写着"请尊重病人隐私,禁止拍照,违者没收相机"。但是没说医院外面不能拍照,所以歌唱家出院的照片,我们也搞到了。前后半个月,我们就这事儿发了三条新闻,网站赚了无数流量。

接下来的那个春晚,歌唱家没有露面。听春晚栏目组的人说邀请了他,他谢绝的理由是身体欠佳,老大让我盯紧了。开春后,我觍着脸又去了医院,换身行头,买了鲜花送到住院处,说我是歌唱家的粉丝,不知道他最近身体康复得如何。轮班的前台护士们说她们也不清楚,歌唱家术后就没再来过这里,复查的话也是去门诊,并让我把鲜花带走,指着一旁的纸箱说,那里装的都是给歌唱家寄来的慰问信,不良记者把我们医院也报道出去了,有一阵子天天都能收到信,这都快成歌唱家的传达室了。我还是把鲜花留下了,对白衣天使们为病人的辛苦付出表示感谢,然后乘电梯离开。

电梯到了一楼打开门,我站在里侧,随着人群往外拥,就在我最后一个走出去的时候,迎面站着的人让我心里一慌——剃了光头戴着帽子的歌唱家正在夫人和助理的陪同下,准备进入电梯。我的身体在空中进行了折叠,脚往前迈的同时,身子扭了回来,在电梯门即将关闭的时候,挤了进去。

电梯一路上行,每层都有人下,最后只剩下我和歌唱家一行人。三人没有说话,歌唱家半低着头,脸色蜡黄,助理手里拎着包括饭盆和水壶等生活用品,应该是又来住院了。此时距离住院部只有一层了,我称呼歌唱家老师,说:"老师,您康复得怎么样?"他扭过脸微笑着冲我点点头,由夫人代答:"马马虎虎。"我把双肩包背在身前,手揣在包里,握着相机,等待时机。电梯门开了,歌唱家的夫人让我先走,我说我还没到,说完才想起,这已经是顶楼了,赶忙抽出一只手,按了下层的按钮,谎称坐过了。他们三人便往外走,助理拎着东西走在前面,歌唱家居中,夫人殿后。他们走出去的一瞬间,我掏出相机,一顿狂按。三人听到快门声,扭脸看我,好在电梯门在缓缓关闭。没想到助理冲了过来,在外面按了按钮,电梯门又打开,我拿着相机,尴尬地站在里面。歌唱家不紧不慢地走进来问我:"之前几次的照片也是你拍的吧?"我点头承认。歌唱家说:"你们也挺辛苦,来我病房坐会儿吧,我今天'二进宫'。"

夫人和助理办好手续,我随着歌唱家进了病房,双人间,目前是空的。我局促地站着,歌唱家说这里也可以拍拍。我知道这是奚落,摘下装着相机的双肩包,放在一旁。夫人洗了水果让我吃,我扭捏接过。歌唱家斜靠在床上,说自己现在很容易累,走几步就得歇歇,然后突然问我:"你那相机能拍这里吗?"他指了指自己的胸口接着说,"我想看看这里到底什么样了,已经切掉一半了,去年CT说没阴影了,今年怎么又钻出来了? 比发豆芽都容易,我到底还能活几天? 你看看我这样,还能活几天?"说完歌唱家摘去帽子,露出光头,我不忍多看。歌唱家继续说:"你们是不是希望全国人民看到我现在这样子? 要不然把我这也拍一下吧。"边说边撩开上衣,侧过身,露出右肋后侧一道一尺长触目惊心的疤痕,"这是上次手术留下的,这回不知道是把这条'拉锁'拉开,还是换个地方做条新'拉锁'——你说这道疤像不像一条拉锁?"

在我看来那条疤更像一条大蜈蚣趴在那里,缝针的痕迹变成黑褐色的点儿,对称分布在疤痕两侧,像长了两排腿。我掏出相机,删掉刚才的照片,把相机递给歌唱家,让他检查。他说:"不用了,如果你们真想弄出新闻,会有各种办法。"我说:"至少不会在您生病期间挖新闻了,等您彻底康复,我好好报道。"

歌唱家问我怎么向领导交代,我说还没想好。我开始盼着明星们未来一段时间频繁生出孩子,最好被老大派去跟拍那些事情。目睹了歌唱家的现状,继续发稿这种事情我也干不出来了,这无异于不打麻药就拉开那条"拉锁"。歌唱家让我留个电话号码,我以为他担心我出尔反尔,以便日后打电话质问。除了愧对老大,我心里坦荡,便写下电话号码,然后跟歌唱家告别,离开了病房。幸好有个女明星要去香港生孩子,老大让我提前赴港踩点——摸清哪家医院、选好拍摄位置,很快我又专注地投入工作中。

差不多又过了半年,一天晚上我正在"狩猎"的路上,接到歌唱家夫人的短信。"猎物"是某位即将降落在首都机场的男明星。一周前网上有位素人女性自曝怀了这个男明星的孩子,他却逃避责任,没有娶她的打算,只是给了一笔钱,让她去堕胎,女人暴怒,将此事发到网上,男明星团队及时发声辟谣,并保留追究对方侵犯荣誉权的权利。你来我往,扑朔迷离,这一周老百姓饭桌上又有了新话题。消息传来:男明星会在晚上九点落地首都机场 T3 航站楼。又来活儿了,这位"生老病死"的当事人自打事件曝光后,尚未在媒体露过面,我们的任务就是让大众看到他,哪怕他对着镜头一言不发。

短信就是我在首都机场高速口交费时进来的,文字开头便自报家门,说是歌唱家的夫人,请我方便的时候去趟医院,越快越好,并附上病房号。我回问歌唱家近来可好——好的话就会在家待着,而不是病房里了。他夫人说:"你来了就知道了。"我回复今天晚一点儿便过去,然后一头扎进机场,等候目标出现。

我在那趟航班的国内到达出口对面二楼找了家面馆,坐在靠窗的位置,正好俯瞰到达出口。我试了试相机,长焦够得到那里,一会儿男明星从里面走出来,可以拍到他的正面和侧面。哪怕拍出来的照片很清楚,我们有时候也会故意调虚,让人物给观者留下一种行色匆匆或焦头烂额的印象,产生戏剧性的新闻效果。就在我摆弄相机的时候,老大来电话,让我撤,男明星并没有上飞机,临时改飞广州,跟朋友打高尔夫去了。老大已经安排了华南小组的人,明天去球场守着。我收工离开机场,直奔医院。

轻车熟路,先在医院旁的水果店装了个果篮,拎到病房门口。敲门,歌唱家夫人在里面开了门,眼睛红肿着把我让进屋。我走进病房,看到病床是空的,房里堆着歌唱家夫人收拾了一半的日用品。"他走了。"歌唱家夫人说。我一惊,随后问道:"什么时候?"夫人说,就是给我发短信前的半小时,遗体已送到太平间。说着掏出两页 B5 大小写满字的纸交给我,说是遗书,我可以拿去在媒体上公布。我又一愣,有些无措。夫人说:"上回你删了照片,这回他支持一下你的工作。"

我接过遗书,看了两遍。碳素笔书写,纸张纯白底色,字迹庄重而飘逸,通过执笔人对笔画的管理,仿佛能感受到歌唱家胸腔、喉咙对音高的掌控和玩味,他演绎过的曲目在我耳边荡起。

夫人说:"赶紧拿走吧,新闻不是讲究时效性吗?"

我把遗书交给老大。老大半信半疑,说:"这玩意儿可不像新闻稿,咱们不能替当事人写,家属会起诉的。"在我郑重地说这就是歌唱家亲笔写的后,老大没问歌唱家为什么能把遗书交给我,只说了一个"牛"。

十分钟后,遗书以图片形式首发在 C 网站。为方便阅读,编辑也将信纸上的内容转成电子版。因为是遗书,又成了娱乐头条,没有太多人关心逝者弥留之际的内心世界,点进去似乎只是为了确认网页不是空白的。

是年工作室团建年会上,老大喝得挺美,红头涨脸地对全体人员说,大家又在黑白颠倒、风餐露宿中度过一年,没办法,做娱乐新闻就是得尽全力把当事人背着人干的事情报道出来,越不想公开的,老百姓越想看。他早年就是靠跟高级餐厅服务员和高档小区的保安交朋友获得很多情报才一战成名的,现在北京到处都是高档场所,明星不会再扎堆儿出现在某几家,这招儿失灵了,新的出路在哪儿,自己琢磨,没点儿开拓精神,干不了这行。说完端上一盘红包,人人有份,大家自取。拿到红包的员工喜不自胜,老大打着酒嗝继续说,工作即是信仰,干这事不要有罪恶感,要真觉得有价值,才能干出成绩。当场有同侪问我怎么把遗书搞到手的,我端着酒杯笑而不谈,只说是秘密。同侪们不再深问,彼此理解,为了拍到爆款新闻,每个人都过着狼狈不堪甚至令人不齿的生活,不便晾晒。

遗书公布后不久,我离开"生老病死"支部,被老大调去"吃喝玩乐"。此时这个支部因为爆出星二代吸毒的新闻,"升级"为"吃喝玩乐抽",对从业者要求更高,能把人逼得个个身怀绝技。

5

现在我和小鲁盯拍的这个男演员,就是我被调到"吃喝玩乐"支部做的第一单。新工种业务难度大,接触对象多性情顽劣,行踪叵测,因此我们分成两人一组,方便配合,声东击西、途中接力、前后夹击、换班睡觉等打法是二人组的基本战术。

昨天下午男演员从这片别墅区开车出门,一路向南,到了工体西路,停好车后进了一家二层的酒吧。我尾随而至,守了一个多小时,堵到他从酒吧出来,穿着棕色的皮夹克,戴着棒球帽,半低着头,往停车的方向走。随后酒吧的门又闪出一道缝儿,一位身材颀长的年轻女子侧身而出,裹着厚厚的羽绒服,宽大的连衣帽扣在头上,蹬着长筒靴,走起路来颇有模特之风。二人一前一后,相隔十余米,却能看出一根无形的绳子系在两人中间。我一下来了精神。走动中,女子宽松的连衣帽被风吹开,容颜毕露。我的相机自然不会错过。我又带着酒吧的背景,拍下二人同框的照片,然后瞄着二人移动,一路跟拍,直到他俩先后钻进车里,留下坐在同一排的合影。

跟踪回别墅区的路上,我给老大打了电话,告知发现。老大也很兴奋,用天津话说:"我去拿大木盆。"意思是等着我们这些钓鱼的人满载而归。他立即派出另一位同事,去了男演员妻子剧组所在的城市,如果拍到他妻子在剧组热火朝天的工作照,配合上我的这组照片,一起发出来,哪怕没拍到房内情景,也足够火爆——孤男寡女在男方老婆不在家的时候相处一室超过二十四小时,什么不能发生?

昨天这个时候小鲁守候在别墅区门口,拍下男演员进入小区的一幕。透过前挡玻璃,能看到年轻女子已经褪掉羽绒服的帽子,脸上挂笑,被男演员载入大门。二十四小时过去了,想必二人欢快意足。我坐在小鲁的车里,不停调换着坐姿,缓解身体多个部位的酸胀——小鲁此刻正躺在后排睡觉——等待这对男女再度露面。只拍到进门还不够,也得拍到出来,就像写文章有头有尾。

车窗已经不知道被我擦了多少次,我和小鲁呼出的气体加大了车内空气的湿度,在挨着车窗的地方水汽遇冷,变成一层朦胧的水雾,附在玻璃上,挡住了视线,擦去雾气成了我打发时间的方式。就在我拿着纸巾又一次擦亮车窗的时候,魂牵梦绕的那辆车出现了——昨晚小鲁盯梢我睡觉,一次次在浅睡中梦到那辆车。

为了隐蔽,我们的车停在和别墅区门前的那条路相邻的另一条土石路上,两条路隔着一条水渠。水渠那边已经被别墅区开发完善,早就是沥青路了,土路这边还是一些城中村的民房,我们的车就停在一家拉面馆的窗下,这二十四小时里我们吃的拉的也都是拉面。

相机装着四百毫米的长焦镜头,时刻待战,我托起相机,狂按快门。女子还穿着昨天的那件羽绒服坐在副驾驶,男演员昨天的皮夹克换成了羽绒服,坐在一起颇像穿着情侣装。我叫醒小鲁,启动了车,没有平行跟上去,而是小鲁把车朝相反方向开走。他打算兜一圈,然后在另一条路上等男演员的车开到我们的车旁边。白天小鲁已经熟悉了路线,此处位于城乡接合部,进城通常会走那条国道,在那条路上能不被小鲁追上的车不多,他在部队开车的时候拿过障碍赛冠军,来到老大团队后立功无数。

引擎轰鸣,我坐在副驾驶,抓紧车顶扶手,一阵阵推背感袭来,十五万以下的车到了小鲁手里也能发出高级的声音。我们就像水蛭,一旦被我们吸住,休想扯脱。

五脏六腑被打乱又重新归位,车速减缓,小鲁拐上了国道。他很自信男演员的车被我们落在身后。我翻到后排,透过车尾的茶色车窗向后张望。果然,过了一会儿,男演员的车缓缓开上来。小鲁说:"他拉着妞,不可能开快。"借助后排座椅头枕的遮挡,我又对着后车拍了一些照片,小鲁专业地保持着和后车的距离。

等我拍完,小鲁让后车开到前面,他大大方方跟在后面。我们跟到东四环外的一个创意园,不能再跟了,容易露馅。我下了车,钻进大门口一辆趴活儿的黑车里,让司机开进园区,小鲁则在门口找地儿停车,等我出来。

园区内厂房间的道路狭窄,两旁都停了车,只能逆时针单向行车。黑车拉着我缓慢前行,我左右张望,不错过每一个岔路口。沿主路拐了两个弯后,男演员的车出现在前方,停在路中央,排气管冒着白烟。能看到他和女子正站在一间厂房门口话别,黑车司机认为这车挡路了,按了一下喇叭,男演员戴着墨镜向我们这边看了一眼,匆匆告别女子,回到车里,把车开走。女子则在两位看似工作人员的陪同下,进了厂房。我给小鲁打电话,告诉他男的可能开车出去了,女的留下了,让他继续跟踪男的。我背着装了相机的双肩包下车,给了司机十块钱,让他停好车等我十分钟,如果我没去找他,他就把车开走继续拉活儿。

我走到厂房门口,铁门虚掩,一推便开。往里走了两步,迎上来带着对讲机的人,问我干什么,我说想上个厕所,对方指着厂房外的某个方向说,那边有公用的,这里是公司,正在搞活动,不让乱进。他说话的当儿,我看到他身后架起的摄影灯和背景布,以及一款堆积如山的饮料。我说:"正好也想买水,你们这卖饮料是吗?"他说那些是拍广告用的。看来女子来此是拍摄产品平面广告的。如此说来,也是艺人,可是我的档案里没有这么一位,看身形和气质,没准是位模特,确实有很多产品喜欢用模特代言。已婚男演员和女模特搞到一起,这条新闻足够吊人胃口。

我退出厂房,找到黑车,拉门上车。司机问我现在去哪儿,我说还待在这,我按时长付费。女模特收工后会去哪儿,也值得关注。看我掏出相机,司机问我是做什么工作的,我说了实话。跟这些并不会影响你工作的人交底,反而容易建立亲近感,能更好地辅助你工作。司机来了兴趣,信马由缰跟我闲扯起来,打听了一些他关心的明星的八卦后,咂着嘴说,这些明星真闹腾!不踏实过日子,非弄得妻离子散,不过话又说回来,老百姓也不是省油的灯,自己下岗的那个工厂,也时常有男女工友在车间眉来眼去,最终进了一个被窝,事发后又被配偶闹到工厂的。舒服了一下,让人一辈子看笑话,其实也笑话不着人家,人就是在上三路和下三路里来回折腾,直到把劲儿耗干的这么一种东西。我问司机过去干什么工种,司机说那时候是钳工,后来因为这种事儿离了婚,其实说的就是他自己,然后在后视镜里冲我呵呵一笑。

小鲁这时候来电话,说男演员开车返回别墅区了,他打算继续守会儿,看夜里男演员会不会再出门。我告知女子可能的身份,小鲁说:"没准男的晚上还得接那女的去,咱俩随时通气。"

不知不觉已经七点多,黑车司机主动去帮我买饭,给钱他也不要,说我包他车,他管我饭,不让我白带着他玩这么一回。他买来麦当劳,我俩在车里吃起来。我吃下两个汉堡,解了馋,补足了热量,继续在车里等待,这是我们的常态。

老大来电。我以为是叫我和小鲁回去交稿,然而不是。派出的同事今天没有在外地剧组拍到男演员的老婆,此刻那边的剧组已经收工,男演员的老婆一直没露面。同事打听到,是她生病了,正在酒店休息。所以我和小鲁的照片作为一条完整的新闻发出来并没有想象的那么顺利,老大说,好饭不怕晚。我描述了盯梢女子的情况,老大让我把照片用彩信发给他,隔行如隔山,他去扫听下模特圈的情况。

十一点多的时候,厂房的门打开,一些工作人员开始往外搬东西,有人上了一辆停在门口的商务车,点着火热车,亮着车灯。搬东西的人进进出出,突然闪出一条道,高挑女子在几个人的陪同下走出厂房,上了那辆商务车。

商务车开走了,跟在我们车后面。在他们司机热车的时候,我提前预判,感觉女模特要出来,等她上车我们再跟就晚了,车在她前面开,不会生疑,所以我们提前启动了。她上车的一瞬间,我在前车冲后拍下照片。

我们的车先驶出创意园,司机按我的部署,在路口让商务车开到前面。大路上灯火辉煌,车辆往来,现在跟上去不会引起注意。

尾随着商务车来到几公里外的高档公寓小区。女子下车,刷卡开门,步入小区,商务车开走。小区管理严格,我无法进一步跟随,车停路边,给小鲁打电话问那边的情况。小鲁说男演员没动静,没准透支了,需要缓缓,毕竟共度了二十四小时。

我打电话给老大,他正好查到照片中女子的信息,是位环球小姐。据说世界各地每天都在举办这种比赛,每天都有至少一位环球小姐诞生,很多长得像理工科女生的年轻女性不知道什么背景,会莫名其妙夺冠。老大说我拍到的这位,算是位正规比赛出来的环球小姐,并报上现在的居住地,正是我此刻所在的公寓。老大说男演员已不年轻,需要养精蓄锐,环球小姐又刚结束工作,深更半夜了,两人应该不会再见面,叫我和小鲁先回工作室,他看看照片。

老大一张张过照片的时候,我搜到了环球小姐的微博,有接近一百万的粉丝,还真更新了状态,就在半小时前,她发了条配图文字:工作满满的一天,累累累,却充实且快乐!图是自己敷着面膜的自拍,转发和留言并不多,看来大部分是"僵尸粉"。我想象着写稿的时候,把微博里提到的"工作"

和别墅里可能发生的"工作"放在一起,以及"累累累"和"快乐"带来的多义性,新闻效果一定不错。

但后来我就睡着了。在老大让我和小鲁回屋躺会儿之前,我已经感觉自己的每一次移动都像在飞,严重缺觉的时候我就会这样。一开始我和小鲁还强挺着,后来不知道什么契机我俩就躺下了,等我再醒来,是第二天黄昏,男演员和环球小姐的消息已经满网飞。

我坐起身,回想睡着之前发生了什么,恍惚间想起睡着以后老大给我打过一个电话,说男演员老婆那边的照片搞定了,一会儿就把新闻发出去。那时候我也不知道是几点钟,只感觉自己绵软无力,继续睡下去的愿望像吸尘器不由分说把我吸了进去,我嗯啊着握着手机又睡了,直到此刻自然醒来,意识重新填满身体。

我打开电脑,在热搜榜上看到了新闻。派出的同事今天一早拍到男演员妻子在外地剧组出工的照片,两个时空的现场集齐,新闻圆满了。我点进评论区,看网友留言。每当这时候一个千奇百怪的世界就会展现在面前,一开始我对各种评论还接受或不接受,后来习惯了,没有什么接不接受了,那都是一个个真实的人的心声,推开了一扇扇藏在深处的门。

看到一半,老大的短信进来,说睡醒了来吃饭,发给我一个餐厅的地址。我去看小鲁醒没醒,他正刷牙,也收到短信,准备去吃饭。我俩从工作室所在的农家院出发,往城里开。正是下班时间,迎面开来的公交车上挤满结束了一天工作的上班族,有的戴着耳机,有的拿着报纸。不知道我和小鲁参与的这条新闻是否赶上了今天的晚报,如果没有,明天的晨报一定会有。也许是依然处于缺觉状态,我又恍惚起来,陌生地看着车窗外的车流和擦身而过的路人:他们看电影看剧,愿意看明星,同时更愿意看明星出丑,他们是明星诞生的社会基础,也是让明星因私生活不洁再也无法翻身的社会力量。这种人类关系突然让我感到哪儿不对劲,倒不是因为我促成了这种关系,我并没有编造什么,只起到中介作用,但觉得这种关系里两头的人都够不上体面,能不能有种更高级的人和人的关系……容不得深思,餐厅到了。

老大订的餐厅在簋街,可以说这条街是我们工作室的食堂,每次有人立下战功,老大就会在这摆流水席,工作室的同事谁有空谁过来吃,直到餐厅打烊。好几次我们吃着吃着饭,看到马路对面某个明星也正好吃完离开,便会有人起身开车跟上去,没几个小时,就挖出了头条新闻。

我和小鲁进门的时候,老大正跟外派的同事通话,让他盯紧男演员的妻子,有时候新闻当事人对新闻的反应行为,会是一条比前一条还精彩的新闻。

安排完工作,庆功开始。集体连喝三杯后,开始自由碰杯。有人顺时针找人碰,有人逆时针碰,我碰到老大那的时候,已经有点晕了。我说出自己的困惑:虽然这次新闻发成了,但是咱们这行是不是有点儿靠天吃饭?万一碰不到这种事儿,找不到新闻,不就都失业了吗?

可能是我酒后聊天显得过于严肃,老大笑眯眯地拍着我的肩膀说:"放轻松,那帮明星不可能让咱们失业,只能让咱们越来越忙。"大家听完都笑了,纷纷举杯。老大又跟我说:"这是你在'吃喝玩乐'干成的第一单吧,干到第五单以后,你会发现自己在玩'打地鼠',也不知道哪儿冒出那么多找打的'老鼠'——这就是人。"

后来我们又集体喝多了,在即将散场的时候,老大接到一个电话,听着听着,脸沉下来。我们也放下酒杯,不再作声,站着的也坐下了,注意力都集中到老大那。

老大最后说了一个"行",便挂了电话,兀自说了句:"玩了这么多年鹰,被鹰啄了眼。"然后端起酒杯,号召集体喝一个。我们不明所以,跟着端杯。喝完老大说,刚才是网站打来的,男演员的妻子刚刚发了条微博,她前天晚上一直陪着老公在家招待环球小姐,还发了照片。

在座的同事赶紧打开手机上网,查看女演员的微博,看到四张照片。第一张是三个人举杯言欢。女演员配了文字,说她前天下午特意从外地剧组赶回北京,和老公在家接待了环球小姐,她和老公成立了一个经纪公司,环球小姐演戏的经纪约签给了他们公司,大家从此是一家人,而且老公和环球小姐刚刚同时签订了一部电视剧,有对手戏,两人已经开始对台词了。照片上,饭桌远景确实放着两厚本剧本。其中另两张照片是她这两天往返北京的机票,一张是我前天下午在工体盯梢的时候降落在北京的机票,一张是昨天傍晚在北京起飞的机票,男演员拉环球小姐出小区后不久,她叫车去了机场。第四张照片是带有新公司名称的LOGO。

男演员此时也发了微博,不带图,只转了老婆的微博,并留下一句话:"接客、待客、聊剧本、送客,这就是传说中的二十四小时。"

环球小姐的微博也开始发声,只发了一张照片,是三人昨天下午在男女主人家喝下午茶读剧本的场景,同时配以文字:"都说了昨天是工作满满的一天,工作当然很累,但能这样工作,确实也很快乐。"

一套计划完整的操作。新公司成立,新艺人上位,新戏宣传,一箭三雕。

我们被人当枪使了。偷拍这行干久了,其实是我们把自己推到明处,明星们反而退居暗处。

我很受挫,又立即想到老大刚才喝酒时说的那句话:"这就是人。"

现在老大给自己倒了一杯酒,说,因为发出的新闻有误,网站也不打算结款了。我估摸老大挂电话前说的那个"行",就是指这个。然后老大端起酒杯跟我和小鲁碰,他说这事儿主要怨他,大意了,我和小鲁的奖金照发。我俩当场拒绝,受之有愧。老大说他愿意花钱买个教训,然后一口干了杯里的酒说:"比起现在的这些艺人,我小时候那个剧团里的叔叔阿姨,包括我父母,都太纯洁了。"说完放下杯子。

我们以为老大会叹口气或点根儿烟缓缓,没想到他又给自己倒上一杯,豪气地跟在座的每个人碰杯,然后坚定地说:"盯紧这对演员夫妻,就不信未来的时间里,他俩能不犯错误!"

6

技术发展,一个个"吃喝玩乐"的现场以更快的速度、更清晰的呈现从事发地传播到地球各个角落——相机的像素和感光度越来越高,越来越适合于光线不足环境里的拍摄,智能手机和4G让相机里的照片无须电脑中转便可直达任何端口。娱乐圈的阵营也在不断扩张,歌舞选秀、说唱选秀、摇滚选秀以及真人秀,制造出更多明星,视频平台成为主流播放终端,"看"变成一件毫无门槛的事情。以往电视上还会出现无信号的彩条时段,凌晨电视台也要休息,现在则随时随地都可以"看",床上、马桶上、地铁上、电梯里、三更后、日出前……娱乐无处不在。老百姓的注意力仿佛手电筒逆向打出的光,越来越狭窄,最终都落到了娱乐上。以往时不常还会冒出个廉价的文化明星,现在只有一种明星,就是娱乐明星。

明星们在"吃喝玩乐"上的生生不息,让偷拍车成了我这四五年里待得最多的地方。我也会现身某些匪夷所思的场所:为了拍到一个红了十年的选秀一姐的花边新闻,我曾在她家别墅区墙外的一座废弃水塔里睡了一个礼拜,最终只拍到她下楼扔了两趟垃圾;为了揭开某女明星是不是整容脸的谜团,我穿着迷彩服爬上一棵梧桐树,结果挨了马蜂的蜇;某男星这两年星运不佳,拍的戏口碑差票房低,投资的餐厅也被举报用了不合格添加剂,男星去泰国请佛牌养小鬼,我潜入庙宇的水池,躲在荷叶下面,险些被水蛇咬到……拍下别人活着的样子,就是我这些年的生活。大学学的新闻史忘得差不多了,脑子里多了数十位明星的车牌号和家庭住址,常年熬夜让我走到哪儿都带着黑眼圈,回家过年的时候,我爸劝我别总成宿打麻将,我妈说该找个媳妇成家了。我在这个行业奋战着,心无旁骛,不知不觉,用光了二十几岁,迎来了自己的三十岁。然而除了继续干下去,我也别无他想,藏匿在车中按下快门的瞬间,我真的有种推开一扇门,因为好奇就走了进去,走半天才发现这是一座迷宫的感觉。

渐渐地,这行变得不好干了。先是上面整改,要求主流网站不得主动发布低俗娱乐新闻,小三儿、劈腿、嫖娼、吸毒等均在此范围,社会影响不好。于是老大工作室的创收模式变了,不再是把照片卖给某个网站后由其发布,而是在网站设立工作室的微博账号,把拍到的照片通过这个账号发布。这个过程中,网站并没有主动发布低俗新闻,是网站用户的个人行为,等于网站把自己择出去了。当然网站也知道老大工作室账号发布的内容可以为他们引流,所以每发布一条,还是会给予一定的"稿酬奖励",但数额已不如从前。

后来随着年轻人投身娱乐行业的兴趣高涨,越来越多的人拿起相机守候在夜幕中,来抢我们的活儿。"90后""95后"比我们更能熬夜,更想在娱乐界一战成名,出拳没套路,为了弄到博眼球的照片,甚至跟女网红联手,"钓鱼"男明星,趁机拍照。江湖的水被搅浑。特别是出现了自媒体,是个人,注册个账号,就能发娱乐消息。这种发布无须审查,靠从网上东拼西凑的文字,再用图片P出当事人莫须有的动作,足不出户,就能炮制出一篇篇图文并茂、热辣程度甚于当年火车站报摊上法治小报的文章。一枝独秀的老大工作室尚未经历瓶颈期,就进入群魔乱舞期。

为了创收,老大扩大了业务,开始跟拍商界人士。现如今越有钱也越具话题性,一些董事长、CEO和商务网站掌门人的"瓜"比明星干了什么还吸引流量。最近以来,平台给我们付费也开始按流量计算了。

我坐在车里用筋膜枪击打着酸麻胀的腿,却不能下车走走,舒活舒活筋骨,唯恐错过重要瞬间。又快到十二点了,昨天夜里就是这个时间,我追踪的对象们走出小区,去吃夜宵,可惜全程没有亲密动作,让我拍下的照片缺乏说服力。所以今天我又来了,希望他俩还会出去吃夜宵。

这次跟拍的主角是个家电公司的老板,男性,四十多岁,留过洋,在国外著名电器公司就职过,几年前回国在深圳创办了自己的品牌,异军突起,很快拿到不错的市场占比,力争做中国第一家电品牌,人也成了商业领域的明星。前天他刚刚在北京宣布,公司增添了新能源汽车的业务。花了一年多的时间,昨天我终于跟到他和一个空姐约会。男老板虽不年轻,却依然爱玩,去年还登了珠峰。或许正是因为精力充沛,才有今天的成就。

现在我把守的这个小区门口,就是空姐家所在的位置。一辆网约车刚刚停了过来,打着双闪,我有种直觉,可能是空姐叫的车。果然,几分钟后,空姐和家电总儿并排走出小区,从同侧上车,坐进网约车的后排。

我一路跟踪,到了家深夜食堂。二人下车,穿过几名在电动车上玩着手机等接单的外卖员,进入餐厅。里面人不多,十几张桌子只坐了三四桌人。两人没有选择靠窗的座位,坐到垂直于窗口的那面墙把边儿的卡座。

我的车停在餐厅对面的路边,距离窗口三十多米,隔着两层窗户大致也能看到餐馆内的情况,但拍出来的照片清晰度有限,角度也别扭,尤其还会有车辆和行人经过,镜头不时被挡一下,容易错过精彩时刻。侦察完环境,我下了车,来到一个外卖员面前,跟他交涉一番,然后我带着他进了我的车。五分钟后,我穿着他的外卖服,戴着头盔,走下车。

我来到他的电动车前,学着旁边骑手的样子,仰靠在电动车后座的储物箱上，举起手机，美滋滋玩起来——实则打开相机功能，电动车车头冲着餐厅的窗口，可以肆无忌惮地对着餐厅里拍照了，且毫无遮挡。

两人点了精酿啤酒，空姐化着淡妆，二十六七岁的样子，皮肤在射灯的映照下泛着瓷光。一个小时的用餐时间里，她喂了家电总儿五筷子，喝掉四瓶啤酒，家电总儿喝得多一些，两人没有频繁碰杯，看来已经很熟了。最终家电总儿扫了桌上的二维码结账，空姐拿起手机叫车。车还没到，两人出了餐厅，家电总儿点上一根烟。北京深秋的风又冷又硬，家电总儿的风衣敞着怀，空姐帮他扣上几枚扣子。在扣到上面第二颗扣子的时候，家电总儿把烟送到嘴边抽了一口，两人这般造型被我拍下。

普通老百姓未必熟悉这个男人的脸，也不一定知道他的名字，但是很多人用着他公司生产的空调和净化器，也用着他公司售出的手机和路由器。届时，消费着这些力求人性化的设备的同时，欣赏着它们背后的老板的韵事，也是别有一番滋味。

车到了，家电总儿捻灭烟头，两人上了车。我也回到车里，外卖员正倚在后排插着充电宝玩手机游戏，我俩换回各自的衣服。我按说好的，给了他"劳务费"，他心满意足地离去,我也回家睡觉。

第二天中午,我简单吃了口东西后去老大的工作室开例会。会是每周一次,大家汇报一下各自盯梢的对象和进展,把新冒出的有了流量的人写到墙上,开始为这些名字所对应的那些肉身付出时间和精力。

我到工作室的时候老大还没到,大家正在聊一条前两天的热搜,某个退出江湖不再年轻的女歌星嫁人了。消息是另一个团队爆出来的,也是靠偷拍。之前这个女歌星已经淡出大众视线,没人关心她结不结婚了,这次她悄无声息地把自己嫁了,一反当年八面威风的盛况,反而引起公众的兴趣。老公是澳门商界大佬,按说也是广交各路人马,婚礼却没有叫任何朋友,只是请了双方家属,在深圳的一家私人花园会所摆了六桌酒席,全程封闭。那个团队的人不知用了什么路数,竟然拍到了。

开会时间已经过了半小时,老大还没到。大家东拉西扯,聊了半天又说回刚才的那条热搜。有人想起,十年前老大还拍到过这个女歌星的"不堪"之事,当时女歌星也知道自己的事情被拍到,带着礼物托人来见老大,想花重金压下这些照片。那时候老大血气方刚,没同意,而且坚信这个女歌星身上还有料可挖,便没有急于公布这些照片,继续憋大招儿。没想到新人辈出,女歌星自己也后继乏力,连勇退的机会都没迎来,直接被"后浪"拍在沙滩上。这也让老大手里的那些照片像火药受潮一般失去意义。

聊得正热,老大来了,以往都叼着雪茄,今天手里拿着一瓶威士忌,坐到一贯坐的位子上。放下酒,老大看了看大伙,又起身去拿杯子。有人要帮老大去拿,老大说:"还是我给大家拿吧。"说完出了会议室。众人面面相觑。

老大拿来一摞纸杯,都倒上酒,一一分给大家。不知是没人说话让气氛显得悲壮,还是每个人都预感到什么,因此一言不发。老大倒完酒也没有坐下,说今天管我们这行的部门把他叫去了,例会迟到是因为刚结束那边的事儿。说到这,大家已经猜出不是什么好事儿了。老大继续说,他们准备关停工作室在所有平台上的账号,不能再发布以前的那种娱乐消息。"为什么呀?"有同事问。"说我们发的东西对社会影响不好。"老大说。同事们纷纷做出反应:"消息又不是咱们编的,有人能这么做,怎么就不能这么报?"老大说将被关停的不止我们工作室的账号,还有很多同行的账号,负责人集体被叫去谈话,大家都做了申辩,没用。有人问:"那咱们尺度小一点儿也不行吗?"老大说,不是尺度的问题,是这一行,可能现阶段就要消失了。

老大举起杯子,说:"今天这杯酒,就是咱们的散伙酒——工作室从今天起就解散了,希望咱们聚是一团火,散是满天星。"

有人当场就哭了,一口喝掉杯里的酒,然后抓过酒瓶,又给自己倒。老大说:"我也觉得突然,很对不住大家,又要去找工作了。我会给每人的卡里多打一年工资,希望大家安稳度过再就业前的日子。干了吧!"老大和大伙一一碰杯后一饮而尽。

我也喝光杯中的烈酒,酒精瞬间的热力冲击着大脑。恍惚中,听到老大说,每人手里的相机和各类拍摄器材就自己留下吧,当个纪念。

7

没多久我找到新工作,进了一家新成立的娱乐营销公司。如今老百姓关心的除了自己家的房价别降,剩下的就是坐在家中的沙发上刷手机找点儿娱乐消遣消遣了,所以热钱也都涌进娱乐行业,于是有了这家公司。以老大工作室为代表的上一代娱乐八卦账号的消失,给新的娱乐账号腾了地儿。有了前车之鉴,这批新号发的八卦消息没那么露骨了,哪怕能一剑封喉也只是虚晃一枪,不再追求发布效果上的刺激,又抓准老百姓爱消费明星的心理,半遮半掩,很快聚来人气。

以往的工作经验成了我的资历,在新公司当上内容总监,指导一群"95后"如何逮到素材,有时候也亲自上阵。因为不再需要爆炸性的内容,拍摄没以前辛苦,动辄数日的蹲守用不上了,多是跟拍,只要拍到明星的侧脸,哪怕照片上没什么特殊事件,也算完成任务。跟不到人的时候,就看一眼手机上的"航旅纵横",选香港或台湾飞来的航班集中落地时段,在出口守一会儿,总能见到一两个明星,然后也不需要偷拍,就明拍,明星还很配合。很多明星来北京也没什么事儿,只为了让娱乐号拍一下,增加曝光。当然明星们也都是有备出门,独特的发饰,博眼球的衣服,限量款的行李箱,带四个助理,或独来独往,都是明星们设计好的,面对镜头也不再躲躲藏藏,甚至有意放慢脚步,很替拍摄者着想。

娱乐圈的玩法儿发生变化以来,明星们的"内卷"颇为严重。以前想挖点儿东西,需要拍摄者主动出击,风餐露宿,现在可以做到有的放矢,管吃管住。很多艺人的经纪公司会将旗下明星的行程和部分私人聚会地址告诉我们,请我们去拍。甚至有的公司会将竞争对手旗下明星的私密之事告诉我们,天上掉馅饼,我们自然得接着,泄密公司则坐收渔翁之利。上回一个顶流 A 女星的经纪公司定制了一批红酒,给我们拉来几箱,就在搬酒的间隙,貌似走嘴,将另一个顶流 B 女星怀孕的事儿露了出来。这"瓜"不小,也不伤风败俗,我们自然会跟下去,真的拍到 B 女星小腹微隆的照片。但不知道怀孕真伪,不能说得太直白,只能迂回说该女星近日有些发福,不知道是日子过得太幸福,还是人生有了喜事。就这么一条消息,引发广告市场风云突变。无论怀没怀孕,很多产品特别是少女属性的品牌,会觉得再请这个女星代言有风险,于是商谈中的广告合作意向全部叫停。广告总还是要做,需要别的女星顶替,于是 A 女星便接了原本属于 B 女星的广告。做广告越多,越会有人来谈合作,这也是一个你死我活的领域。不过 B 女星的公司也马上采取行动,几日后官宣 B 女星确实好事临门要升级做妈妈了,很快便开辟出新市场,代言了奶粉和亲子教育等品牌。

面对日新月异的娱乐圈,我所在的公司开了四个账号,分属不同平台,有微博的、抖音和快手的,还有 B 站的,受众群体年龄不同,不同群体的人选择不同的明星。跟接广告一样,这些阵地如果你不去占领,别人就一家独大了。公司将来到底想干些什么,老板也不知道,只知道现阶段不能输给别人,让这些平台的账号保持活力,每日涨粉。每个账号需要不断更新,所以我们也无法挑肥拣瘦,只能逮着什么拍什么。

开始我还觉得适应适应就能找到工作的感觉,跟随公司一同成长。两年后,公司摸准方向,我却感觉更加疏远——几个账号有了人气后,各经纪公司开始每年给我们一笔钱,条件是这些账号每年发布不少于多少条视频来曝光——实则宣传——他们的艺人。入行之初,我在老大工作室干的是猎犬的事儿,现在开始干看家狗的事儿了,这让我很不习惯。特别是最近半年发布的短视频里,最后都得贴上几秒钟的带货广告,季度考核不仅要看拍了多少条视频,有多少点击量,还涉及销售额。以前娱乐便是目的,现在娱乐成了工具,卖货才是目的。世界变了,变得我不能接受,或者说不接受我了,我只能好自为之,辞职离开。

就像一根头发脱离了坏掉的毛囊,落在哪里,全看风吹向哪里。我这时候接到了姥姥离世的消息,回了老家。当我抵达医院的时候,姥姥已经躺到殡仪馆,我在"生老病死"上班的时候溜进过殡仪馆,那里有冷冻人的冰柜。再见到姥姥,是两日后的火化前,她化了妆,一动不动躺在棺木里。一切都像是假的。我面前的姥姥和当下这个时刻让我觉得不真实,我想一把拉起姥姥,告诉她没必要躺在这里,然后姥姥真能迈腿走出棺木,跟我回家。在我印象中,姥姥不过腰刚刚开始弯,甚至眼睛都没花,还是我刚上大学时候的样子。而另一个声音又真切地告诉我,这就是真的,这是一个已经没有了姥姥的世界,你也不再年轻。现在姥姥被化得像个蜡人,再也不能问我"北京的风大不大"了。想到这,眼泪像地下水一样涌了出来。我在北京拍了那么多年"生老病死",现在才稍稍懂得当初拍到的是什么。

姥姥入土后,我没急着回北京,觉得应该在家好好待一待。父母均已退休,睁开眼便闲不住,吃完早饭,一个去公园下免费棋,一个去棋牌室贡献桌费,都是一玩就一天。我每日睡到自然醒,桌上有什么就吃一口,没有就出去吃。街边小店里每款吃食都深得我心,无论是一份小面,还是一笼包子,抑或是一碗羊肉汤,从底部被煤气炉烘烤得黑黢黢的陈年老锅里捞出来,热气腾腾地摆在面前,那种由食物带来的喜悦是坐在偷拍车里吃吉野家肥牛饭外卖体会不到的。

吃完早饭,我会扫一辆共享单车,漫无目的地骑行在大街小巷,我在这里出生长大,此时却有度假之感。湿润的空气,北京所没有的曲线形街道,江风轻拂,听着熟悉的乡音,骑在自行车上,双腿折叠打开、打开折叠,有一种真正进入生活的感觉——在北京的这些年,我的腿多数时间是窝在车里的——不知道和宇航员刚从太空回到地球的感受,是否相似。

这些对于生活于此的人司空见惯,对于我曾经也是熟悉的,现在却是新鲜的。我把吃到的每一种小吃和每一座特色建筑、每一条与众不同的路拍成短视频,稍加剪辑,发到自己新注册的微信视频号上,当成视频日记。操作过程虽耗时费力,却能拉动我更深一步进入货真价实的生活。回家半月有余,感觉自己像一块已充满电的电池,就是不知道该安装在什么设备上。我仍没有急于回京,越来越感觉到,如果打算逃离娱乐圈,真不是非待在北京不可,甚至离开北京,反而可以打开思路,找到做其他事情的机会。

这天一早出着太阳,我爸我妈像往常一样,吃过早饭,一个轻车熟路奔了公园,一个出门右拐又去棋牌室打卡。过了十点云层移来,天开始阴,淅淅沥沥下起雨,我打电话问要不要去给他俩送伞。一个正在凉亭鏖战,说棋友带伞了,可以结伴回家,中午不用等他吃饭,大伙约好去喝胡辣汤;另一个说棋牌室管饭,上下午不离桌的话,老板中午赠送一碗带鸡蛋的面条。家里家外没我需要做的事,我泡了杯咖啡,在阳台摆上薯片、瓜子,点根烟,往藤椅里一靠,脚搭在窗口,狠狠地补偿着自己——之前有太多次我被北京的凄风苦雨闷在车里一天一夜动弹不得。

点第二根烟的时候,我看到对面楼有个女孩正从阳台探出身子不停地向下面张望,这时我才注意到,她家楼下的阳台外面还晾着被子。女孩在阳台消失了片刻,随后又出现在窗口,拿着一件红色雨衣,在窗外展开,试图盖到楼下邻居家的被子上。我掏出手机,开始拍摄。

女孩八九岁,动作有些拙笨,因而显得认真。雨衣在女孩能力范围内展开到最大,她松开手,雨衣飘落,然而没有像她预期的那样落在被子上,而是贴着被子滑了下去,直至落到地上。女孩家在四楼。

女孩又消失了。少顷,我看到她打着伞从一楼的楼口出来,捡起地上的雨衣,进了楼门。片刻后,女孩拿着雨衣再度出现在阳台,重复刚才的操作,这次雨衣配合地落在被子上,女孩很开心。然而仍有大片面积的被子未被挡住,女孩又跑回屋。我的拍摄一直没停。

女孩再出现的时候,身后跟着一位穿着雨披的男子,应该是女孩的父亲,看样子是刚从外面回来。父亲在女孩的指引下,看到楼下的被子,随后褪下身上的雨披,让它落到了那片淋着雨的被子上。父女二人心满意足地离开阳台。

我把这段视频做了精剪,配上我认为能反映女孩几番动作背后心理的文字,发到了我的视频号上,然后喝了口微凉的茶,去给自己弄饭。

吃完收拾完就下午一点多了,雨还在下,一点儿没见小。我又泡了杯我爸的花茶,给他打了电话,问那边的情况。他说胡辣汤已经喝完,正在饭馆下盲棋,雨小点儿就回家。挂了电话,我点开手机的微信看,脑袋嗡地一下——刚才发出的那条视频已获赞近万。平时发布的只能获得三五好友的赞,浏览刚刚过百,这条被平台推荐了,浏览量已经超十万,转发也过了万。我仿佛回到了从前北京的岁月。

第二天点赞破三万的时候,看到对面女孩家亮起灯,离吃饭还有一会儿,我带上手机,敲响了她家的门。未经许可就使得女孩和她父亲的视频在网上广泛传播,让我有些不安,原本只是想在我那没几个人看的视频号里保存下这份美好。

我父母的那栋楼和这栋楼户型一样,定位女孩家不难。门铃响后,一个成年女人的声音传出:"谁呀?"我说我是对面楼的邻居,有件事儿想沟通一下。几秒钟后,没有听到脚步由远及近,门就打开了。

我的目光自上落下,一位坐在轮椅里的女士出现在门里。我一愣,看了眼门牌号,是四楼。"您什么事儿?"我被问道。

我说:"您家是不是有个八九岁的小女孩?"对方听了不知从哪儿接。我拿出手机,调出视频,让这位女士看。当女孩和父亲一同出现时,我问她:"这是您的家人吗?"女士说:"是我女儿和丈夫。"我说这条视频是昨天中午在对面楼拍的,觉得挺感人,也没多想,就传到网上,现在成了热门,怕影响到女孩的生活,今天来跟她和孩子沟通一下。女士的电动轮椅往后退了几步,让我进门坐。我掏出自带的鞋套,在她"不用了"的邀请下还是套上,然后进了门。

餐桌上放着择了一半的豆角,旁边的盆里化着肉。我说:"咱们长话短说,别耽误您做饭。"女主人说没关系,操控着电动轮椅给我拿了瓶矿泉水,并喊女儿的名字。女孩叫"天天",正在写作业,从里面的一间屋子跑出来。

我把手机上的视频给天天看,妈妈也陪着她又看了一遍。虽然是自己做出来的事情,但在手机上看到,天天还是很兴奋。我说天天的举动感染了很多人,让母女二人看看网友的评论。趁她们翻留言的间隙,我问天天当时为什么会想到盖住楼下的被子。天天说:"爸爸妈妈告诉我,要多帮助人。"妈妈及时插话,说:"每天都有人在帮助我,所以我也跟她说要助人为乐。"说完两人的头又挨在一起,继续翻看评论。天天上三年级,一些字还不认识,问妈妈,妈妈一一答复,并用生字组了新词,举一反三,场面温馨。我又萌生一念,给这一家三口再做条视频,作为遮挡雨衣这条视频的升级版。

我问孩子爸爸是做什么工作的,妈妈说他在电信上班,昨天那个时间应该是赶回来给天天做午饭。昨天是周日,我问天天爸爸工作很忙吗,妈妈说他负责安装宽带,越是周末越落不着休息。我说:"您昨天没在家吗?"她说昨天这时候正上着班,她在小区门外的超市工作,做收银,电动轮椅出入很方便。天天还在刷着评论,我问她介不介意自己做的事情被这么多人看到,她说就是第一次雨衣没扔准落地了让她有些难为情,整体上很开心。

网友留言里,七成在夸"好孩子",剩下三成说的是"家长教育得好"。我向天天和她妈妈表达了想拍拍他们一家三口,天天妈妈说他们没什么好拍的,不值得特意拍。天天也不好意思起来。正说着,听到钥匙开门的声音,天天说,爸爸回来了。天天跑去门口迎接,爸爸进来,她兴奋地告知:

"爸爸,咱们俩的视频上网了!"

我站起身,跟天天爸爸打招呼,说我是对面楼的。天天帮我介绍:"就是这位叔叔拍了咱俩昨天盖住被子的视频。"天天爸爸个头中等偏下,穿着印有电信 LOGO 的蓝色工装,放下帆布工具包,脱掉外罩,换上拖鞋,警惕地看着我。我被盯得有些发毛,冲他伸出手。他说刚从外面干完活回来,手脏,先去洗洗,说罢进了卫生间。水龙头响完又恢复平静,他从里面出来,伸手和我握。我递上手机,请他先看眼视频。他说看过了,白天干活的时候,认识他的客户给他看了。我说不好意思,没经过他们父女的同意。他说没事儿,也不是什么不好的事情,说完胡撸了胡撸坐在身旁的天天的脑袋,问:"作业写完了吗?"天天说就差背课文了,然后说这位叔叔还想再拍个视频。我赶紧接过话,说:"昨天这条视频挺'治愈'的,我想深挖一下天天为什么能在这个瞬间做出暖心的举动,你们平时是怎么教育她的,顺便拍拍你俩的日常状态,天天从你们身上继承了什么……"没等我说完,天天爸爸问:"您是做什么工作的?"我说我以前做过记者,目前待业。他又问:"拍这个做什么用呢?"我说:"我自己挺被你们父女俩的行为感动的,我想让更多人看到这种善良,现在网上太多戾气重的东西。"

天天爸爸突然说:"你是叫牛准吗?我在视频号里看到的名字。"我说对,我是用真名注册的。他问:"小学是在翠华上的吗?"我一下放松了,说:"是,你也是那所小学的吗?"他说:"你是不是属虎?"我说:"对。咱俩一届的吗?"他说:"一个班的,我叫鞠连生,还能认出我吗?"

我使劲把他看了看,笑着说:"真认不出来了,但是我记得这个名字,跟电视台的鞠萍姐姐一个姓,少见,还难写,都说你考试的时候吃亏,写完名字别人都做完两道题了。"他说:"对,所以现在我给女儿起名叫鞠一一,小名天天。"笑声充满房间。

我拿着手机开始拍摄,先定了一个调子,就是真实自然,每个人在这个时间该干什么,干就好了,不用管我,我只是在旁边拿着手机看着。天天妈妈继续择豆角,鞠连生开始切肉。厨房的操作台比较特殊,有一高一低两个水池,连生说矮的那个是给天天和她妈用的,他设计改造的。房子买的时候已经是二手房,九十多平方米,两居室,贷款买的,照现在挣钱的速度,还得十年还完。我问得比较细,连生也没什么忌讳的,我问这些能编辑到视频里吗,连生问这些有用吗,我说有用,真切。

天天在自己的房间背课文,我得到允许进来拍摄。一侧墙上贴着她的课表和给自己做的每日规划表,其中有一项是给妈妈揉腿,时间是每晚八点到八点二十。另一侧墙上单人床的上方钉着书架,摆着天天看的各种绘本和儿童版的世界名著。我问她最喜欢看哪本,她说其实她更喜欢让爸爸带她出去玩。我看到书桌上放着一个田字格本,上面手写着"三年级(上)周记本",问能不能看一眼,天天说可以。我翻开本子,满页工整的字迹立于眼前,像一个个小朋友在举着手。我说字写得很认真,天天说爸爸告诉她,写字就像装宽带布线,不能乱糟糟一团,字也得一笔一画,不能七扭八歪。我阅读周记内容,上周写的是把养了两年的兔子带到山上放掉了。我问为什么放,天天说兔子长大了,需要自由,不能成天关着。我好奇放了能活吗,天天说爸爸说可以的,那个山上有人住,没有野兽,吃的东西也多。三年级开学还没多久,七八篇日记里多数写的都是家里发生的事儿,我挑了两篇拍下来,边拍边问天天是从什么时候开始写周记的,天天说二年级。我问以前的周记还有吗,天天说有,说着拉开抽屉,翻出两个田字格本,上下学期各一本。二年级的周记里还掺杂着很多拼音,笔迹的力度明显不如三年级的。其中一篇是推选同学加入少先队,天天是被老师选为第一批入队的,第二批入队的名单由第一批已入队同学推荐,天天发现了一位同学具备乐于助人的优点,推举了他,真被选上,天天很开心,为此写下一篇周记。我也拍下这一篇。

从天天房里出来,闻到饭菜香。连生说再有十分钟就能吃饭了,一起。我说我吃过了来的。连生说这才几点就吃过了,别客气,都是便饭。我说没客气,我两顿饭,四点吃的。连生还是摆上四双筷子,说再吃点儿。我说:"你们三口吃,我拍点你们吃饭的画面,正常吃就行。"

菜是连生炒的,除了豆角,还有鸡蛋西红柿,是专门给天天炒的。炖牛肉是早就做好的,热了又端上来。为了我,连生还点了一份熏鸡外卖,我们这的名牌,有二十多年历史了,那时候就不便宜,我们打小都馋这一口。

我在一旁举着手机拍,连生他们吃饭的动作在镜头里显得僵硬,夹了菜直掉,我索性上了桌。手机没关,找个角度立好,把我拿着熏鸡的胳膊避开,只拍他们三口。连生手艺还可以,不咸不淡,真的很家常。天天妈妈碗里的米饭吃完,天天自觉地拿起空碗去盛汤。我说天天挺有眼力见儿,我堂姐的孩子六年级了,饭还是家长给盛。连生笑着说,穷人的孩子早当家。

手机这时候响了,连生的微信,一个用户跟他语音连线。

刚啃完鸡爪子,不方便拿手机,连生就用小拇指点开外放,放在桌上通话。用户说他家断网了,电视、手机都连不上,连生说:"行,您别着急,我一会儿过去看看。"结束通话,连生赶紧扒拉了碗里的饭。女儿要去给他盛汤,他说不喝了,并让我慢慢吃,他过去看看,说完去洗手。我也跟着连生洗了手,打算去拍拍他工作的状态。

连生骑电动车带着我,工具包放在前面的车筐里。倒不远,过两条马路就到了。用户是对六十多岁的夫妇,连生管他们叫叔和姨,两人说就是刚刚吃饭的时候,电视看着看着没了,再看手机,也断网了。连生听完,掏出信号盒子,测试屋内信号,没有,又去楼道检查。端口在楼道的电表间,打开门黑洞洞的,感应灯坏了。连生打开手电,各种颜色的线乱七八糟绞在一起,还有空饮料瓶。先检查光纤盒子,没亮灯,顺着线捋,电源插头掉在地上,连生想给插好,发现墙上的插座上插着另一个电源器,顺着这根线看,连着另一家宽带公司的光纤盒子。是一个崭新的盒子,找到问题所在。我问:"是不是这家宽带公司拔掉了你们公司的电源,接上了他们公司的?"连生说估计是。我说也不讲个先来后到,把他们的也拔了。连生说那也解决不了问题,装个插排,大家都方便,以后再有第三家用电,也不耽误使。说着从包里掏出一个不新的接线板插到墙上,把两家的电源器都挪到插排上,两个光纤盒子同时亮起灯。随后连生又整理起地上的线路,把一根根线捋顺,绕成一圈一圈,用细铁丝打成捆,排列整齐,然后在墙上钉了几个钉子,挂了上去,看着赏心悦目。这时候那叔和姨的房门开了,传来一声:"有信号了!"连生回应:"好嘞!"最后连生捡起地上的饮料瓶,装进工具包,关上了电表间的门。

回去的路上,我问连生像刚才用的接线板这类耗材,是公司给配吗。连生说这些杂件都是他自己带的,多年的经验,觉得什么用得上,就放进工具包。我问那公司报销吗,连生说没几个钱,都是在二手市场淘的,这行干久了,每次逛市场看到实用的工具就想买回来。

连生把我放在楼下,我请他上去坐一会儿,他说改日,今天穿着干活儿的衣服不方便。我也没死拉硬拽,各回各的家。分开前,我加了他的微信,说视频做好后先发他看看。他说:"我也不懂,你看着弄。"

回到家,父母正在看电视,一卡一卡的。我问他们装的什么网,我妈从电视柜里拿出一摞单据,说就是这个网。我一看,杂牌的,倒是便宜,正好快到期了,我说:"回头给你们换个快点儿的网。"他俩说没必要,现在岁数大了,反应慢了,这样正合适。我突然想起什么,问我妈家里那几本老相册放哪儿了,我记得我中学和小学的毕业照片都夹在里面。我妈说:"你爸收拾的,跟旧书旧杂志放一起了。"我爸说:"你去翻翻阳台墙角的那几个箱子,不在里面的话我再想想。"

我来到阳台,看到对面四楼的灯光照透窗帘。面积大的那片米黄色窗帘是客厅的,粉色小窗帘背后是天天的房间,我掏出手机,为要做的这条视频拍下最后一个画面。

8

有上一条视频打底,新视频发布后,平台又做了推荐。最终传播数据不及上一条的三分之一,预料之中,因为这条视频太长了,六分钟,现代人的耐心只有六秒。留言中,大家都是一个意思:好的父母才能教育出好的孩子。也在预料中。

意料外的是,老大联系了我,说看了视频,问我最近在做什么工作。我说在老家休整,还没方向。老大说他想找些兄弟,重新攒个事儿。我问什么事儿,老大说见面谈。我说等我两天,我订票回北京。老大说不用,他来找我,正好旅旅游。

两年多没见,老大胖瘦没变,见老。他说我胖了。我确实胖了十多斤,不再熬夜,饮食规律,肉就冒出来。我打了一辆车,从高铁站接上老大,先去吃饭。路上,我问老大最近在干什么,老大说什么都没干,一直家里待着,想事儿。我大致明白老大说的"想事儿"是怎么个意思,未必是什么具体的事儿,就是一些过往,可以反复咂摸,生出新味道。回到老家的这些日子,我也在这么做,有点儿像消化积食。

我带老大来吃酸汤鱼。在北京的时候我们也常去簋街吃,来到这,还是得尝尝正宗本地特色。点好菜,老大去洗手,我刷着手机,瞥了眼热搜榜,一对中年演员夫妻官宣了离婚。这条消息简直就是为帮我迎接老大发来的。

"被你说中了!"我把手机上的新闻标题拿给洗手回来的老大看。多年前我在"吃喝玩乐"支部跟拍的第一单,就是这对夫妻里的男演员驱车带女人回家,我以为摘到了"瓜",结果自己成了"瓜"。那时候老大就发过话:"不信未来的时间里,他们能不犯错误!"

老大瞄了一眼手机,微微一笑,没张罗细看。我拿回手机,滑动屏幕,一目多行,搜索重要信息。多年过去,两位当事人已至中年,小鲜肉小鲜花当道,他俩已经算不上一线明星,合伙弄的公司也没开起来,黑不提白不提了,声明中都是冠冕堂皇的"岁月静好""继续前行"一类的话,只说和平协议分手。我把新闻内容转述给老大,并指责现在的狗仔不思进取,捕捉不到真相。以前有对歌手夫妇离婚时也是这么说的,老大就捅破了他们的遮羞布,说和平不和平已不重要,其实两人早就各玩各的了,并配了双方各自享乐的照片,让老百姓更清楚了婚姻是怎么回事儿。

老大则认为未必是现在的狗仔不敬业,是管控严了,前面犯事艺人的惨痛教训——作品下架,不得再进入演艺界——让艺人们越来越守规矩。制片方也不傻,你片酬高没关系,我给,但签合同都得把不许嫖娼、不许吸毒、不搞婚外情、不破坏他人家庭等写进去,犯了就十倍赔偿。谁赔得起呀?所以都洁身自好,人模狗样起来,行业风气看似在变好,并非人性在变好,是吓的。

说话间,锅开了,热汤翻滚,酸香四溢。我带了瓶当地的酱香酒,倒进两个分酒器,一人守着一个,吃喝起来。酒一喝上,说话就自由了。我说虽然管控严了,但是工作室说不干就不干了还是挺突然的。老大笑笑,跟我干了一杯,没说什么。我继续说,其实如果当时转转型,还是能坚持下来的,现在老百姓更离不开娱乐了。

老大给自己倒了一杯酒说:"其实解散工作室也不全是因为管得严了,我当时碰到点儿难处。"老大给我也添上酒。我问什么难处,老大咂着嘴说,家里的事儿……

"……正赶上我爸那时候脑中风,老家的医院倒是把人从急症救过来了,但头颅变形,瘪进去一块儿,需要来北京做修复手术。我妈陪着我爸来了,两人从中年闹腾到老年,最终以这样一种方式握手言和,我也是服了,好像世界上没什么不可能了。当见到我爸的时候,我没绷住,一下就哭了。你知道苹果或橘子烂了什么样吗?不是整个儿烂,是先烂一块儿,烂的那块儿会瘪下去,我爸的脑袋就是这样,五官更不用说了,全错位了。

"甭管他当年多浑,看到这个被我称为爸的人现在变成这样,我忍不住了,眼泪真跟断了线的珠子似的,一粒一粒往下掉。我当时就想,无论多少钱,得让我爸的脑袋鼓起来。当时工作室的账户上有两百万不到,我算了算,开完当月工资,再给完这个月的汽车租赁费和下半年的房租,就剩一百万了。那时候工作室已经入不敷出,就是裁员一半也支撑不了太久。账上的钱减去该花出去的钱,就是我在北京这么多年除了首付买了套房后所挣的钱,然后每月还要给银行万把块房贷,前后受敌,感觉自己都快被打穿了。

"我爸手术的时候,我坐在手术室外面,后悔之前有那么多挣钱的机会没把握。你知道的,有人想买走照片,开出过高价,我没卖,给网站了,只象征性拿到十万辛苦费。这种情况发生过好几次。就在我靠在医院楼道的座椅上懊悔不已的时候,手机弹出一条热搜,一过气女歌星低调嫁给澳门富商。我突然想起,在她正火的时候,咱们工作室拍到过她和煤老板吃饭,而且在北京陪了煤老板三天,肯定不会白陪。最后那天,她在酒店门口送煤老板上车,煤老板也不管不顾,在她脸上嘬了一口,这下被拍下来。那时候网站每礼拜都会打电话问我又拍到什么新鲜玩意儿,我说这回拍到了她,等周末发稿吧。网站那帮小编嘴没把门儿的,在饭局上显摆自己知道得多,消息提前露了出去。传到当事人耳朵里,她当晚就带着礼物托人非要见我一面。见就见呗,我赴约,在昆仑饭店的咖啡厅。她提前半个小时就到了,见到我,说些吹捧之词后,报了一个价,让我把照片压下。当时这价钱能在北三环买一套不错的房子,我没同意。她当场又涨了点儿,我依然没答应。一是那样我拍照片的性质就变了,我不想让人认为我干的是敲诈勒索的事儿。二是我那时候心气高,觉得自己干的事儿不止这些钱,不能轻易给自己标价。

"但是照片也没放出来,主要是因为第二天又拍到更值得爆料的——星二代吸毒,从被拘到释放,出来后见了哪些朋友——女歌星的事儿就放那了。可能她也不知道这颗定时炸弹什么时候爆,在事业上也不那么上进了,不声不语地就不唱了。直到这次结婚,重新走进公众视线,也让我想起过去。手术室的红灯还亮着,我不知道我爸的脑袋被打开后如何给撑起来,一想到那些操作和很多未知的东西,我就开始觉得自己需要钱了。然后在手术室门口,我给那个女歌手发了条短信,当年她给过我手机号码。我自报家门,也没祝她新婚快乐,说这话显得虚伪,我找她的目的显然无法让她快乐起来。我厚颜无耻地说:'照片还在,现在同意。'

"发的时候我做好几个准备:第一个是这号码她不再用了,合着我向虚空射出一箭,那也没事儿,有枣没枣杵一竿子再说;第二个是如果她压价,我也接受,照片只要能变现,总比存硬盘里强;第三个是她报警了,我也有应对,当年她约我见面的谈话,我录了下来,真不是敲诈。短信发出后,一时半会儿没有动静。手术室的灯灭了,我爸被推出来,除了眼睛微微睁着,没有别的活体迹象,大夫说麻药劲儿还没过,手术成功。可是我爸脑袋裹着纱布,大出平时好几圈,我一点不知道纱布下面发生了什么,也看不到成功的迹象,只是感觉,如果能有一大笔钱做后盾,此刻我会平静面对一切。"

老大捏起杯子,我陪着喝了一杯,听他继续讲。他说:"第二天上午,我正在陪床的时候,接到一个陌生号码打来的电话,上来就问我是我吧,我说:'是,你哪位?'对方说他是某某某的丈夫,我一听,知道昨天的短信某某某收到了。听声音,这位新婚丈夫的年纪不小了,结合在前一天八卦新闻里看到的新郎照片,一个活的形象出现在我眼前。我接电话的时候也没避开我爸,他尚未彻底苏醒。我对电话里说:'我是,您好。'他说:'咱们开门见山吧,你最近是不是遇到了困难?'我说:'此话怎讲?'他说:'某某某把事情都跟我说了,过去她想买照片的时候你不卖,现在快二十年过去了,偏偏是在这个时候,你主动要卖照片了,其实这些照片已经过时了,你还念念不忘——应该是我们的婚礼提醒了你还有这么一条路可以走。'我心说,不愧是商界大佬,把人想得透透的。他又说:'你现在有了难处,我们可以帮你解决,但是也请你,永远不要再为难某某某了好吗?谁都有过去,她现在已经退出江湖,只想过平静日子。把你的卡号给我吧。'全程我竟然插不进话,这不重要,关键是看他能否言出必行,我把一张不怎么用的卡发了过去。几分钟后,收到银行进账的短信提醒。

"看到上面的阿拉伯数字——首位数字比那年报出的

还增长了——我突然觉得我爸站起来不是什么难事儿了。更惊诧刚才跟我通话的人怎么这么讲信用呢,还把通货膨胀给算进去了!以至怀疑银行发来的是一条虚假短信。随后我又收到新郎发来的短信:'你是男人,我也是男人,如果不遵守诺言,我会让你吃不了兜着走。'这我相信,但对钱真到账了吗还是存疑。跟我妈换班的时候,我去柜员机上查看,数额表明确实已进账了,我仍半信半疑,按下'取款'键,直到真的取出两万,才算有点儿踏实。正好医院该续费了,钱捏在手里,感觉到的不是厚,是暖。我就责怪自己:以前干吗跟钱过不去?我给对方回短信:'君子一言。'他片刻后回:'我妻子想再花这么多钱多买一样东西。'我问:'什么?'他说:'买你永远离开这个行业。'

"玩狠的,逼我。资本就是傲慢。我说,让我想三天。他说,别玩花样。

"我想了三天三夜,胡子都想白好几根。前前后后,左左右右,想了很多,要说的话三天三夜也说不完。最终因为一个东西——无力感,接受了他们的条件。我爸的病要用钱,网站付账钱包收紧,汽油一直涨价,房租也涨,兄弟们的工资还不能降,力不从心啊……就在第三天的上午,上级部门叫我过去,告诉我账号得停了。其实停号也无妨,再注册个新号，以后发些柔和的八卦，也不至于工作室关门，可是又觉得与其被扇，不如全尸投降。他们不是想侮辱我吗？来吧，我接了！现在我特能理解那些经不住诱惑或没把持住自己的人。谁都会遇到超出自己控制范围，出于对舒适感的本能向往，只得妥协的时刻。我当时能做的，就是尽可能补偿兄弟们，给大家多发了一年工资。剩下的钱，够我爸以现在这种方式一直活下去了。

"他恢复得还可以，半个月后坐着轮椅出院了，需要做康复训练才能站起来。我知道他肯定不愿回老家，不想让剧团的人看到他现在的样子，那些人会将陈芝麻烂谷子的往事和今朝放到一起在团里和楼里议论。我受点儿屈辱，能换我爸我妈个舒坦。我给他俩在五环外租了一套叠拼的下叠，带院子，装上各类器械，让我妈催着他练，练完坐轮椅上晒太阳，促进血液循环。我把自己的房子租出去了，租金正好抵贷款，手头是有了些钱，却不敢提前还贷，不知道我爸那什么时候又要用钱。我搬来下叠和他们一起住。作为儿子，能做的只有这些了。"

没想到老大会跟我讲这些。我陪着他喝了一盅，问老爷子现在怎么样。他说，还那样，这种病都有后遗症，所谓的恢复，就是让病人自己对活下去抱有希望，别破罐破摔。老大说起这些已信手拈来,无半丝沉重。

"有一天家里没水了,"老大又说了起来,"我拿着水卡去物业买水,走着走着,突然觉得前面的身影很熟悉。一个走路已经微颤的老男人,正拿着铁铲沿路巡逻,看到哪儿有狗屎,就铲开一旁花坛里的土,把狗屎铲进去,盖好土,然后寻找下一泡狗屎。我细细一看,原来这人是被我当成'戏霸'报道过的一位男演员,想来如今已年过七十。很难把他此刻的行为和当年在剧组的飞扬跋扈联系到一起,我跟着他,忘记买水,走过半个小区。他一路铲铲停停,数泡肉眼可见的狗屎被他埋到土下。我下意识掏出手机,跟在后面拍起来——我就是不干这行了,如果这条视频发出来,也能上热搜。最终他回到自己家门前,进了小院,挂好铲子,用掸子抽打裤脚和鞋上的土。我走上前,叫了一声老师,问他还认识我吗。他抬头看了我一眼,怒目而视,说:'扒了皮我也认识你,你又想干什么?'我说:'我什么也不想干,就想跟您握个手,我也搬这小区住了。'说完我伸出手。他一脸蛮横地说:'不握,这小区多少人被你祸害了,还好意思住这!'说完拉上院门,把我隔在门外,兀自进了屋。"

"来,再喝一个。"老大谈兴酒兴两旺,和我又干了一盏。瓶中的酒剩得不多了,我倒酒。他继续说:"当天晚上我回到家,一晚上没睡着。我怎么就祸害人了?他们干的那些事儿又不是我编出来的,许他们剧组欺负年轻演员乱改剧本,许他们家里红旗不倒外面也彩旗飘飘,就不许我向广大人民群众展示一下他们另一面'丰富多彩'的生活?怎么我现在就不能跟他握个手呢?握手不是向他们承认错误,要说错,也是他们错在先,我这是提醒他们做错了。现在一个个跟德艺双馨标兵似的,还不是因为管得紧了?我要是没把这些事儿爆出来,他们还名利双收且不知廉耻并大张旗鼓呢!说起来就是一肚子气。——这鱼不错,本地江里的吗?"

我翻腾锅底,让沉在下面的鱼肉露出来。老大有点儿刹不住,接着说:"人得学习蒜,把自己交给时间,时间久了,皮儿会风干,自行剥落,剩下一个个赤身裸体的蒜瓣。现在我也四十大几了,该脱落的也差不多掉光了,我打算做一档真人秀节目,邀请那些被我曝过光的艺人来跟我对谈。现在不是流行真人秀吗?我先自曝为什么这两年离开了这个行业,把贪图享乐的本性晒一晒,摆一姿态。这么多年过去了,那些被我曝光的艺人现在在哪儿?过得好吗?能不能平静地坐下来跟我喝杯茶,不讨论对错,就是纯聊天,或者一起爬个山什么的,边爬边聊,像两枚蒜瓣那样,搁一碗里,坦诚相见?老百姓不是喜欢看八卦吗?不是热衷消费我写的那些艺人报道吗?现在我和那些艺人同台了,这就是新的八卦,看吧!肯定也有不接受邀请的人,没事儿,都给拍下来,编辑到正片中,记仇是人之常情,骂我骂得越狠越有看头,有时候我也觉得自己欠骂。这档节目就叫《握手不言和》,你觉得怎么样?"

我举杯表示敬意。最后一杯酒干完,我问:"再来点儿啤的?"老大说:"不用了,现在刚刚好,真喝透了第二天难受,我现在珍惜每一天。"然后又对刚才的设想做了补充,说,"当然了,确实有人因为被我曝光,就遭封杀了,可这也不是我封杀的呀,不能怨在我头上……"

买完单我问他还想去哪儿转转,他说今天太累了,先回去睡觉。

我拉着老大的行李箱,和他走在街头,寻找着住的地方。经过好几家酒店,有四星的,有三星的,有快捷的,老大都没有进去看看的意思。我问老大想找个什么样的地方住,也有民宿客栈,老大说不着急,就这么走走,挺好。

夜风拂面,吹在脸上有些凉,因为喝了酒,里膛儿还是热的。我想起多年前的这个时间,我们往往正猫在北京的街头,静候目标的行动,眼睛盯得死死的,现在却可以漫无目的地瞎走。

不知不觉,走上沿江路。几点渔火在暗黑的江面上影影绰绰,有人正扯着嗓子唱歌,像是在江那头儿。看到一处座椅,老大说坐下歇会儿。我放下行李箱,立在座椅一旁,怕被别人拉走,又挪到正前方。

老大坐下后深吸着鼻子说:"我就爱闻城市的味道,比如北京,夏天的气味混沌,秋天干冷,冬天有点儿呛嗓子,春天的味道里掺杂着各种花粉,让人闻了想打喷嚏,一打喷嚏,代表新的一年又开始了。每一处的味道,代表此处所生长万物的渴望。"老大一旦用上文词儿,就代表酒精已经扩散。

"我们这里什么味道?"我问老大。老大突然反问我:"知道我为什么特意来这找你吗?"我说:"看了我最近发的视频,知道我正闲着。"老大说:"不对,因为我看到了别的。"我等着老大说下去。老大说:"其实你拍到了歌唱家去世前光头的样子。"

我一下卡住了。血涌上头,刚才喝的酒也要吐出来了,被我忍住。

老大说:"你们每次拍完,都会把相机卡交给我,我拷到电脑里归档,然后把空卡给你们。有一次我误删了你的卡,就把卡拿出去做数据恢复,恢复好我重新拷到电脑里的时候,看到了歌唱家侧面背影的光头照片,有五张。我当时一拍桌子,想把你抓回来质问,为什么拍到了不告诉我。后来我觉得应该把照片配上文字先发出来,等你主动来解释这一切。我已经联系好了媒体,版面都预订了,那个周末的头条发出。结果前一天晚上,你拿来了歌唱家的遗书。我也就大概明白了,你和他成了朋友。你保护了他,他帮助了你。猎人怎么能和猎物做朋友?什么让你们做成了朋友呢?我猜可能是因为你心软。随后我把你调到'吃喝玩乐'不是提拔你,是想放大你的问题,心软的人干不了这行,让你知难而退,自己辞职,或表现出明显的工作失误,把你开了。但是你挺能吃苦的,干成不少单,也用不着开你了。"

我无所适从地坐着,一动不动,不知道这是对我的指责还是接受。

"人为什么会心软呢?因为这里,"老大指着心窝说,"这里有东西。这才是我来找你的原因,你用这里,"老大又指了指心窝说,"用这里想想《握手不言和》这节目,可以是什么样。"

说完他闭上眼深吸一口气,好似体味到这座城市味道的妙处,面带微笑,靠在我肩上睡着了。

9

回北京前,我还是决定把父母的宽带换成连生他们公司的。连生说因为他们公司进驻周边社区晚,端口被别的公司占着,光纤盒子都得装楼道,跟上回那家一样。我说没问题,回头没网了,我会告诉老两口怎么解决。连生说也不全是那种问题,如果盒子亮着还没信号,就给他打电话,他随时过来,反正也近。

我举着手电照亮,看连生接线、顺线、盘线,一板一眼,同时担心这回网速快了,电视不卡了,当我爸我妈目不暇接的时候,我会不会落埋怨。

接完线,我邀请连生坐一会儿,这回他也穿着工装,不坐会儿说不过去了。我问他喝茶还是咖啡,他说自己没那习惯,平时都是矿泉水或瓶装饮料。我还是给连生沏了茶,告诉他我要回北京了,让他帮我向他女儿和夫人告个别。我取来给天天买的礼物——一个水晶球魔法音乐盒,请连生交给天天,告诉天天,她是有魔法的小女孩——她的行为治愈了很多痛恨自己的冷漠却束手无策的网民。连生说不用客气,我说就是一点小意思。

我拿出准备好的小学毕业照,问里面的四十九个小脑袋里哪个是连生。老照片清晰度不高,加上那时候学校的主教学楼刚竣工,为了照片好看,我们被拉到尚未投入使用的楼前高低错落地站立了三排,给照片做了前景——为了拍下完整的教学楼,我们被拍得很小。那晚在家翻出这张照片后,我细细端详,除了能找到自己,和几个因形象或表现特殊而印象深刻的同学外,并没有认出哪个是连生。本来我是想把他小时候的形象也放到视频里,无奈受限于照片像素,加之对不上号,只得作罢。

连生拿过照片,看了片刻,先指出站在第二排右边第四个人,我笑着点头认可,那是我。随后他指着最后一排左边第二个人说这就是他。我看向他所指的位置,那里站的小男孩我毫无印象,已无法将面前的连生和这个男生联系到一起。甚至对"鞠连生"这个名字的印象,都比对这个小男孩的印象深。我问连生:"那时候你家住哪里?上下学咱俩没一起走过吧?"连生说:"我们这班是到了五年级重新分到一起的,那时候我家已经搬远了,我自己坐车上下学,跟同学没有太熟的,在班里也不起眼。"我说:"这回你在这座城市都露脸了,咱们小区的好父亲,还养出一个好女儿。"连生扭捏却真诚地说,后来反复在网上看了第二条视频后,再想想,觉得还是不拍的好。

做完第二条视频,我先发给连生看行不行,他说可以,我才发到网上,没想到他现在有了这种反应。我问:"是哪里做得不好吗?"他搓着手说,没有不好的,还是不做比较好。我更觉得应该探究原因,又不知道从哪儿问起,也不由自主搓起手。倒是连生主动开口,说其实事情也没有我拍的这么简单。我当时就想,难道这些是连生在我面前演出来的,到了单位是另一副嘴脸?我问他:"真实情况什么样,你愿意说吗?"连生说,既然说到这了,也没什么愿不愿的了。他问我:"你还记得小学最后那两年的班主任吗?"我说记得呀,徐老师。我立即从毕业照上查找,却没有找到。连生说:"那段时间徐老师病了,毕业前就没再带咱们。"这么一提醒,我突然想起徐老师为了弥补丢失的班费而受伤的事情,我说,是有这么回事儿,怪不得毕业照上没他。连生说:"后来我又见过徐老师,并一直和他有联系。"我说:"他现在得有六十多了吧,退休了吧?"连生说:"六十六,早退休了。"我问连生:"你也给他装过网?"连生看了一眼手机上的时间说:"那跟你说说我和徐老师的事情吧……"

徐老师收齐的四千九百元班费就放在讲台的一角,被两个粉笔盒压着。那是四十九张一百元的人民币,收缴之前徐老师就告诉大家,都带一百的,不要带两张五十或十张十块的,收着麻烦。而且交来的纸币上,要写上每个人的名字。那是假币泛滥的时代,一位人民教师没有鉴别真伪的专业能力,有了名字,则可以原路返还,换成真的。

鞠连生像狐狸看着乌鸦挂到树梢的肉那般看着粉笔盒下压的那摞钱。他第一次知道,四十九张百元人民币原来是这么厚。这节课徐老师讲的是《詹天佑》,这位工程师受清政府任命,修筑从北京到张家口的铁路,在青龙桥段设计出使用两个火车头走"人"字形的爬坡方案。这些鞠连生都没听进去,他在设计自己的方案。

下课铃响,按学校要求,同学们冲出教室,跑到本班做操的位置站好。蜂拥的人群中,有一个人显得不那么积极,磨磨蹭蹭的,是十二岁的鞠连生。他边走边回头张望,看到徐老师也出了教室,向厕所走去。于是鞠连生悄然掉转方向,贴着墙根儿溜到教室门口,推开门,三步两步来到讲台前,那摞钱还在。鞠连生毫不犹豫,挪开一个粉笔盒,随后又抬起第二个粉笔盒,四十九张钱暴露在眼前。他没打算全拿,只想拿走一张。这时,能否安全撤退的念头在脑中掠过,他来不及放下粉笔盒,跑到教室门口探出头,见徐老师正快步冲出男厕所向这边走来。前门被堵,只有一条路可走,就是跳窗户。鞠连生赶忙推上门,跑到窗边,拉起插销,推开窗户。风灌进教室,不知产生了什么力,门竟然被吸开。风变成穿堂风,讲台上的钱被吹得飞了起来,就在鞠连生窗台爬了一半的时候,几张钱从他头顶飘了出去。他这才意识到,粉笔盒没有压上去。他又从高处下来,并拿上刚才为了打开窗户匆匆丢弃在窗台上的粉笔盒,压到讲台上还在的那些钱上,并把旁边的另一个粉笔盒也压上,没放稳,倒了,已来不及扶正,转身踩着铸铁暖气片再度跳上窗台。等他平稳落地并伸手关上窗户后才发现,飞出来的那几张钱已不见踪影,风正呼呼吹在他的脸上,还卷着沙土。窗户比他高,鞠连生看不到教室里的情况,只能飞速从另一个方向跑到操场,在徐老师出现在班级队列前时,站到自己的位置。还有别的班级正陆续赶来,队列混乱,站着的蹲着的追跑打闹的都有,没人注意到鞠连生是本班最后一个就位的。

鞠连生看到慌慌张张出现在操场的徐老师,后者的脑袋一颠一颠,似乎清点着人数。然后是眼保健操,鞠连生知道徐老师在观察每个人,他故意做得既认真又吊儿郎当——这样不容易被注意到——大部分人当老师在的时候做出的动作都是这种效果。

接下来的课也是徐老师的。经徐老师一说,鞠连生才知道,风吹走的是五张钱。徐老师说出不会严惩的解决方案,连生坐着没动。当天放学前,徐老师将给出的坦白时间延长到周五,鞠连生仍岿然不动。能让鞠连生坐得住的重要一点是,钱确实不是他拿走的。

这期间,下了课鞠连生就跑到教室外,满校园寻找那五张钱。墙角、树洞、自行车棚,无一错过,连垃圾堆都翻了。哪怕因颜色、大小接近的纸片倏忽一闪带来的半点惊喜都没有得到。

五百元对于鞠连生是一座不敢翻越的大山。父母在他很小的时候离婚,他跟了爸爸。爸爸以修鞋为生,摊儿离鞠连生的学校不远。五年级的时候,爸爸找了一个女人,女人酗酒,喝醉了和爸爸吵起来能掀起房顶,鞠连生不堪忍受,开始每天坐公交车去妈妈的新家住。妈妈正在新恋情中,工作也忙,疏于管教,鞠连生就获得随意出入游戏厅的自由。因迷恋上老虎机而手头零花钱有限,所以动了"挪用"一百元班费的念头。押中便能挣到钱,到时候可以把这一百元放回到徐老师的办公桌上。但没承想,一百元的亏空变成五百元,鞠连生对父母张不开这个嘴——跟父亲说,怕那个女人用酒瓶打他;对母亲讲,怕以后不能来妈妈这住了。所以采取的态度就是渗着。

突然有一天,鞠连生在课堂上听到一位叫牛准的同学念了一篇名为《我的理想》的作文,牛准在作文中说他的理想是当一个发明家,长大了发明一种"心镜",能照透人的内心,揪出那个拿了五百块钱的人。鞠连生听后瑟瑟发抖,担心牛准有一天成了"牛顿",真的成了发明家。从那天起,"牛准"这个名字在他心里留下深深烙印,拍毕业照的时候,也离牛准很远。

鞠连生在恐慌中继续渗着。渗着渗着,徐老师有一天没来上课,谣传四起,怎么说的都有,核心内容都是徐老师为了丢失的班费去挣外快,身负重伤。

不久后,鞠连生和牛准小学毕业,分到不同的初中。初二生物课上,鞠连生透过显微镜观察洋葱表皮细胞的时候,想起牛准和他所要发明的仪器,仍心有余悸。

初中毕业后,鞠连生的母亲随着第二任丈夫去了甘肃,鞠连生回到父亲身边。此时的父亲已只身一人,修鞋无法维持二人的生活及鞠连生日后的学费,父亲让儿子也做起修鞋匠,跟着出摊。父亲岁数大了,开始花眼,缝鞋的时候把线砸进自己的大拇指。缝鞋机的针头从手指中央刺入,穿筋而过,指甲像一块被标枪戳中的玻璃。鞠连生提前出师。

鞠连生十八岁的一个秋日黄昏,他正埋头粘着鞋底,余光瞟见一个跛子来到修鞋摊前,问钉鞋掌多少钱。鞠连生头也没抬,让他先坐下等会儿,要看破损程度。面前的马扎儿空着,跛子坐下,看鞠连生干活。看着看着,跛子问:"你是不是在翠华上的小学?"鞠连生抬起上唇生出胡须的脸,认出对面坐的是徐老师。那件事后,鞠连生第一次见到徐老师,本以为硌在心里的石头不在了,却发现有种石头从太空落下,才穿过云层的感觉。

师生相认后,鞠连生有些害臊。在徐老师看来,这是因为没有继续学业而难为情。鞠连生放下手里的活儿,先给徐老师钉鞋掌。左鞋底的左后方磨损严重,平时鞠连生都用铁的"橘子瓣儿"钉鞋掌,这次挑了一个铜的。刚要钉,被徐老师拦住。徐老师说,用胶皮垫就行。鞠连生说,金属的结实。徐老师说,胶皮的没声。鞠连生不解,还是应徐老师的要求,用了橡胶的。需要根据鞋型,从橡胶布上剪下一小截,抹上胶,粘在鞋底磨薄的地方。缺口薄厚不一,胶皮垫也要随形磨出匹配的薄厚。磨着磨着,鞠连生眼眶湿润,突然悟出徐老师不用金属钉的原因——金属钉落地声音清脆,宛如马蹄,明快幽远,带出律动,引人注意,没有哪个瘸子愿意夸大自己走路的效果。现在,鞠连生认为这一切是由他造成的,而六年前,他还把主要责任推给了那阵风。

鞠连生控制着眼泪没有落下,用心补好鞋,交给徐老师。徐老师穿上很满意,问多少钱,鞠连生不要钱,徐老师说那不行,然后扔下十块钱,一瘸一拐地走了。一般这种补鞋就五块。鞠连生盯着徐老师左摇右摆的身影看了很久,直到看不见。

三个月后徐老师又来补鞋,换季了,是一双厚鞋,还是那个位置。补好后,趁徐老师没注意,鞠连生掏出鞋垫,抽出修鞋柜里早已备好的五百块钱,塞进鞋里,然后盖上鞋垫,将鞋交给徐老师。徐老师又是留下十块钱走了。

几天后,鞠连生正在擦一只修好的鞋,徐老师穿着刚补完的那双鞋又出现了,坐到鞠连生面前,掏出五百块钱问鞠连生:"你放的?"鞠连生没说什么,低头继续干活。徐老师明白一半,又问:"是你拿的?"鞠连生放下手里的鞋,头垂得更低,点点头。徐老师问:"够十八了吗?"鞠连生做点头状。

头刚落下,徐老师身体后仰,抬起右脚就要踹,鞠连生没有丝毫躲闪。徐老师的鞋底已经亮出,却停在空中。鞠连生仍一动不动。两人僵持数秒,徐老师放下脚,拔地而起,一摇一摆地走了。走出没两步,转身回来,问鞠连生:"你真有十八岁了?"鞠连生说,都快十九了。徐老师说:"十八就算成人,本来我想打你一顿,现在我给你找份工作……"鞠连生诧异。徐老师说:"你愿意修一辈子鞋?"鞠连生不说话。徐老师说:"我不愿意我的学生修一辈子鞋!"

鞠连生在徐老师的引见下,去应聘电话公司的技工,先从接线培训开始。三个月后,学习、实习双双合格,获得上岗资格。领到第一个月的工资后,鞠连生给徐老师买了一双皮鞋,向徐老师承诺,虽然自己不再修鞋,但徐老师此后的鞋,都包在他的身上。

我给连生的杯里添上水,问他徐老师现在好吗,连生说,挺好的。

本来我并没有探望徐老师的打算,从小学到大学,除了班级聚会,毕业后我没单独见过任何老师,我觉得人家也挺忙的,学生那么多,都去探望还不挤破门?老师还有时间批改作业吗?但听连生说完,我突然很想去看看徐老师,也许是因为崇敬,也许是因为好奇,也许是想看看另一种形式的——握手言和。我问连生:"我能去看望徐老师吗?"

10

连生休假都在周中。我俩逆着汇入城市江中的那条小河,打车来到郊区的一座山下。山门口没路了,我们下车,步行上山。这座山我以前不曾来过,也未听说过,这几年搞旅游,被乡里铺了石板路,来的人稍稍多了些。

山并不险峻,植被适中,灌木、乔木杂生,错落有致,抬头望树,身旁见木,脚下有菇。云层不厚,飘浮不定,阳光时有时无,延伸而上的石阶时明时暗。我跟着连生爬坡而上,问他:"徐老师退休后搬来这儿的吗?"连生说:"对。"

途经几间农舍,鸡狗在门前踱步四望,既不吓人,也不躲人。一位农妇五十有余,正在院中砍柴,看到连生打招呼:"又来看徐老师!"

"对!"连生冲她招招手,继续领我前行。我已经微喘,问连生:"徐老师来这儿方便吗?"连生说:"所以在这儿租了房子不走了。"

又爬了十多分钟,前方一处寺庙,依山而建,门前开阔。我俩站住歇脚。我问徐老师为什么选择住这山上,连生说是自己选的,觉得这里适合他。我向更高处张望,问从这能看到徐老师的房子了吗,连生在前引路说,这边能。

我跟着他顺着寺院围墙走到侧身,天光见暗,古树蔽日。眼看就没了路,我正好奇徐老师怎么选了这么个地方的时候,连生说,就这。我顺连生所指,看到山体凹进处安放着一座小石碑,上面用金色印刻着:徐济舟老师之墓。石碑和山体间的泥土缝隙中长出野花。

我脑袋一胀,仿佛从云端坠落,直到被连生的话接住。他接续了上次没有说到的地方:班费缺失后,徐老师没有告诉妻子,为了补上窟窿,去做家教,却路逢暴雨,遭遇车祸,不只伤及下身,脑神经也受损,九个月后才出院。境况急转直下,医疗费用掏空家底,老婆带着女儿他嫁,原本即将属于他的语文组长也另有人选,从此他拖着行动不便的左腿开始了孤身一人的生活。直到这一切的祸首出现,徐老师发现这个人比自己还可怜,便控制着愤怒,给他找让明天能更好的事情做。时光荏苒,两人成了至交。鞠连生到了谈婚年龄,因家境和工作,一直没有对象。徐老师介绍了残联的年轻女性朋友给鞠连生认识,双方情投意合,结为连理。鞠连生对徐老师无比愧疚又无限感恩,心中某种力量的火苗被点燃,愈烧愈烈,并向外发散,工作尽职尽责,并在天天一岁半的时候将她带离孤儿院,视为亲生。与此同时,徐老师淡薄了俗名鄙利,心向自然。一次偶然游玩——虽腿脚不便也愿挑战——来到此处庙宇。青山翠水,深谷幽冥,高树低草,万物慈悲,徐老师喜不自胜。庙中有僧人若干,逢年过节开办法事,常有居士进香小住,交纳薄金,还可享用素斋。徐老师小住一晚,月朗夜静,尘世消匿,更加喜爱。此后无事便来,直至退休,索性交纳月租,常住于此。因擅长文字,常帮寺庙记录抄写,彼此欢喜。住久后,凡心日减,更厌弃俗尘。几年前疾病突至,徐老师态度坚决,骨灰扬掉,一渣不留。鞠连生只得照办。穿寿衣前,连生亲手给徐老师制了千层底布鞋。多年不修鞋,手艺生疏,手掌被扎了五六个血洞,最深的那个,差点刺中骨头。事后却无法摆脱对徐老师的思念,和寺庙协商,在墙外的山上立一小碑,视作徐老师仍住在这里,未曾离开。心中无主之时,便来此敬拜,仿佛徐老师仍在眼前,为他拨开云雾。

此刻,连生取出备好的白布,倾靠山体,擦拭着墓碑。芝麻灰色的花岗岩石碑和山体近乎连为一体,不那么惹眼——连生特意挑选的。在他的擦拭下,墓碑泛出古朴的光泽,好似徐老师眼睛里发出的光,正看着我发问:"你来啦?作文里写的东西发明出来了吗?"

自打那天连生提起我的作文,这两天我一直在想这事儿,包括刚才来的路上还在想。我发现这事儿被我弄岔劈了,作文里提到的那个"心镜"其实不用发明,这玩意儿每个人自带。就像某些器官,小时候发育不成熟,显现不出来,过了三十五岁——沟沟坎坎的路走过了一些——它们自己就出现,并开始将观测结果源源不断地传送过来。真正需要发明的,是观测方法——得是非静态观测,即,不能像使用望远镜或显微镜那样,在镜片后面看上几眼便了事,而是需要付出一长段时间来监测,越久越好。因为起初预设的观测目的会随着观测进程而改变,乃至变得不重要,而最终观测到的结果则会为观测者创造出一个崭新的维度。

我的所想似乎被徐老师听到,碑旁的山花傲立,花瓣冲我绽放,花蕊露出,我好像听见徐老师又问:"你的发明灵感来自哪里?"

我被带回到老大工作室解散前的那个深夜……我穿着外卖服在餐厅窗外上工,拍到家电总儿和空姐的约会,随后回到车里,和外卖小哥换回衣服,他下车离去,我从后排移至前排,相机放到副座,正准备驱车追赶家电总儿和空姐乘坐的网约车。突然一辆商务车横在我的车前,侧门弹开,几个面露凶光的壮汉蹦下车,围在我车两侧。

我不明所以,赶忙按下中控锁,掏出电话,准备报警。不知道从哪儿冒出一个穿着呢料大衣的中年女性,贴着副驾驶那侧的车窗,示意我放下车窗说话。我把车窗降下一条缝儿,中年女用平静却含着强硬的语调说:"能坐下说话吗?"

我举着手机,问她是谁,让她看到我已按好"110",只需点击屏幕上的绿色通话键。中年女依然保持着平静,说她可以让这些人不碰我,但如果我报警,这些人在警察到这之前,最多二十秒,就能把我从前挡风玻璃里拖出来。

我问她想干什么,她说想跟我合作,说着将目光递到壮汉那,他们放松了姿态,往后退了几步。她又说:"他们是我的员工。"

我把副座上的相机拿到怀里,解开门锁。中年女拉开门,在我一旁坐下,带着一股说不清哪种植物的精油味道。她把车窗关严,问我是不是媒体的,女中音在车内有了混响。我说,差不多吧……她问:"你的照片多少钱一张?"我没明白她的意思。她又说:"你拍的是我丈夫。"

看年龄,她和家电总儿相仿,脸色阴晦,看得出饱受家庭问题的困扰。知道了丈夫的行为,不去找他对峙,还帮他"铲屎",使我费解。一来二去,她点明来意:丈夫的公司已启动上市计划,她也在公司持有股份,自觉担当起地下公关总监的角色,在过会前铲除丈夫个人和公司的负面消息。在上市面前,不仅他们的婚姻早已形同虚设,还有我的命。她很快让我认识到,今天这是家破人亡的事儿——她说如果公司上不了市,无异于她家破,为了避免,只能让我人亡。还说,车外的那些人都是她高薪聘用的,养兵千日,用兵一时。

我问她想怎样,她说很简单,希望我把相机卡和手机交给她,她是做企业的,尊重合作方,不强取豪夺,付我二十万作为补偿。言毕看了一眼表,放下车窗,手伸到外面,当再缩回来的时候,手里多了一个印有他们家电品牌LOGO的手提袋,袋子鼓胀。中年女分开袋口,取出里面的东西,是一摞摞人民币。取了几次,每次取完扔至后排。透过后视镜,我看到后排座椅几乎快变成粉红色。中年女把腾空的手提袋放到中控台,说卡和手机放这里就行,然后下了车。

跟踪了别人那么多年,自己被跟踪竟毫无所知。以前总听说香港娱乐圈被黑社会操控,带很少的钱去请明星和导演拍电影,把枪往桌上一放,受邀人不得不加入剧组。有不配合的,就被绑走,饿几天;还不配合,就装麻袋里,往山上一埋或往河里一扔,人间消失,几天后泡浮囊了浮上水面,或数年后变成白骨被偶然挖出。中年女关车门的声音久久没有消散。植物精油的味道更加浓烈,让我隐约感受到泥土的阴冷,似乎已有水灌入鼻腔渗到我的肺里。

一个壮汉来敲车窗。我降下玻璃,壮汉俯下身说:"我来取袋里的东西,好了告诉我一声。"说完半转过身。

照片不是没机会发出去。如果我锁上车门,完全可以在被他们拖出去之前,把手机里拍到空姐给家电总儿喂饭和扣扣的照片发到老大的手机上,然后我就不知道等待自己的会是什么了。老大给我们买了保险,我能想象出保险员把巨额理赔金摆在我遗像面前的场景……我不知道那些舍生取义的人是怎么做到的,我发现我不行,不敢去想自己作为一个幽灵飘荡在葬礼来宾头顶的结果。为什么要让我面临这种考验?因果报应吗?我拍了太多别人的难堪,现在轮到我难堪了。我已原形毕露,我就是一个孬种,我回去会向老大坦白一切……我拉开车门,将手提袋交给壮汉,里面装着我卸下的相机卡和取出了SIM卡的手机。

壮汉把手提袋送到中年女面前,中年女也没有检查——这更让我气愤,她拿准了我不敢捣鬼——径直朝我走来,伸出手和我握,说很高兴认识我,后会有期,然后让我先走一步。

除了回家生闷气,我还能走哪儿去?——我知道他们不会这么容易让我走掉,必会尾随,方便以后找到我。跟就跟吧,甩也甩不掉,我跟了别人这么多年,太懂跟踪是怎么回事儿了。我也没必要玩障眼法先去别的地方耗一会儿再回家,跟踪的人会一直等到我出来,还会加倍笑话我的狼狈,让我内心和肉身都无处躲藏。

我开车直接回了家。这时候我已经自己租房。停好车,我特意没有回头看,跟踪你的人是不会让你看到的。我上了楼,进了门,没有开灯,倒在黑暗中,仍感觉楼下有眼睛看穿楼板,正盯着我。最终,在跟这双眼睛的抗衡中,我精疲力竭地睡了过去。

第二天,我去老大的工作室开例会。老大迟迟未到,同事们聊着一则新出的八卦,没人注意到我心神不宁。我摆出一副倾听状,心里盘算会不会这是我最后一天待在这里——我打算散会后找老大单聊,有一说一,做好被开的准备。老大进门了,带着酒,分给每人一杯,说从明天开始,工作室就解散了。老大和大伙一一碰杯,我也碰了。我准备好和老大交底的事情突然变得毫无意义。酒精冲刷着肠胃,蹿到头上。恍惚中,我听到老大说,每人手里的相机和各类拍摄器材都自己留下吧,当个纪念。

我像一个悬浮在空中本以为当了俘虏的伞兵,没想到实际情况比这更糟糕,身下根本没有陆地,而是一片汪洋。我靠着重力自由降落,买了新手机,找了新工作,然后像很多刚过三十五岁就被社会归档为"中年"的人一样,因跟不上新形势、新玩法而自觉退出江湖。十几年前,我心高气傲,为了能当上"发明家",学了新闻,来了北京,经历了"生老病死",在"吃喝玩乐"里穿行,相机冲外,关心着别人的事情,直到自己暴露原形,才发现相机也得朝向自己。

从小学的那间教室到下雨那天连生家的阳台,从徐老师磨损的皮鞋到眼前这座小石碑,从我的作文到此时此刻,这些无不证明着,世间所有事情,不会停在原地。事情中的人,犹如一只只蜕去皮壳的蝉,不可阻挡地进入日新月异的生活,在广袤天地中发出自己的生命之音,贯通时空,彼此交织。

11

家电公司一年多前上市了,市值不断攀升,前几日不知是因购物节还是品牌促销,打开电商 App 就能看到这个品牌发放的消费券,屏幕中红包飞流直下,点开得越多,购买该品牌减免得就越多,最高可达两千八百八十八元。装完新网,我打算给父母换台新电视,看着手机上如大雨倾盆的红包,我一个也没有点开。等红包雨下完,我进入家电频道,稍加选择,挑中一个朴素的品牌下了单。昨天电视送来,匹配上家里的网,我先替父母感受了一下。好久没看过电视了,现在看电视的模式也变了,除了以往电视台的频道,机顶盒里还装了片库,按内容划分为一个个板块。我看有读书频道,就按进去看了会儿,对里面主持人读的一句诗印象深刻:我们活过的刹那,前后皆是黑夜。听完我就想,活着的刹那,我们能知道,可前后都是黑夜是怎么知道的呢?

现在凝望着徐老师的墓碑,我突然想问他:如果活着的刹那有光,那么是不是这光也能照进前后?

连生这时候问我还往上爬吗。我问上面还有什么,连生说,走走就知道了。我说,那就上去看看。

斗地主

1

老孙的老婆对他买的那件黑色衬衣很不满，太丧。老孙说，对，就是准备参加葬礼穿的。老婆问谁死了，老孙说现在谁也没死，但身边的人早晚得死，总有能穿的那一天。他老婆说："当你身边的人怎么这么倒霉，活得好好的，你就开始准备参加人家的葬礼。身边人具体指谁？我，还是你那些朋友？说不清楚，别睡觉。"老孙说，都不是，也都是，重点不在于是谁，而是要看清一个事实，是人就得死，包括他自己。老婆说："你才四十出头，身边的人也这岁数，真是未雨绸缪，但要是没人死，衣服就那么一直挂着，不觉得浪费吗？"老孙说："我相信不会浪费的，但我仍希望大家都好好活着。"老婆只好送他俩字："有病。"

老孙这些年越活越感人生悲凉。但没多久,衬衣真派上了用场——老李死了。参加葬礼的,除了老孙,还有老赵和老钱。追悼会太突然,老赵、老钱来不及准备黑色的衣服,一个穿着棕色西装,一个穿着白衬衫,也算得体,在告别室里向躺着的老李三鞠躬。

悼词是老孙写的,也是他念的,其中一句是:"老李是我们的好同学、好朋友、好牌友……"

老赵、老钱、老孙、老李,大学时同一宿舍,来自不同系,打牌让他们的友谊比同系的还牢固。那时候,"斗地主"这项棋牌活动刚刚传到北京,尚未普及,之前大家玩的都是"升级""拱猪""捉黑A"。大学校园作为一切新生事物的沃土,当仁不让地承担起让这项活动生根发芽茁壮成长的工作。他们四个还创办了学校历史上第一个和扑克牌有关的社团——"斗地主"协会。

老孙的这句悼词,勾起往事,老赵和老钱扑哧一声,憋住笑,眼泪却没管住,在眼眶里打了半天转儿,还是流了出来。

牌打得最好的是老赵,他是数学系的,专业对口。老赵小时候,华罗庚、陈景润、哥德巴赫猜想这些名词天天在耳边飞,他爸说:"社会稳定了,知识被尊重,你就好好学数学吧,学出来,就是'赵罗庚'和'赵景润',学不出来,至少也能找个单位当会计,算不错账。"老赵的父母都是普通城镇职工,工资够吃饭,再想干别的,就得靠挤。老赵的爸为了每月给老赵订阅《数学画报》,戒了烟,还向老赵妈申请一笔巨款,给老赵报了奥林匹克数学班。老赵深知为了让自己在数学上有所斩获,家里每月少炖好几次肉,他是精神上的受益者,也是物质上的受害者,便故意把数学考得很差,试图让他爸断了把他培养成数学家的念想,以此恢复家中伙食标准。看到老赵拿回来的数学成绩,老赵的爸很绝望,从抽屉里翻出半条过期的烟,点上一根,双眼通红,望着窗外。老赵看出父亲的难过,跟他商量,炖点儿肉吧,吃肉补脑,没准就能考好。老赵的爸看着瘦小的老赵,觉得他哪怕考零蛋回来,也是自己的儿子,掐了烟,站在凳子上,从顶棚里摸出一张存折,是背着他妈攒的数额有限的私房钱,让他妈明天取出来,给儿子买肉。有了肉吃的老赵,在下一届华罗庚杯初中数学联赛中闯入决赛,拿回一张二等奖奖状,被他爸贴在墙上。他爸认为,人活着的价值就是推动人类进步,数学是一条行之有效的道路,如果老赵能在这条路上走出一片天地,而老赵又是他生的,这样在推动人类进步上,自己也算做出了贡献。

老赵故意把题做错的那次,意识到自己的数学天赋,因为他更知道什么是对的。他很珍惜自己的才华,更珍惜吃肉的机会,直至高三,从未停止在数学领域前进的步伐,年年是课代表。本来能考上一类本科的数学系,可是高考那天自行车坏了,迟到了二十分钟,匆匆忙忙坐进考场,心里一急,解题思路全无,高考数学分比模拟考试低了四十分,从一类本科掉到二类本科。老赵觉得无所谓,四年后考研能考回一类学校。他有这个自信。

牌局刚组建的时候,老赵并没有积极响应,觉得玩物丧志,不愿把宝贵的时间放在与数学无关的事情上。童年的数学训练,让他体会到人类利用智力攻克难关超越自我的魔力,他觉得人之为人,就是要不断发现未知的东西,摆脱愚昧。但一次"斗地主"的偶然旁观,让他发现其本质不是打牌,而是做数学题,于是成为牌局常客,以数学家身份参与了这项活动。当手里有四个7时,他就尝试叫"地主",因为别人手里的3、4、5、6没有7的话,凑不成五张的顺儿,这些小牌没办法同时出,只能一张一张出,牌势一下弱了。对于总玩的人来说,这已算常识,但对于刚接触"斗地主"的新手来说,听老赵这么一分析,茅塞顿开,觉得老赵不愧是数学系出身,竟能悟出这个道理。老赵脑子好使,牌运却一般,人算抵不过天算,能算出别人手里的牌型,却没牌能管住,眼睁睁看着人家把牌打光。老赵不服,觉得有技术优势的人,不该总输。每当数学系没课的时候,他就张罗牌局,渐渐有了瘾,自己不承认,还说:"我是在熟悉专业。"

老钱是体育系的,家境不太好。童年恰逢奥运热,李宁为中国体育代表团夺得三枚奥运会金牌,回国后,家里的经济问题得到解决。老钱他爸从那时候就开始培养老钱,让他练短跑,说百米跑进十秒,就能代表中国队出征世界大赛,吃"皇粮"。老钱在他还是小小钱的时候,懂得了两个道理。第一个是:跑得快,就能有饭吃;第二个是:跑得越快,吃得越好。

小小钱是在偷瓜的时候展露出短跑的天赋的。每当被瓜主人追喊时,他总是第一个蹿出瓜地,像一支点燃的"窜天猴"。当爹的及时发现了儿子的这一特点,仿佛看到了饭票,把小小钱送去体校。小小钱百米成绩十一秒多,这个成绩偷瓜够用了,替国争光还差得远,光北京能跑出这个成绩的就有上千人。照这水平,别说吃好点儿,就是糊口都费劲。好在体校的老师说小小钱还小,尚有发展空间,而他自己也坚信,这一点几秒的差距不是多大障碍,无非就是头转过去再转回来的工夫,刻苦训练,必能达到,国家田径队的大门会为他敞开的。

上了大学,小小钱变成青年钱某,有了观察和总结生活的能力,将自己儿童时期懂得的道理进行了升级:动物只有跑得快才能获得食物,同时避免成为食物,人处于动物中的较高级别,更是如此。如果没有体育加分,以他的学习成绩,进不了这所师范学校,将来没有当体育老师的可能,吃不上老师这碗饭。恰恰因为自己比一般人跑得快,有了国家一级运动员这个身份,特招入校,没有成为高考的牺牲品;另一方面,就是因为有些人比自己跑得更快,致使自己成为体育道路上的牺牲者,没能进入专业队,吃不上"皇粮"。国家队之梦,在青年钱某骨骼停止生长之后,自然破灭。

"斗地主"的出现,让钱某青年时期的生活费多了一个来源。一直以来,都是家里给他钱。他家在北京南边一个村里,户口算北京的,生活跟北京人完全两样,过的是北方所有农村的那种日子。他爸是村主任,要强,发现儿子能跑后,让儿子练体育。最初的想法是,儿子拿了金牌回来,接替他当村主任也就是顺水推舟的事儿了。村主任的待遇比普通村民好一些,当上村主任,是每个村民最好的归宿,无异于现在每个创业者的梦想是纳斯达克敲钟。

村主任虽说也是村干部,收入却赶不上一名城镇普通职工。因此青年钱某的生活费紧张,勉强能吃饱。每当想改善伙食的时候,他就开始张罗牌局,或积极响应别人组织的牌局,他的"斗地主"宗旨和他的人生哲学如出一辙——必须跑得快。无论你是"地主"还是"农民",只要手里的牌先出完,总能有进账。

当然也有输钱的时候,伙食不但没改善成,反而弄得更拮据。这时候忍饥挨饿的青年钱某除了会总结哪把牌出错了,还巩固了对自己吃不饱的认知:刚才跑得不够快。

老孙考进化学系,源于小时候对放炮的喜爱。炸裂的声响和五彩的烟花,能让北京冬天灰色的天空绚丽多彩,生活多了乐趣。上了初中,化学课上看到镁条燃烧,老孙知道了原来烟火中那个五光十色的世界,是各种化学元素创造的。1993年春节,北京市区禁放花炮,老孙的爱好得不到满足,便立下志愿,此生投入化学工作,无异于能一直放炮,无论过不过春节,无论禁放到什么时候。高考报志愿,他毫不犹豫地将化学系填在第一专业。

入学后,接触到"斗地主",老孙心里的烟火被点燃了。每张牌就是一种元素,十七张牌抓到手,相当于十七种元素组合成一种特殊的物质,别人手里的十七张牌组成另一种特殊物质,不同的出牌方式,让物质和物质产生不同的化学反应。出对牌,赢了,就是礼花绽放,一片欢乐,身心愉悦;如果出错，输了，无异于放炮把手崩了。对礼花炸裂那一瞬间的渴望，会让老孙无论是领略了烟花之美，还是崩手之后，都迫不及待地开始下一把。他企盼下一把抓来的十七种"元素"，能产生更大的威力，将他和这个世界点燃。

老李是个诗人。他不愿意说自己是中文系的，因为中文系不仅有诗人，也制造官宦，和后者同系，他觉得丢人。老李复读了两年才从四川考到这所学校，他对上个什么样的大学是有要求的：必须是北京的。在中国当诗人，就得来北京。

富于激情的人，生活在一群追求现世安稳的人中间，会很抢眼。老李的浪漫主义，不仅体现在写作上，还渗透到生活中。1998年世界杯决赛，图个乐，大家猜球。别人就赌五块十块，老李赌五百，一个多月的生活费，押法国赢，别人都押巴西。之前巴西拿了三次冠军，法国多年没进过世界杯了，两队实力悬殊。结果法国三比零爆冷赢了巴西，老李收获了半年的生活费。有人问老李："怎么就押中了法国呢？"老李说："你们押了巴西，自然押不中法国，南辕北辙。"别人又问："巴西那么热门，押法国万一输了呢？"老李一口四川话："瓜娃子，脑袋掉了碗大个疤！"别人再问："赢的钱怎么花？"老李说："得意之时须尽欢，门口饭馆，都去耍！"

"斗地主"于诗人老李，就像为他铺好稿纸，摆好笔，等着他激情四射来创作。别人牌不好,不会叫"地主",他不然,但凡有俩2,就敢叫"地主"。老李的路子是:三张底牌里,万一还有俩猫儿呢——人有多大胆,地才有多大产!

往往还被老李猜中,每当翻开底牌,真有俩猫儿的时候,别人悔恨拍大腿的同时,送给老李一个称号:底牌王子。

但老李也不是每次都赢。富于激情的人能为自己冲撞出新世界,也容易疏忽他人的存在,老李往往没算清对方手里的牌,出牌任性,结果挨炸。老李意识到这是自己的软肋,却改不了。他觉得"斗地主"就是为了宣泄激情,如果算来算去,跟那些毕业了去当官的中文系学生没什么区别。牌友们也支持老李的任性:"你抄底牌那么牛,再能躲开炸,谁还跟你玩呀!"

就是这么四个人,分在同一宿舍。他们是各系分完宿舍后多出来的那个,被本系甩在外面,落了单儿,却为牌局稳定开了个好头儿,不同的背景铸造了他们为"斗地主"而生的精神。他们比别的学生更钟情于自己的宿舍,下了课哪儿都不去,跑回宿舍,拉出椅子,围桌而坐。

如此痴迷,是因为"斗地主"契合了年轻人迎难而上的精神,正如它的名字,是弱者(牌弱的人,被叫作"农民")联合起来,对抗强者(牌强的人,被叫作"地主")。每次一拿出牌,他们耳边就仿佛奏响《国际歌》:起来,饥寒交迫的奴隶……

"斗地主"只能三个人玩,四个人便有五种成局的方式。老赵、老钱、老孙、老李,其中一个人不在,就有四种成局的方式。第五种是四个人都在,三个人斗,另一个人伺候局子。所谓伺候局子,端茶倒水还在其次,年轻人没那么爱喝水,主要是记账。楼长会经常来检查宿舍,如果桌边放着钱,容易被逮现行。他们采取记账方式,当日牌局结束,门一关,按所记胜负,用饭票结算。即便没参与战斗,记账的人看到牌弱的人斗赢了"地主",农奴翻身把歌唱的喜悦也会油然而生,兴高采烈记下"农民"的进账。

2

20 世纪末互联网尚未普及,距离智能手机诞生还有十余年,那个年代的大学生活很质朴,有副扑克牌就能在平静的生活里掀起波澜。

让人记忆犹新的是大二即将结束的那个 7 月,酷暑,北京像个桑拿房,让人全身黏糊糊的。正值考试周,热得难受,男生会拿着脸盆去水房,脱光了,接一盆凉水,举过头顶,倾倒而下,驱热去暑。可回到宿舍拿起书,用不了半个小时,全身又被汗浸透——那时候宿舍连电扇都没有。天太热了,热得让人想变成一条鱼,永远活在水中。他们四个都还没有女朋友,不像有的人这时候可以和女朋友去开个空调房降降温,在适宜的温度下做些和备考有关或无关的事情。也可以说,因为没有女朋友,他们四个更热了,只好选择"斗地主"消暑。除了老赵,其他三人傍晚前刚刚结束本学期的考试,老赵还有最后一门计算机编程没考。他们三个光着膀子甩着扑克,老赵光着膀子翻课本,一只眼睛在书上,一只眼睛关注着牌局的进展。四个男青年在宿舍昏黄的灯光下其乐融融。突然,一片漆黑,熄灯时间到了,而三人不约而同都抓了一把好牌,手里都有炸,都准备叫"地主",也都准备着万一别人抢先叫了"地主",就踢他一下——踢会让赌资翻倍。这将是惊心动魄的一局,为了让本学期最后一战载入史册,他们决定去校外街边的路灯下继续战斗。老赵也拿着编程书跟去了,路灯下还能多看会儿书。同时,他的书里夹着那三张底牌,谁都不知道这三张牌是什么,悬念过一会儿才能解开。

校内夜晚有保安巡逻,四人翻墙跳到校外,不远处是一个幼儿园,门口摆放着为接孩子的家长提供的石桌石凳,他们占据了这片区域,按之前在宿舍的方向坐好。老赵呈上编程书,在路灯下翻开,郑重地将那三张底牌放在石桌上,铜版纸的亮面反着头顶路灯的光芒。三个人重新审视自己的牌,准备做出选择。

老孙先叫,他叫了"地主",但没叫满,轮到老李,叫满了,底牌归他。翻底牌前,老李问老钱踢不踢,老钱犹豫了一下,说不踢了,老孙也就没跟。老李翻开了底牌,有一个小猫儿。老李一句"牛×"的反应,让老孙和老钱都猜到老李手里凑成了俩猫儿,又是一炸,而且是最大的炸。这让三人紧张又兴奋,也让看热闹的老赵忘记天亮后还要走进考场,不由自主合上了书。

三人凝视着手里的牌,思考着不同出牌方式遇到的种种可能,老赵也跟着陷入沉思,提前开始自己的编程考试。四人过于肃穆凝重,以至于一个下班喝完酒骑车路过的城管看到他们的第一眼,还以为戳着四尊雕像,视而不见地骑了过去。后来觉得不对劲,这条路天天走,不记得有雕像,他便掉转车头,走了过去。

城管走到跟前,看清是四个活人,例行公事一问:"干吗呢?"

"打牌呢!"四个低头看牌的脑袋里传出一个声音。

"玩钱的吗?"城管又问。

"不玩钱的谁玩呀!"又一个声音不耐烦地回答,问话者影响了他们的思考。他们以为是某个睡不着的居民,说完才抬起头,看见问话人胳膊上的红袖箍。那时候北京正在开会,严查可疑人口,传言抓到了就送去清河筛沙子,也包括涉嫌黄赌毒的。

四个人眼神一对,扔掉手里的牌就跑。老赵当然没有扔下手里的书,书上写着他的名字和学号。

城管本是随口一问,想看两把就走,看他们如此慌张,觉得他们不只是打打牌,背后一定还有别的事儿,说不定破获了一个犯罪团伙,能立个市二等功什么的,骑上车就追。不知道是喝了酒,还是车圈龙了,城管骑车的身影在路灯下左摇右摆。路灯将身影越拉越长,一点点盖住打牌的四个人,吓得他们更玩命地跑。

四人还算聪明,没往学校的方向跑,而是跑向闹市。老钱专业出身,跑得最快,在前面带路,招呼大家:"往菜市场跑!"

前面有个蔬菜水产批发市场,以脏乱差闻名于京,一直要治理,也不见行动,现在是绝佳的避难所,四人跑了进去。城管也追了进去。

跑得太久,老李展现出作为诗人的特性,心肺功能不好,落在后面。其他三人也累,没比老李快多少。好在城管也不是铁打的,蹬车速率下降,依然没有追上。到了一个十字巷口,老钱只管往前跑,率先跑过路口;老赵觉得两旁的岔路更黑,喊了一句"这边黑",往右拐了过去,示意别人跟过来;老孙觉得不能扎堆儿,分散更不容易被抓,便喊了一句"这边也黑",然后跑进左边的黑暗。跑在最后的老李,不知道该跟着谁,跑到路口一慌,没看清脚下,踩到一个虚掩的井盖上,井盖一翻,他掉了下去,同时发出一句喊叫:"我掉井里了……"

三人同时停下,回头看,没看见老李,只有路面上敞着一个井盖,从那下面又传出老李凄惨的声音:"太臭了!"

三人从不同方向跑向井盖,漆黑的洞口里,隐约看到老李举起来的白手,拼命向上挠咴着。三人抓住老李的手,连拉带拽,把臭烘烘的老李捞了上来。老李穿着短裤,下半身沾满黑色泥汤儿,腿毛里还夹着各类腥臭的杂质。这是水产市场的下水井。

城管还没追上来,老李脱掉外衣,准备扔了,老钱猴精,让老李扔向另一个方向,然后他们朝着相反的方向跑走。

刚才在老李踩到井盖的时候,城管的自行车也在后面轧到一片湿漉漉的海带,车轮一滑,连人带车都横着飞了出去。他爬起来,一瘸一拐来到井盖处,已不见四人踪影,只剩空气中飘荡着水产品的腥臭,以及一件扔在一旁的衣服。城管捡起衣服看了看,是一件普通的男士圆领T恤,上面除了粘了一截鱼肠,没有任何线索。

四人回到学校,拿着脸盆去水房洗凉水澡。三人盆里接满水,一盆盆泼向老李,帮他冲掉身上的秽气,拿老李各种打镲。月光下,水花四溅,在嬉闹声中翻滚落地,为水房铺了一层银光。

躺回床上,老李闻闻自己已经不臭了,向大家发出邀请,明天校外饭馆撮饭,对三人冒着被抓的风险把他拉了上来,而不是将他留在井下弃之不管表示感谢。老钱说自己其实也没那么高尚,只是觉得四个人是一根绳上的蚂蚱,即便他们三个跑走,老李被抓,他们也难逃干系。老李说:"你们要相信我,即便被抓,我也不会供出你们的。"这句话,像"斗地主"时手里拿了炸,让人激动,也让牌局和友谊更加牢固。

大三开学,老赵带着一套自己编纂的"斗地主宝典"出现在宿舍。这是他从数学角度,分析各种牌型的出牌可能后做出的总结,拿出来和大家分享。有了这本"宝典","斗地主"可以上升为一项事业了,四人联名向校团委申请,打算创办一个"斗地主社团",为所有对数学、计算机编程感兴趣以及富于冒险精神的同学,开展一项可落地的课外活动。申请书写得诚恳而专业,并为"斗地主"赋予了一个文艺的名字"欢乐二打一"。学校以为跟桥牌差不多,不知道还可以过钱,批准了。

这一年老孙的表妹也考到这所学校,和老李一个系。中文系的迎新晚会上,老李朗诵了一首名为《更上一层楼》的诗,为中文系新生打气:"昨晚我在一层的宿舍睡觉/梦见写了一首诗/早上一睁眼,发现已睡在二楼/梦里的诗让我更上一层楼/所以,我要真的写一首/而且不止一首/这样/才能为宿舍楼装上电梯。"

台下片刻沉寂,随后爆发出掌声。过耳的长发遮住老李的脸,舞台追光打在他身上,四周一片黑暗,他鞠了一个躬,走进黑暗消失了。老孙表妹在台下看着神秘的老李,有些着迷。那是幻想可以当饭吃的年纪和年代。

老孙过生日,召集大家吃饭,老李和表妹都在。表妹请教老李,怎么能写好东西。老李从火柴盒里抽出一根,问表妹这是什么,表妹说火柴呀。老李说答对一半,现在它只是一根木棍,得遇到火柴皮,才能叫火柴。老李把这根木棍送给表妹,让她去寻找"火柴皮"。"找到的那一瞬间,世界会被点亮,自然就知道怎么写了。"老李独自喝着酒说道。

大家喝得开心,闹到挺晚,早过了餐馆打烊时间,还要上啤酒。服务员熬不住了,说加不了,冰箱锁了。他们说那就给茶壶里加点儿水,服务员说也加不了,水龙头也锁了。老李端起杯子说,那咱们就干一杯空气吧,空气是免费的,谁也锁不住,可以喝到天亮。

天亮了,别人该上课上课,该交作业交作业,老李继续我行我素,作业不交,课也不怎么上,只是牌照打,之前大一、大二考试没过的课,也不准备补考,成了全系学分通过率最低的。

没过多久,老李被系里叫去,原因是缺课太多。老李说上课没用,诗不是上个课就能写出来的。老师问:"那你说是怎么写出来的?"老李说:"是活着写出来的。"老师说倒也没错,死了就没法拿笔了,肯定写不出来。老师觉得有必要在这时候奚落一下这位自恃清高总不来上课却在宿舍打牌的诗人,又说:"来上课的都不一定会写诗,何况不上课的,你以为会分行就算会写诗了吗?"老李向老师借纸笔,说再写一首,让老师看看算不算诗。老师把笔和纸扔给老李,不相信他能写出什么像样的东西。老李写完,交给老师,转身走了。老师看到纸上写着：

傻

×

老李被开除了。从哪儿来,回哪儿去,离开了北京。

老李走得很突然,大家说好要送送他,结果下课回来一看,床铺空了,就剩一个光床板,木板上刻着:"坠落海底／无论多深／我呼出的气泡／总有一天会／冒出海面。"

老孙表妹特意来瞻仰这块木板,看到上面的字,哭了。

宿舍少了一个人,世界继续,牌局继续,却不一样了。

3

毕业两年后,没被开除的三个人聚了一次。起因是老赵买了房,把老钱和老孙叫到新房,组个牌局暖房。房子是七十平方米的一居室,四千多一平方米,在东四环。现在看是白给的价,当时对于毕业不久的学生来说,能自己买是个传奇,但老赵做到了。他编了个"斗地主"的游戏,是国内第一款"斗地主"游戏,卖给游戏公司,拿到八万块钱,交了首付。

他还有稳定的月收入,负责一家汽车品牌公司的网站维护,月薪三千五,够还房贷。老赵打算明年结婚,女朋友是公司的销售,细腰长腿,书柜上就摆着她的照片。老赵还筹划着再编个游戏,卖了弄辆车,拉媳妇儿一起上下班。

老孙的生活相对简单。本科毕业前半年,做好简历,找了一个月工作,未果,突然天降喜讯,能保研。一个班三个名额,直升本系研究生,老孙排名第四,前三里有一人放弃,就把老孙补上了。本科生毕业已经变得不好找工作,老孙想,与其凑合找个班上,不如在学校养尊处优再混三年,弄个硕士学位,找个像样的工作,于是留校读研。

就在一年前,老孙恋爱了。那天他从图书馆出来,为他的毕业论文开题找资料。他想写篇燃放烟花爆竹和环境污染指数分析的文章,同时研发一种将污染降到最低的烟花产品,让导师下次开政协会的时候提个案,恢复北京市民过年燃放烟花爆竹的传统——他的研究生导师也是市政协代表。结果他抱着借来的厚厚一摞书,走在台阶上,突然从下方飞来一个网球拍,击中眉骨,当场破裂。一个女生慌慌张张跑上来,看到老孙流了血,吓哭了。老孙捂住眉骨,一个劲儿安慰女生。血已经流下来,眼看要滴到书上,老孙让女生帮他拿着书,别弄上血,自己捂着伤口,去了校医院。大夫要给老孙处理伤口,需要交钱取药,老孙的眼皮已经肿起来了,成了独眼龙,大夫说:"你就别动弹了,让女朋友跑腿吧。"现在也不是解释关系的时候,女生就承担起女朋友的职责,楼上楼下帮着划单取药。还好伤口不太大,但是深,要刮掉眉毛缝针。老孙问不刮眉毛行吗,刮了没法出门了。大夫说不刮没办法操作,缝完给他包上,别人不知道他眉毛没了,过两个月还能长出来。缝的时候女生不敢看,在门外问大夫会留下疤吗。大夫说会,但是等眉毛长出来,能把疤盖住,看不出来,放心吧!

从医院出来,女生看到老孙的衣服上沾了血,要把衣服拿回去洗,老孙说自己洗就行了,洗不掉也没关系。女生说太不好意思了,手心出汗,没攥住网球拍,能帮老孙洗掉血渍,也算一种补偿,自己也能心安点。老孙就把衣服交给了她。

不知道女生用了什么方法,还真给洗掉了,同时留下一种耐人寻味的香气。老孙问女生用什么洗的,女生尴尬地笑了笑,说用了挺多东西,没说混合用了洗衣粉、洗涤灵、洗头水和洁尔阴。拆线的时候,是女生陪着老孙去的,纱布从眉骨摘掉后,女生如释重负——老孙的眉毛长出来了,疤也不大,顺利被眉毛盖住,不把脸贴上去,根本看不出来。她的如释重负还有一层意思:自己可别找个破了相的男朋友。这时候,她已经是老孙的女朋友了。之前还一个人打网球,面前放个沉的东西,系一根拴着网球的松紧带,把球打出去,松紧带又把球拉回来,如此反复,现在能隔着网和老孙对打了。

老孙闻到衣服的香味,继"斗地主"后,内心的礼花再次迸裂,利用受伤的机会,将两人身体已经靠近的关系,升级为心灵也靠近了。研究生师哥此时还是颇有手段的,比如女生发短信问他恢复得如何时,老孙会说,挺好,就是有点儿头疼。女生慌了,以为是脑震荡后遗症,问了老孙的房间号,过一会儿就拎着水果来看望他,研究生宿舍女生登记后可以进。老孙已经把宿舍收拾得干干净净,故意往电脑旁放了几张正流行的电影 VCD。女生敲门,老孙开门后见到女生站在门外,显出很意外,却迅速闪身,让女生进来坐。女生坐下后,问老孙要不要去校外的医院拍个片子。老孙说先不用,怪贵的,再观察观察,如果只是物理疼痛那就没事儿。女生打量着房间,看到那些 VCD,惊喜,说:"哇,这些电影你这么快就有了!"老孙则说:"刚买的,还没来得及看,要不一起看看?"女生说:"不了,你好好躺着吧,头疼别厉害了。"老孙说买这些 VCD 就是为了转移注意力,忘了疼。于是两人看起来。为了营造出影院效果,老孙拉上窗帘,但是门虚掩着,也不撞上,给女生一定的安全感,也是对随时会回来的宿舍室友发出声明——我俩只是看看片儿。一部电影看完,打开灯,拉开帘,女生这才发现,天都黑了。老孙说,吃饭去吧。老孙买了女生爱吃的。快吃完的时候,女生问老孙头还疼吗,老孙说比刚才好多了,现在又疼起来了,回去还得看俩电影。女生问:"你们宿舍不熄灯断电吗?"老孙说研究生宿舍不断电,以后晚上想看书,可以来他这。没过几天,女生赶一篇论文,真给老孙发短信,问能不能借光一用。研究生是三个人一间宿舍,老孙掏出两百块钱,让那俩哥们儿去校外宾馆开个房睡,帮他一忙。女生来了,心急火燎赶论文,顾不上问老孙宿舍另两个人去哪儿了,铺开摊子就写。老孙在一旁陪着。写到凌晨两点,女生撑不住了,说睡一会儿,让老孙四点叫她,她必须在八点前弄完论文。老孙就让她在自己的床铺上睡了。第二天一睁眼,女生蒙了,不知道自己在哪儿,坐起来缓了缓,回过神,想起是在老孙宿舍,看表,八点都过了。女生摸摸自己身上,睡的时候什么样现在还是什么样。再找老孙,正躺在旁边的床上睡着。女生叫醒老孙,问老孙怎么没叫她。老孙说四点的时候叫了,她当时也醒了,说再睡半个小时,老孙想再坚持半小时,却没顶住,在旁边的床上倒下,两人头顶头睡到天亮。

这个清晨,按时交论文泡汤了,女生却做出一个重大决定:让老孙做她的男朋友。女生是学生物的,进入大学的这两年,在课堂上被告知:生命的本质是细菌。所谓的人体,不过是菌群组成的,光肚子里就有七八斤细菌。一个人健康喜悦,是因为菌群得到满足,它们正常工作;一个人沮丧郁闷,是因为菌群得不到满足,罢工闹情绪。南方人和北方人性格差异大,互相看不上,也是因为菌群不一致。刚刚醒来时,自己有些失忆,说明睡了一个满足而沉稳的觉,而老孙就在旁边,第一次和一个异性如此近距离睡觉,没有异样,证明了两人的菌群相安无事,无疑为日后能愉快地生活在一起奠定了基础。不久后,老孙便拉起女生的手,抱着那摞借来后一页没翻的书,送回图书馆,然后去了电影院。本打算在降低花炮污染领域做一番研究的老孙,从此和女生钻研起菌群的和谐相处。

一边打着牌,老孙一边回复着女友的短信,女友要睡了,让老孙别熬夜太晚,要不然菌群的作息被打乱,第二天该难受了。老钱不无羡慕,说考研和找对象,两件人生中所谓的大事儿,老孙都没怎么费劲,只需要出现在那等结果就行,不像自己,在错误的时间出现在错误的地点。

老钱毕业后毫无悬念地当了中学体育老师,因为又瘦又高,眼窝凹陷,有点罗伯特·巴乔的影子,被一个高二女生喜欢上。女生请他去家里做客,说家里没人,老钱真就去了。没想到女生热情十足,聊着聊着天,老钱突然被女生索去初吻。老钱想反正我是男的,不吃亏,就拥抱着和女生倒在沙发里。当然他是有分寸的,坚决不把手伸进衣服里,只是隔着摸摸。

突然锁芯转动,外面有人用钥匙开门。老钱想肯定是女孩父母回来了,他以体育老师的身份来家访也说不过去,而此时女生绯红的脸颊和蓬乱的头发,又足以说明俩人在房间里的行为。为避免麻烦,老钱蹿到窗口,从三楼跳了下去。

女生父亲推开门的一瞬间,看见窗台上蹲着一个人,竟然跳了下去。父亲觉得蹊跷,跑到窗口,看到一个男性身影一瘸一拐地跑走了,再看女儿紧张而羞愧的神情,一切都明白了。父亲问那人是谁,女生坚决不说,父亲第二天就去了学校,让老师帮着找一个走路瘸腿的男生。

课间操时间,老师和父亲躲在主席台的广播间,拿着望远镜逐一巡视,为此还让学生们做了两遍课间操,也没有看到这么一个男生。老师问父亲还有什么要求,父亲说算了,看来那男生是外校的。

但是,老师们都注意到,老钱也是从那天开始跛着脚来上课的,并且带那个女生班的体育课。老钱在学校待不下去了,以准备考北体大研究生为由,辞职了。之前老钱住在中学提供的教师宿舍,宿舍没了,只能回家住,同时找着工作。事发于一个多月前,现在脚还没完全好,说起那次窗口逃亡,老钱还心有余悸,庆幸跑得快。这更坚定了他对生活的认知:跑得快,是生存的基本要求。

鉴于老钱目前的生活状态,老赵和老孙在出牌上有些手软,让老钱牌势占了上风。得了势的人不想走,老赵和老孙就陪他玩到挺晚。自然是赢了点钱,老钱挺高兴,一扫之前的萎靡。

当晚,三人睡在老赵的新房里,打了地铺,同处一室,宛如当年在宿舍里,自然聊起老李。老李人在成都。听老孙的表妹说,老李退学后回到成都,没再上学,打打零工,凑合活着,但坚持写诗。老孙表妹今年也毕业了,情窦初开的年纪过去了,对理想和现实有了认识,交了新男朋友,和老李也没断掉联系,还是笔友。半年前,老李给表妹寄来一首诗,包在塑料膜里。表妹拆开塑料膜,看到纸上写着:"潮湿的稿纸/已无刀刃的锋利/也甩不出清亮的声音/一座破败的寺庙/一个晒不干的世界……"表妹手里拿的正是这样一张潮湿、软塌塌的稿纸,成都湿润的空气把老李和稿纸都变成这样。表妹给老李回信:"木棍才会湿,火柴不会。"还在信上留下自己的手机号。过了三个月,收到一条短信:"我也配了手机,老李。"便再无音信。

老钱和老孙,一个无业,一个上学,有睡懒觉的资本,第二天挺晚才起。醒来时老赵已经上班去了,留下纸条:"可以等我下班,回来继续斗;走的话,撞上门就行。以后常来,牌局不要散。"

4

可一别又是三年。这回攒局的是老李,他来北京出席自己诗集的发布会,给昔日"斗地主"的牌友们发了邀请。老赵、老钱、老孙接到通知,都来了,看到发布会门口摆着印有老李头像的易拉宝,三人站在两边,跟"老李"拍了一张照片,用的是老赵一百二十万像素的新款手机。

老钱对这款闪光发亮的手机充满渴望,问得多少钱。老赵说不要钱,是他做的,正在试机,没毛病才上市,会是市场上最贵的一款手机。老赵的婚没结成,女朋友跟人跑了,她从汽车销售公司去了房地产公司,遇到个开矿的,一口气买了十套房,签完合同,女朋友也不卖房了,跟老赵分了手,成为那十套房的女主人。落单的老赵说丫跑了也好，经不住金钱考验的人，没资格站在他身边。又会游戏编程，又懂技术研发，加上渴望推动人类进步的梦想始终不灭，老赵很快当上手机公司的技术主管，成为同学中第一个年薪过六位数的，向着中产迈进。

老赵问老钱去哪儿上班了，老钱说自己干。老赵说现在自己干的都是牛人，问老钱做的什么项目。老钱不好意思地说开黑车，往返于他们村和北京城区之间。老赵鼓励老钱，说只要自己喜欢，能给自己和家人带来幸福，干什么都一样。老钱说也不是喜欢，自己的情况只能干这个，不像孙博士。老孙赶紧接话，说："别拿我打镲，我不过就是偶然为之。"老赵说："我气就气在这个偶然上了，你的偶然是女朋友和博士，我的偶然是跳窗户和开黑车。我算看透了，人这一生，奋斗什么的都是白扯，每个人的剧本老天爷早就写好了，咱们不过是按着剧本活一遍，给你的剧本，比给我的好太多！"老孙知道自己赶上的事儿让老赵眼红，甭说老赵，都出乎老孙自己的意料。硕士毕业的时候，赶上第一批扩招的本科生毕业，本科生物美价廉产量高，硕士的优势没那么大了，三年前他应聘过的那家公司，现在给研究生开出的薪水标准和三年前招聘本科生一样，老孙想，真这样的话，研究生不是白读了吗?正在这个时候,系里来了一个通知,学校第一年和德国某大学合作,互换交流生,打算送两个人去读博,应届的研究生都可以报名。有六个人报名,对方经过学习成绩考察和面试,录取了两个,其中就有老孙。另外落选的四人成绩都比老孙好,就因为是从北京以外的城市考来的,英语口语太奇怪,老外听不懂,大大降低了印象分。老孙收拾了行李,暂别女友,远渡重洋,两年后学有所成,世界五百强排名前五十的在华企业向他抛出橄榄枝,女朋友拦着没让去,因为她给老孙安排了更好的归宿——一所在京大学招聘讲师,博士学位会有一笔安家费。学校看完老孙的简历,同意接纳。就这样,老孙出口转内销,以海归博士的身份,供职于北京某高校,前途无限光明。办得如此顺利,还有一个原因:老孙女朋友的舅舅,就负责这所学校的招聘。对此老钱给老孙的评价是:"命真好,每次都是你只需要出现在那就行!"老钱对自己的评价则是:"依然要靠跑得快为生——车开得快一点,同样价钱,人家就会挑我的车坐。"

  说话间,主角出场。老李走上台,走到一半,有些陌生地站住,不知道接下来怎么办。主持人指着桌前摆有老李名牌的座位,指引老李坐那。老李坐下,座椅宽大,显得他很瘦小。主持人经常能在电视台读书节目里看到,相比之下,老李看上去倒显得有些陌生。主持人拿起话筒,介绍了今天发布会的主题,随后介绍了身边坐的这位就是今天的主角——老李。老李欠起身,半哈腰,冲大家摆摆手。主持人介绍着老李,没有脱稿,老李被介绍的时候,跟主持人也没眼神交流,像在听她说一个和自己不相关的人。介绍完,老赵、老钱、老孙在底下带头鼓起掌,老李看见他们仨,红着脸冲那边笑了笑。

发布会的背景布上喷着老李这本书的大照片,旁边写着广告语:"新世纪中的挽歌,旧时光里的新声。"老李无辜地坐在这句话前面,低头看着自己蠕动着的双脚,像在安抚着它们:"麻烦坚持到发布会结束,别着急走开。"

互联网的盛行,为文学青年打开一扇门,也为寻找文学青年的出版社推开一扇窗。老李把自己写的东西发到诗歌论坛上,新人新作,引起关注,被一家出版社看中。这家出版社隶属一家报社,每周末报纸的副刊上都有诗歌版块,想招聘诗歌编辑,如果老李以一个诗人的身份来当编辑,有助于报纸诗歌版块的活跃,就问老李,愿不愿出本诗集,同时来当编辑。老李在成都干过各种零工,找不到出路,有这么一机会,自然愿意,便背包北上。出版社帮老李找了房子,工资够交房租的。到了北京,老李没着急联络大学的同学,等诗集印出来,发布会日子确定了,才发短信告诉了老孙表妹。表妹又告诉了老孙,老孙再转告老赵和老钱,三人意外出现在老李的发布会上。

老孙表妹刚刚也赶来了,拿着一捧花,还在门口买了十本老李的诗集,坐到老孙他们旁边,送给他们每人一本。书的前勒口印着老李的简介,只写了他是成都人,多大年纪开始写诗,文字忧伤,写出一代青年人的迷茫,这是他的第一本诗集。没写他上过中文系被退学的事儿。后来老李自己说,本来编辑想写上这事儿,增加亮点,但他对学校没有恨,不需要泄愤,觉得没必要拿个退学说事儿,就让编辑删了。

主持人在台上咄咄逼人,老李在台上用浓郁的四川口音答非所问,终于挨到发布会结束的时间。老李下了台,向老孙四人走来。老孙等人伸出胳膊,做出握手的准备,等老李走近,老赵摊开掌心,露出一副扑克牌,笑呵呵地说:"今天继续。"仿佛昨天的牌局刚刚结束。这时候老孙表妹把鲜花递到老李面前,老李迟疑,老钱说:"接着吧,给你的。"老李接过,有些局促。表妹大大方方祝贺了老李,又递上诗集和笔,让老李签个名,将来送朋友。老李签完,邀请表妹晚上一起吃饭,表妹笑着说不了,今天是她男朋友妈妈的生日,叫她过去吃饭,她第一次见家长,不能迟到,现在就得走。说完表妹抱着老李的书走了,老李看着表妹走远,更手足无措。这时候出版社的工作人员过来,说那边有一百本书是给网站的签名版,需要老李签一下。老赵让老李先去忙,他们仨去旁边的咖啡馆找个包间等他,还替他把手里的花拿了过来。

三人刚坐下,老钱的手机响了,有个老顾客要用车,正在国贸等着,希望他赶紧过来。老钱问清楚要去哪儿后,撂下电话,很无奈,是趟长途的活儿,老顾客,得罪不起,现在就得走,让老赵、老孙二人转告老李,回头有时间,一定给他几炸,说完急急忙忙走了。

剩下老赵和老孙。看着表妹送来的那捧花,老赵闻了闻,说还挺香,老孙也凑上鼻子闻了闻,是挺香。老赵问老孙:"老李不知道你表妹有男朋友的事儿吗?"老孙说:"她的事儿,我从不介入。"老赵感叹:"物是人非啦!"

老李终于来了,桌上的花挡在面前,老赵赶紧挪开,打哈哈说:"我俩这半个小时光洗牌了,赶紧开始吧!"三人抓牌,老李突然问老孙:"你妹要结婚了吗?"老孙说没听说,就是见眼家长。老李说:"那不就是准备结婚了吗?你妹才二十七不到,早点了吧?"老孙说:"女生,二十七不小了吧。"老赵插了一句话:"咱们玩多大的?"老李说:"随你们。"老赵管服务员要来笔和纸,记账用。第一把老李叫了"地主",输了。

第二把又是老李叫"地主",也输了。第三把还是老李叫了"地主",继续输。这三局从牌面看,老李并不够叫"地主"的,却叫了,架势似乎不是在打牌,更是赌气。第四把老赵先说话,索性叫满"地主",省得老李再抄牌,结果老赵打赢了。第五把老赵没叫满,轮到老孙,叫满了,也是不想给老李再输的机会,结果也赢了。打了十把,账单上老李的负数绝对值越来越大,不宜再打下去。老赵提议,饿了,去吃饭吧。老李不去,说接着玩。一副跟世界死磕状。老孙说差不多了,他晚上还得给学生上选修课,改天再打。老赵也配合着说,对,反正老李现在也来北京了,什么时候想斗了,打个电话,随时。老李坐在椅子里没动:"走吧,你俩这臭牌技,回去好好练练!"

5

四个人都在北京了,牌局却一直没约成,没人张罗,都忙。直到老孙当了爹,招呼另外三人过来吃饭,才在老孙儿子的满月饭上聚齐。这年龄当爸,并不是老孙本意。

回国当了两年讲师后,老孙参与了系里烟花爆竹环保燃放的项目,挺大的一个计划,包括一个基础教学实验中心和六个科研组。北京的空气质量一直是个问题,如何将燃放和环保统一起来是个难事儿,本来打算学校评估的时候申报北京市重点实验室,结果项目带头人的老婆在评估前来学校闹事儿,坐在校门口,冲着空气大骂该老师,说他在外面找小三儿,吃着碗里的还看着锅里的。不少学生用手机拍了照,发到论坛上,展开了"为人师表"大讨论,还被门户网站做了专题。学校一生气,撤了带头人,评估的时候也没报这个项目。这就意味着未来不会有什么科研经费,又没了带头人,项目基本黄了。

老孙的计划是利用激光,将燃放后的污染物击穿,相当于加速污染物的分解,分解后的成分更容易扩散,不致聚集,造成浓度过高。这需要物理部门配合,看哪些元素更容易被激光穿透,从而让这些成分取代传统火药,将燃放污染降至最低。原本想三十岁后开始一番事业的老孙铩羽而归,一气之下,借酒消愁,每天下课回到家,不等老婆回来炒菜,自己先喝上了。家里备了花生米、辣鸡爪、薯片等各种即食下酒菜。一定量的酒精进肚后,忘掉自己的那些抱负,老孙的心情会好些。那些困扰他多年的不如意,也没那么坚固了。它们只是梦想和现实的落差,所谓的梦想,不过是意识的产物,头脑里为自己描绘出一幅景象,现实和梦想毕竟是两个世界的东西,强求只会自讨苦吃。而喝美了,脑子里什么都不想了,当下便是快乐,是解脱,抱着老婆就上了床,孩子就是这一时期的产物。

老孙的老婆还是那个学生物的女生,她的生育观是:要么丁克,要么早点儿生。丁克是因为在她看来,所谓生下一个孩子,不过是生出一大团菌群,养育孩子长大,就是养育菌群更庞大。如此一来,既然是养细菌,不如在自己的细菌状态最好的时候受孕,所以也没特意和老孙避孕。人类得以在地球延续的繁衍工作,在她看来就是培植细菌的科研工作。当初两人结婚的时候,只领了证儿,没摆喜酒,现在有了孩子,摆几桌,热闹热闹,也算给一蹶不振的老孙来针兴奋剂,中场休息得差不多了,该开始下一节比赛了。当了爹,事业上对老孙有多大促进看不出来,但至少日常行动上,老孙看上去并不像经历挫折后便死猪不怕开水烫了,孩子的喜怒哀乐都牵动着他,他跑来跑去,穿梭在人群间,奉上笑脸的同时,不忘孩子那边还等着用尿不湿。

相比老孙的萎靡,老钱则迎来人生的转机。北京的六环路作为国庆六十周年的献礼,开通了。老钱户口所在的村子就在六环外,这样一来,显得离北京更近了一些。这还不是主要的,让老钱觉得可以改变命运的是,听说他们村子两年内要拆,盖商品房,建城市公园。村民们已经盘算过自己的结局,像老钱家这样的,搬迁时能置换三套两居室,同时现金补偿三百万。这个消息让老钱红光满面,双眼发亮,也让老钱将婚姻之事一拖再拖,他想的是,万一成真了,就不用凑合找一个了。他为自己构想的是找个许晴那样的,甜美端庄,一笑俩酒窝。但老钱也有苦恼,拆迁毕竟是传言,镜花水月,空头支票。为此老钱失眠了,但这种失眠,会让他第二天更加精力充沛,愿意迎接未来。

老赵这四年里又换了工作,先是从手机研发部门调到市场部,由面对研发数据变成面对各种市场大数据。这依然是老赵的强项,他能从纷乱的数字中看到办法和希望之所在,为服务的企业建功立业。过了三年,他又到了一家本土奶制品上市公司当市场部副总,本土公司需要外企公司的市场经验,所谓外来的和尚会念经。老赵成为职业经理人,年薪丰厚,但他跳槽并不是为了多挣钱,而是为了帮一个民族品牌创造奇迹。用心做奶粉和用心做教育,都是利国利民的事儿,功德无量。虽然没成为"陈景润",但做了经理人,也要做个有使命感的经理人,老赵照着镜子对自己说过这样的话。但奶制品行业的一家公司被查出来往儿童奶粉里添加了三聚氰胺,随后整个行业开始普查,老赵所在的公司也中了标,被揪出干了同样的事儿,三聚氰胺可提高蛋白质的含量。这是一个重大的公关危机,每天媒体调查和消费者骂街的电话络绎不绝,老赵带领市场部忙着应对。致歉书、控制媒体发稿、联手搜索引擎网站屏蔽负面新闻稿、公益献爱心、重塑品牌形象……折腾了半年,危机过去后,老赵辞职了。他可以专业地去做事情,但不想服务于一家黑了心的企业。辞职后,老赵也没着急找下家,他说渗渗,毕竟三十多了,也不缺钱,时间不像二十出头时那么多了,精力越来越有限,得干点有价值的事儿。

老李的第二本诗集迟迟没出版。不是因为没写完,是因为第一本诗集还在库房里堆着。市场不认,没人愿意再给出了。现在出版人聊天,聊的都是网络写手,谁谁谁每天一万字,坚持更新两年,粉丝无数,成了网络大神。谁谁谁的穿越小说被湖南卫视一百万买走了。大众的阅读口味也转移到这些动辄上百万字一部的小说上,而且不是拿着书看,是在电脑上,或用智能手机看,里面的人物飞檐走壁、上天入地,无所不能。鼠标一转,手指一划,就翻了页,也穿了越。老李还用着一个小屏幕的传统手机,不相信智能手机和电子阅读能成为主流,觉得就是热闹热闹,闹完了,还得回归本质。

老李刚到北京的时候,也参与文人的聚会,发现在北京混有一个特点,就是得抱团,互相捧臭脚。谁有个什么事儿,都得说好,这样才有朋友,下回自己遇到事儿,别人才能帮你,这就是所谓的圈子。但大部分东西写得并不好,说好老李觉得亏心,不想骗人,因此一直徘徊在圈子外。而在编辑上,老李也没什么起色,来稿质量有限,没什么惊艳之作,名家的作品又约不到,因为跟圈子不熟。老李半死不活地混着这份工作,混在北京,混掉自己的青春。

老李没离开北京,因为老孙的表妹。表妹三年前和见过家长的男朋友结婚了,婚后的情况比她想象的复杂。刚结完婚,婆婆就催她生个孩子,趁胳膊腿还能动,帮他们小两口带带孩子。但表妹不想这么早就当妈,迟迟没生,于是婆媳关系恶化,矛盾日增,她干点儿什么,婆婆都挑眼,一百个不对。表妹希望老公给个客观公正的评价,老公却说他妈毕竟是老人,能让着点儿就让着点儿。表妹说她处处忍让,是婆婆得寸进尺,而且根据婆婆以前的表现,现在嘴上说能帮着看孩子,也是叶公好龙,到时候找个理由就会不管了,看孩子的活儿还得表妹自己干。老公说:"你说我妈叶公好龙,那你妈还好高骛远呢!"话题又转变成彼此抱怨对方家长,俩人说起对方父母来,情绪高涨,素材取之不尽。要不是这次捅破了这层纸,他俩都不知道对方对自己父母的态度,还以为比亲生子女都孝顺。吵了一晚上,两人最终达成一致:相互间已经这么多抱怨,干脆分开一段,冷静冷静,想想两人到底合不合适吧!

表妹和老公分居了,回到娘家住,把婚后的种种问题写成文章,用了笔名,投稿给老李的报纸。老李不仅是诗歌编辑,也看副刊来稿,发现这篇文章,觉得挺生动,就给发了。这时候老李还不知道作者就是老孙的表妹。表妹毕业后在一家行业刊物当编辑,远离了文学写作,现在文学处女作被发表,激发了写作热情,又写了第二篇,老李也给发了。此后表妹每周写一篇,老李每周发一篇,当发到第五篇的时候,老李发现文章中出现的细节和人物似曾相识。又连着发了几篇,老李用报社的座机打了表妹的电话,上来就问她是不是谁谁谁(那个笔名),表妹没过脑子,说是。老李说:"我是老李。"就这样,编辑和作者见了面。编辑问作者真的分居了吗,作者说,对。编辑问接下来什么打算,作者说不知道,现在就想写点儿东西。编辑说也挺好,欢迎赐稿,作者说,请多指教。

已经对编辑工作丧失兴趣的老李又对看稿有了巨大热情,把副刊办得越来越好看。原本打算房子到期后就离开北京,现在又有了留下的理由。老李像老赵关心拆迁是否可靠一样,关注着表妹和老公分居两年后的结果——按婚姻法,如双方感情破裂,就可以离婚了。

老孙知道后说表妹:"你这样对你老公,是你自己的事儿,这样对老李,会让他误会。"表妹说:"我只是和老公分居,不代表什么。"老孙说这样最好,但还是要跟老李讲清楚。表妹说没必要,一讲,反而代表了什么。这次侄子的满月酒表妹没来,她已经是小有名气的专栏写手,辞了行业杂志的工作,时不常去外地某处住上一段,写点风土人情的随笔给杂志,收入稳定且比以前丰厚。现在人在贵州,刚吃完酸汤鱼发了微博。

此时孩子在休息间哭了,声儿挺大,都传出来了。老孙刚坐下要和宿舍的仨兄弟喝杯酒,又得过去看看怎么回事儿。看着老孙忙前忙后,三人对当爹什么样儿有了心理准备,趁还没孩子牵扯,老赵约起牌局,问老钱和老李:"咱仨下午战斗会儿?"老钱说:"可以,我没事儿。"老李说斗不了,表妹吃完酸汤鱼会写稿子,他得回去收邮件看稿,晚上定版,明天见报。老赵说:"行吧,就这几天,我做东,随时再约,让牌局恢复往日的喧嚣。"

6

可直到老李离开北京,也没约成。表妹和老公分居两年后,找到自我,和老公协议离婚,摆脱了家庭羁绊,一心写作。恢复单身不久,表妹接到老李的约请,就他俩,从餐厅的选择,到饭后酒吧的小酌,能看出,老李用了心。

在一条胡同深处的庭院酒吧的大槐树下,老李喝着啤酒,貌似不经意地问表妹后面有什么写作计划,表妹说想去国外待待,感受感受外面。老李问是写作的需要,还是生活所需,表妹说都有。老李沉默了片刻,问就打算一直一个人了吗。表妹说对,没必要重蹈覆辙,她现在觉得自由比什么都可贵,说得很是坚定。

果然,没过多久,表妹真的出国了,参加一所英国大学的写作计划,用异乡人视角写英国。一共十几个非英语国家的作者受邀,为期两年,如果完成的作品够优秀,还给学位证。表妹走之前送给老李一部智能手机,还给他注册了微信,让老李多上上网,世界很大。

老李很听话,确实多上网了,每天躺在床上、坐在马桶上、站在地铁里,都拿着手机在看。以前他说眼前的热闹是临时的,不是本质,现在他认识到,热闹已成为本质,他曾经认为有价值的那些东西一去不返。老李心里空落落的。和老李一样受到冲击的还有他所在的报社,智能手机改变了阅读的习惯,各种微信公众号文章取代了纸媒,报纸停刊了。在此之前,报社里头脑灵活的记者和编辑已纷纷转投其他媒体,主编都走了,老李还坚守阵地,认为这只是大浪淘沙的过程,没想到浪太大,来不及淘,冲毁了一切。

老李有种坍塌感,此地不宜久留,用智能手机给自己订了一张离开北京的票。离京后很久,表妹在英国问老孙:"老李回家养猪去了,怎么回事儿?"问得老孙一愣,老孙说:"啊?——不知道呀!"然后联系老李,联系了两次,都没联系上,也就没再联系。

当老孙问起老赵和老钱的时候,他俩也都不知道老李的情况,甚至没有老李的微信。此时他们三人正在"斗地主",继上回在老赵的那套一居室的家斗完,已经十四年过去了。

这次攒局的是老钱,把老赵和老孙叫到一处会馆,说喝个下午茶。会馆一进门几根大罗马柱,把房顶支得挺高,一水儿光亮的大理石地面。迎宾姑娘走上前,问有没有预订,老赵和老孙报上老钱的名字,姑娘说钱总的朋友啊,这边请!

老钱已今非昔比,村子真拆了,补偿比预期还高,让他成功跨过中产的行列,向资产阶级进军了。见到老赵和老孙,老钱提议说:"要不然咱们玩大点儿吧?"这是认识老钱二十年来,他说过的最让人刮目相看的话。

老钱世代住的那个村子所在地,现在根本看不出来以前曾是农村。尘土路变成宽敞的柏油路,公路上方横立着一块块光亮的路牌,把路指向四面八方。除了小区高楼林立,还出现了汽车城,全世界所有品牌的汽车都在这开了店。还有大型综合商场,集购物、餐饮、娱乐、休闲、儿童乐园于一身,里面有全世界各个品牌的服装、电器、快餐店。以前只有一所乡办小学,现在国际学校也有了,各大医院也在这设立了分部,旁边还有给动物看病的宠物医院。一句话,这里比二十年前的北京城区还像北京。

对于现状,老钱的总结是:"当年我觉得出生在这个村,跟你们比,输在起跑线上。四十年过去了,现在看,这个事实被重新定义,虽然起跑落后,但跑道的方向变了,我一下成领先的了,弄得我都有点晕了。我感觉我都成'地主'了,所以招呼你俩过来,斗斗我。现在也不怕被你俩赢了,能赢多少就看你俩的本事了。"

老钱开始给老赵和老孙泡茶。银壶煮水,柴窑烧的茶具,投茶、洗茶、观茶汤,头头是道,瞬间包间里茶香四溢。老钱介绍说,这是马头岩肉桂,三万一斤,简称"马肉"。老赵和老孙刚把茶喝进嘴,正咂摸着三万一斤的味道,老钱又说,先拿这个漱漱嘴,一会儿再尝尝"牛肉"——牛栏坑肉桂,八万一斤,年产量就三十斤,有钱都不一定能喝到。

实现了财务自由的老钱闲不住,喝茶之余,每天还出去拉会儿滴滴。他说以前辛苦惯了,真什么也不干,不踏实,再说了,也挣点儿是点儿,还能多认识俩人,说不定就碰上什么好项目了。老钱的困惑是如何处理手中的现金,他觉得北京房价够高了,卖掉一套回迁房,加上拆迁补偿费,手里有将近一千万的现金。存银行吧,利息赶不上通货膨胀的速度;买股票,等于把钱往坑里扔;捐了做公益,老钱觉得自己还没疯;投资干点什么,又怕赔了。很是苦恼。

老赵正准备创业,说老钱要是真想用这钱做点有意义的事儿,可以给他投个种子轮。共享单车越来越火,方便了近距离出行,老赵想做共享床位的项目。他发现太多北漂,刚到北京没找到工作,交不起房租,群租房又被取消,睡觉的成本太高;还有很多送餐员,在非饭点时间,只能坐在电动车上,风吹日晒一脸疲惫玩着手机,无处可去;同样还有快递员,累得他们只能钻进自己那辆电动三轮车的货箱里蜷缩着睡一会儿;另外不少年轻人来北京就是为了玩两天,老人来北京就是为了看病,兜里的钱都有限,犯不上为睡个觉花太多钱。所以,老赵想做价廉的床铺提供给这些人,按小时收费,为所有在路上的人提供能躺会儿的服务。北京如此,南京如此,东京亦如此,世界各个城市都有刚刚漂泊至此的人。老赵想从北京试运营,星星之火,可以燎原,八年内成为全球连锁共享床位企业。具体实施就是,在人口密集地段,租下价格合适的商用楼宇,每个房间内摆放若干个床铺大小的太空舱,每个床铺都有舱门,关上即可保证私密性,舱内有阅读灯和充电装置,和群租房不同的是,有人打扫卫生、更换床单和二十四小时安全巡查,杜绝了群租房的各种隐患。扫二维码即可使用,可根据 App 查询周边还有多少个空床位,随时休息。

老钱问老赵为什么选这项目。老赵说:"就是想做点儿对社会有意义的事情,这个时代的人,都缺觉。"老钱说:"你要说为了上市,为了被大集团收购,我都能理解;你说为社会服务,我一下蒙了,觉得你忽悠我。"老赵说:"但我就是觉得一件事儿能让更多人受益,才有动力去做,都这岁数了,纯挣钱的事儿也没什么劲了,至于是上市,还是被收购,是这件事做好后的附加价值。"老钱撇撇嘴,觉得老赵现在越来越不接地气了。

这时候手机响了，老钱拿起来接。电话里的声音很大，是个推销贷款的女声，问老钱需不需要，一周内放款，全北京利息最低。老钱说有兴趣，让对方加自己的微信，就是这个手机号，视频聊，看看对方是否可靠。电话里的女声愉悦地说："现在就加，麻烦您通过一下。"挂了电话，老赵问老钱："你手里的现金不是淤了吗？怎么还贷款？"老钱说贷款是假，加微信是真，如果长得还行，就以咨询为由约出来聊，吃顿饭看场电影，没准就能开房了，这些小姑娘都是刚来北京不久，也需要生活，事后送她们点化妆品，还贷不贷款就不重要了。老赵已经得手了好几次。老孙说："怪不得你现在长得有点儿四不像了。"说完老钱和老赵都笑了。这个梗出自老孙媳妇，他媳妇的那套细菌理论，作用于两口子，就是会有夫妻相，因为长期生活在一起，吃饭、接吻、在同一房间呼吸，菌群趋于一致了。老赵和那些女孩开了房，双方的菌群也进行了融合，一会儿像这个，一会儿像那个，自然就谁也不像了。一想到那些推销贷款的女孩会变得跟老钱有点像，老赵和老孙笑得更欢了，老钱自己也笑得很开心。老钱一笑，老赵和老孙都觉得老钱越来越不像以前的老钱了，以前的老钱没笑得这么灿烂过。女孩加微信的邀请过来了，老钱先看了女孩的相册，太丑，没通过，放下手机继续打牌。

老钱让老赵继续说说怎么就觉得有必要做对社会有意义的事情了呢。老赵知道老钱也不会投这事儿，就说："咱们没必要往有障碍里聊，还是用'斗地主'这种简单明了的语言交流吧，开开心心打会儿牌，一会儿该散了。"坐下之前，老孙定好了时间，就打到四点半，他还要去接孩子。

老孙这几年一直在家带孩子。媳妇生完孩子，奶不好，孩子吃到半岁，奶就没了，不得不断。一不喂奶，媳妇立马有了人身自由，出去工作了，继续投入菌群的研究。老孙不仅没从实验室项目被取消的郁闷中缓过来，还雪上加霜，在评选副教授的时候，被他人利用非法手段捷足先登。年近四十，依然是个讲师，老孙对校园里的一切失去兴趣，每天疲疲沓沓，凑合着给本科生上完课，就回家跟孩子玩了。小孙的出生，给老孙的生活里带来一阵清风，让他再次感受到生活的趣味，回到了童年。一岁前孩子还站不起来，被老孙抱在怀里，老孙想怎么悠他就怎么悠，把他举到空中，以各种姿势飞翔，这时候的老孙像得到一件心爱的玩具；孩子刚会跑的时候，扭着小屁股，颤颤悠悠地跟在老孙后面，老孙教他小区里那些五颜六色的花都叫什么名字；孩子能半句半句表达自己意思的时候，说起话来结结巴巴，总是"我……我……我……"，脸憋得通红，还是不知道"我"要干吗，老孙觉得这是世界上最好看的动画片。儿子成长的每个阶段,都给他带来无穷乐趣。这几年他把注意力都放在儿子身上,觉得这事儿不仅有意义,更有意思,是种神赐,帮他渡过中年危机。所以当老婆告知因工作需要,要出国一段时间,带孩子的重任彻底转移到老孙身上的时候,老孙不仅没有怨言,还暗自喜悦,之前他俩在如何教育孩子的问题上总有分歧,老孙引导孩子干什么老婆都拦着,说危险,这回老孙终于可以由着性子了。孩子有一天路过球场,看见别的小朋友在训练足球,也想踢,老孙就给孩子报了名,他很乐意坐在阳光下,看孩子在草地上踢球。

只能玩到四点半,所以老赵得抓紧时间嘚瑟。嘚瑟他的茶,嘚瑟他手里的核桃、腕子上的珠子、胸前的羊脂玉,嘚瑟着出牌。不按牌理,自然是输,然后若无其事一笑,说:"你俩打牌进步了。"输得也很嘚瑟。老孙看老钱这么嘚瑟,就说这回儿子足球班的学费出来了,替儿子谢谢钱叔叔。老钱更加嘚瑟,说下回需要报别的学习班了,再来,还这儿,他是这儿的白金会员,充了十万,天天想着怎么消费完,仨人要多聚。

7

还是一直没聚上,直到老李离世。三人是通过短信得知消息的。老李的手机发来短信,以家人的口吻,告知各位生前好友,老李的遗体告别仪式将于两日后在老家的火葬场举办。死因不详,短信里没说。

不知道是不是恶作剧。老钱把电话打过去,接通了,老钱试探着"喂"了一声,对方也"喂"了一声,老钱有点瘆得慌。对方主动问:"您姓钱吧?我是老李的姐夫,老李手机里存着您的联系方式。我们发短信的目的,就是告诉大家一声,有愿意来跟老李见最后一面的就过来。"

老钱把情况告诉了老赵和老孙,三人决议即刻启程,去见老李。机票已经没了,老钱替大家买了高铁商务座,八个小时就能到成都。老赵和老钱上了火车一看,老钱还带了个女的,浓妆艳抹,有种人为干预过的美,看不出具体年纪,但还是能一眼看出比老钱小不少。车厢十几排座椅,没几个乘客,可以把前排座椅转过来,四个人对着坐,空间宽敞,仿佛置身于一个包厢。

老钱也有两年没见老赵和老孙了。其间老钱"斗地主"

约过老赵几次,老赵忙创业,没时间打牌。这回见到老赵,老钱问他:"听说创业的人都没有性生活,你是这样吗?"老钱带的女人一听老钱聊这个,起身离开,说自己去后面睡觉了。老钱笑眯眯地看着女人走开,得意地告诉老赵和老孙,昨晚折腾了她一宿,现在靠吃药,把年轻时错失的舒坦都找补回来。老孙说老钱和这女的完全没有夫妻相,按菌群理论,应该是在一起的时间不长。老钱自曝内幕,说也不短了,拉滴滴认识的,坐过一次老钱的车,两人就约上了,现在同居了一年多。不像是因为这女的整过容,原来长什么样儿也不知道,如果菌群理论成立,倒是可以从老钱的面貌上揣摩出她原来的样子——从目前两人毫无相似之处看,应该是改造幅度不小。老钱还说,自己每次吃药的时候也挺担心的,怕身下的这张脸某一天从哪儿就裂开了。老赵问:"那你怎么不换一个?坚贞不渝也不是你的作风。"老钱说:"还不是因为她活儿好,我现在跟西门庆一样,衣食不愁后,就惦记床上这点事儿了,终于有种做体育生的感觉了。"

老钱边说边洗着牌,胖得五根手指都变粗了,因为粗,显得短了,手背的指根处出现四个窝儿,这双小胖手已经和当年那个尖嘴猴腮只有靠跑得快才能过日子的老赵联系不到一起了。老赵现在不但有钱,还往外借钱,收利息,而且很高,说白了就是高利贷。他和同村几个人合伙开了高利贷公司,当然公司名字不能这么直白,叫"财富管理有限公司"。他们几个人手上都有些现金,都觉得放银行不划算,就雇了几名"员工",开始放贷。好像一夜之间,全民都觉得如果只挣死工资是没出路的,不借钱干点儿什么就跟不上 GDP 的增长速度,大家纷纷开展副业,或置地买房,明知房地产泡沫多,也怕万一日后更多更买不起,又往房地产里注入更多泡沫。老钱满足了一些在银行贷款难又着急用钱的人的需求,同时也在这些人身上获取高额利息。如果借款人还不上钱,公司雇佣的那几名"员工"就要出面了,其实就是打手,他们运用各种厚黑学手段,总能让你把钱还上,或为还不上钱付出更大代价——当然是经济代价。他们只追求经济目的,法治社会,做事儿还是有分寸的,而且在一定时候,他们还会使用法律手段捍卫自己的权利。对老钱而言,每天的生活就是在一定的舒适度下延续生命,享受生活,已无须为其他事情操心。

老赵确实像老钱说的那样,基本没什么性生活了。但老赵无性生活的生活,不是因为忙,是他发现了更快乐的事情。两年多的创业,让老赵看清一个事实,无论是平台运营,还是企业管理,出现的问题五花八门,但总结起来,不外乎两件事儿——如何快捷收款和如何让客户顺畅付款。老赵意识到，人类生活的本质是买和卖——数学作为一种文明，没有得到尊重，却被当成了实现买和卖的手段——这一发现，让老赵陷入虚无。小时候他通过数学挑战自己的智力，觉得这是条人向神一点点靠近的道路，现在终于明白，越是高级的数学和计算机语言做出的软件，越让买和卖更便捷。横向看，那些珍贵的艺术品和古董，背后都有一个价格支撑，才让它们显得如此珍贵，音乐、美术、电影，各行各业莫不如此，人类太庸俗了。一个人的事业越大，越需要操劳买和卖，越是一个俗人。老赵也不可免俗地成了一个为共享床铺操劳的俗人，他很烦自己这样，即便共享床铺做得风生水起。终于有了一个让他喘息的机会，一家电商巨头想收购他做的共享床铺。老赵当初没把它当生意做，做起来才发现，在商言商，只能按商业规矩办事，而这又不是他喜欢的，所以当有人想买他这个项目的时候，他巴不得赶紧卖了。还有一个现实是，老赵的共享床铺运营不久，市场便出现其他家共享床铺，竞争惨烈，谁的床位多，客户就选择谁，电商有巨额资金建立更多床铺，抢占市场，为了这个项目活下来，老赵不想卖也得卖了。对方给了报价，老赵也没还价，钱已足够他退休的了，准备签合同。

合同还在走流程,老赵就跑出去散心了。到了云南,蓝天白云也没让他的心情变好。他有种不安,觉得自己的生活来得太容易,一定有问题。倒不是说钱多了有问题,是觉得人生如果就这么下去,哪怕躲开了雾霾,躲开了买卖,躲开了人群,也并没有因此而更有价值。精英思维,又让老赵开始寻找人类财务自由后的出路。西双版纳的一所贫困小学给了老赵灵感,看到那些上不起学的孩子,一个个瞪着清澈的眼睛,却没有未来,老赵萌生一念:谁说人与人是买和卖的关系?我这回不卖了,也不让别人买,我送。老赵当即送给全校一百多名小学生每人一个书包。这只是开始,老赵想等共享床铺卖了,再做个公益众筹的项目,为那些需要帮助的人找钱。别人做买卖,老赵做只送不卖,归根结底,老赵不想做一个俗人。

收购共享床铺是份大合同,需要各种清算,细节都要写进合同,耗时。老赵等不及了,先去各贫困村镇考察情况了,罗列一些需要捐助的名单。考察中他更觉得这件事情必须做下去,此前自己四十年人生积累的知识和经验终于能用对地方了。这次和老钱、老孙碰头,就是老赵刚从贵州回来,都没出站,直接上了去成都的火车。

前两年重返童年的老孙,随着儿子的长大,又一次告别了童年。当儿子身高超过一米二,去哪儿玩都开始买票的时候,老孙意识到自己企图和儿子在童年生活里躲开生活烦恼的想法是幼稚的。尤其儿子学上足球后,每个月都要出去踢一次比赛,每次都要比出个输赢。为了赢球,场上教练以大充小,为了让孩子上场,家长给教练送礼,成人世界的游戏规则让踢球这么一件简单的事情变得不纯粹了。儿子已经能看懂这些,哪怕赢了球,也觉得踢球不再是踢球,输了球则更郁闷。踢球两年多,越踢越没劲了。看着儿子的模样越来越不像小孩了,老孙知道对儿子来说,长大是不可避免的,最好的时光即将一去不返,纯真终将被人世的种种淹没。

儿子的变化,也让老孙不得不正视现实。自己已经四十出头,六十岁退休的话,和社会发生关系的人生过去了三分之二多,他有种强烈的感受,人的出生不是为了别的,就是为了最终死掉。在这种强烈感受下,有一天他带孩子去商场的美食汇吃饭,路过一家服装店,看见挂着一件黑衬衫,便买了,觉得身边死个人,是一定要发生的事儿。买这件衣服,就像打疫苗。老婆回国探亲,看见衣橱里多了这么一件黑衬衫,问老孙哪儿来的,老孙把想法一说,老婆不理解,说他有病。事实证明,老孙的未雨绸缪是对的,现在他能穿着一件符合情境的衣服,去见一见老朋友了。

当晚到了成都,就近找了住的地方,放下行李,按老李姐夫给的地址,三人去了老李家,姐夫接待了他们。老李家地处成都市郊,一座二层小楼,有院子,自己盖的,父母和姐姐一家都在这里生活,灵棚就支在院子里。院子后面是一片黝黑的山,老李以前就在山上养猪。灵棚里的灯亮着,正前方摆放着老李的照片,照片上的老李神情寡淡,既不像曾经出过诗集的,也不像一个养猪的。姐夫说这是老李今年办护照时拍的照片,他打算去欧洲看看,尤其是英国,后来猪生病了,就没走成。三人给老李上了香,然后在姐夫的带领下,参观了老李的那间屋子,位于二楼的尽头。姐夫说老李养猪后就住山上,很少回来睡觉,这间屋子是二楼最宽敞的一间,建造的时候就打算给老李结婚用,可是这间屋子从来没进来过女人。

姐夫泡上茶,四人在老李的房间聊起来。姐夫说老李从北京回来后,厌倦了舞文弄墨,以前没事儿的时候还捧本书看,这次书也不看了,成天躺着,躺累了就去房后的山上。一天从山上下来,突然说想养猪。姐夫就给老李投了十万块钱,养了二十头猪。老李在山坡建了养猪场,搭起看护棚。为了不让猪感染到外界病菌,老李很少下山,这是养猪的基本要求,饭也在山上做,起得比猪早,睡得比猪晚,还领着猪玩,无异于在带着它们运动减肥,所以猪长肉很慢,迟迟不能出栏。猪们健康成长,老李也很开心,又开始写诗,以猪的口吻,还配上一张小猪崽儿的照片,发到网上,结果小猪崽儿成了网红。三人这才知道,老李为了养猪,开了微博,叫"猪光宝气"。老孙当场翻看了微博,每篇都和猪有关,其中一篇的小猪崽儿配图上写着几行字:"我和小伙伴们/健康与不健康成长/影响着物价指数/责任重大/不辜负祖国和人民的期望……"后来知道"猪光宝气"的人越来越多,有投资基金找过来,想扩大老李的养猪场规模,并结合旅游业,把老李的养猪场做成"山家乐",来爬山踏青呼吸新鲜空气,最后吃一顿"绿色"的猪全席,从肉到皮,从猪头到猪尾巴,从猪脑到猪下水,一应俱全。当然,不能吃那只网红猪,它是明星招牌,只供参观,等它长大了,不可爱了,还是得吃,再用别的小猪顶替上。老李自然是没同意。老孙养过孩子,从微博上看得出老李是把小猪当孩子在养。可养猪的本质就是要卖掉,家人说:"你要是喜欢养,当初就应该养个宠物猪,别养肉猪,现在它们一天好几餐,比养孩子还费钱,本来应该是它们养你。"老李说:"没什么应该不应该的,那我就把它们当孩子养吧,从今天起,它们都姓李。"说起老李,姐夫一个劲儿叹气,说他现在明白为什么他们仨都毕业了,就老李退学了。

后来又有人带着钱找上山,想打造老李的猪,都被他拒绝了。因为上来的人多了,一折腾,猪感染了山下的病毒。看着猪一头头病倒、死掉,老李发微博感慨道:"猪比山下的人干净。"老李与病猪厮守在一起,给它们打针吃药,猪没好,老李也被传染上。皮肤外伤和猪接触后,出现紫红色环状斑块,发烧、拉稀,浑身没劲,实在撑不住了,老李才下山去了医院。大夫说来晚了,这是感染了猪丹毒。没两天,老李的呼吸就停止了。姐夫说:"既然你们三人来了,是老李的大学同学,明天追悼会,悼词就由你们来写和念吧。老李死的时候是个养猪的,但我们想让人知道,他也上过大学。"

  老赵和老钱把悼词的事儿交给老孙,按老李姐夫的意思,这事儿适合学历最高的人主持,老李家要个面子,况且老孙还穿着一套那么专业的衣服。老孙一晚上没睡着,琢磨悼词。2000年大学毕业,到今天十八年,似乎不是度过了六千多天,这六千多天更真实的感受是一眨眼就过去了。距离六十岁退休,也剩十八年了,想想很长,再想想,不过也是一眨眼的工夫。今天死的是老李,明天指不定又是谁,死亡是每个人的底牌,在对中年无言以对的时候,老李先拿到了这副底牌。总有一天,这副底牌也会到自己手里,已经拿到底牌的人,想听什么样的悼词呢?还是悼词更是写给那些暂时没拿到底牌的人听的?老孙越想越乱,脑子累了,天快亮的时候睡着了。梦见又和老李斗起"地主",老李再次抄起底牌,翻开一看,竟然是三张大猫儿,老李大笑,老孙跟着高兴醒了。天已大亮,没时间写一篇条理清晰的悼词了,老孙爬起来,把昨晚胡乱想到的内容誊到一张纸上,出了门。

告别室不大,灯光也不亮,像有意为之,此等相状不宜看太真着。老李躺在床上,盖着白布,因为容貌并不苍老,所以看上去不像死了,更像睡着了。当年在宿舍,经常能看到这样睡觉的老李,他们三人会犯坏,把老李的被子突然掀去,露出老李正裸睡的身体。但是这次,谁也没有动手。大家绕着老李走了一圈,该哭的哭,该伸手的伸手,表达了惋惜之情,随后正面站成几排,开始火化前的最后一项事宜——念诵悼词。

老孙从兜里掏出早上写好的那张纸,展开,背过身,清了清嗓子,念起来。悼词追忆了老李灿烂的青春时代,其中一句是:"老李是我们的好同学、好朋友、好牌友……"听到这,老赵和老钱扑哧一声,憋住笑,眼泪却没管住,在眼眶里打了半天转儿,还是流了下来。有了这点儿眼泪,那个青年时代的老李在老赵和老钱的眼里又立体起来:世界杯赌球、爱抄底牌、不鸟学校、写在床板上的诗、喜欢过的姑娘……

此刻,老孙表妹委托老孙送来的花圈就伫立在角落,挽联上引用了老李的诗,右边一条写着"气泡浮出海面,老李走好",左边一条写着"生前笔友敬上,表妹顶你"。因用词过于晦涩文艺,被老李家人挪到最边上了。表妹人在英国,已有身孕,无法赶来,收到老李姐夫的短信后,让老孙先送个花圈,生完孩子她会再来。

在众人的追思中,老孙的声音飘荡在告别室的上空:"那年夏天,我们把老李从井底下拉了上来,而这次,我们没能像当年一样,在他落井后把他拉出来,因为二十年过去了,我们每个人也都到了井下,生活是名副其实的'地主',我们一生都要斗它,愿彼此保重,愿老李安息。"然后,老李被送进火化间。就像当年老李退学,世界仍在继续,牌局也可以继续,而有些东西则让人感觉继续不下去了。

8

从殡仪馆出来,老李家安排了午饭,都是成都的亲戚朋友,老孙三人没去,就此跟老李家人告别。老赵还有别的事儿,想下午就回北京,问他俩什么时候回去。老钱说这回来成都正好办点公事儿,让老赵和老孙跟他跑一趟,撑撑台面,明天一起回京,他负责订票,就当老赵和老孙跟他出了趟差,俩人的吃住行他包了。老李的早逝,让老赵和老孙更懂得大学时代的情感,答应了老钱。

老钱先在手机上租了一辆川 A 牌照的奔驰 S600,说开这种车办事儿,门卫不会阻拦。老赵和老孙问老钱要办什么事儿,老钱拿出两副墨镜,让老赵和老孙戴上,让他俩到时候不用说话,只管绷着脸,站在自己身后就可以。老赵说:"那不就相当于保镖吗?真出事儿了,我俩可不一定能保护你。"老钱说:"不会出事儿的,我是去要账,不是去抢钱。别人欠我钱,我还得武装起来去要,让那帮孙子害怕,他们才能快点还钱。"

老钱把车开到一处厂房,门口保安问找谁,老钱说找他们刘总打牌。保安没再问第二句,立即打开电控门,老钱点了一根烟,不慌不忙把车开进去。

车停在一栋三层小楼前,老钱让他带的女人先上去看看。女人下车进了楼,过了一会儿又出来,说人在。老钱带着老赵和老孙下了车,让他俩戴好墨镜,走在前面,跟着女人,老钱自己走在最后。女人上了二楼,走到一个房间前,说在里面。老钱让老赵和老孙推门进去,老赵和老孙说:"别价,我俩进去说什么呀?"老钱说:"你俩进去就站定,我再进去,老板一般都这样出场,不用你们说话,别笑就行。"

老赵和老孙推门进去了,屋里坐着一个男人,旁边站着一个男人。站着的人个儿不高,一看就是南方人,在汇报工作。坐着的人问:"你俩找谁?"话音未落,老钱闪现出来,从老赵和老孙中间走上前,说:"找你。"坐着的人认出老钱,赶紧起身迎接,说:"钱总大驾光临,怎么也不提前打声招呼?"老钱跟他也不客气,说:"我要是提前打招呼,你就提前躲起来了。咱俩都干脆点儿,我这次来就是要把钱带走。"汇报工作的人问刚才坐着现在站着也就是老钱嘴里的刘总:"刘总,要不我先走,您先忙?"刘总说:"也行,你去吧,把咱们公司的人都叫来,正好一起和钱总开个会。"老钱按住汇报工作的人,说:"我们是来找刘总要钱的,不用麻烦大家,成本太高。"汇报工作的人只好老实坐下,看着刘总。刘总依然和颜悦色,说:"取钱还用你钱总亲自来吗?我叫人转到账上就行了。"老钱说:"转个屁,一年前就说转,现在连根毛都没见到,钱要是长了腿,走也从成都走到北京了。这次我就是来拿现金的,必须带走。"刘总呵呵笑笑,看了看老钱身后的老赵和老孙,尤其老孙,一身黑衣服,不苟言笑,墨镜让他显得很神秘,神秘的背后透露着残暴。刘总说:"要不这样,你们车马劳顿,咱们边吃边聊,现在就出发。"老钱说:"别扯没用的,今天在这,除了拿到钱,别的事儿都不干。"然后指了指刘总身后的保险箱说,"别说没有,就那里,有多少给我多少,算上利息,多出来的我也不要。"刘总说:"两道密码,我得打电话叫财务过来。"说着掏出手机。老钱夺过手机,拿出自己的,说:"号是多少? 我给他打。"老钱的女人在身后推了老赵和老孙一把,两人不得不往前上了一步,吓得刘总往后退。老钱说:"咱们抓紧时间,我这俩兄弟脾气不好,天黑了再一饿,就爱打人——"听到这里老赵皱了一下眉头,是为了防止自己乐出来,恰好加强了"狠人"的效果。

老钱继续说:"现在天亮,他俩还不饿,能控制;太阳一落山,做出什么事儿就不堪设想了。"刘总说:"这是何必呢? 能不能让这俩兄弟先出去? 开保险柜,太多人在现场不方便。"老钱说没问题,然后冲老赵和老孙说:"你俩带着刘总的这位员工,去车里等我,低调点儿。"老钱的女人捅了捅老赵和老孙,两人照做,挟押着刚才汇报工作的小个子男人,准备往外走。老钱对身旁的女人说:"你也先去车里等我,东西给我。"女人从香奈儿包里掏出一个东西,放在桌上,咣当一声,是把手枪。在场的人都看到了。老赵随手拿过来,别在腰里,说这种东西别乱露。

老赵和老孙坐进奔驰车后排,中间夹着小个子男人,三人都没说话。倒是副驾驶座的女人，问晚上想吃什么。后排没有反应。老赵和老孙没想到老钱现在玩得这么狠，小个子男人更是丢了魂儿一般。

女人透过后视镜，看见老赵和老孙还戴着墨镜，面无表情，以为他俩还沉浸在角色扮演中，笑了。她打开音响，里面一对男女主持人用川普主持着节目，激昂热烈，仿佛演绎着老钱在楼上房间里正发生的事情。

期待不要出现的声音，一直没有从楼上传来。老赵、老孙的心越悬越高，激烈地撞击着胸膛。女人坐在前排，听着广播，抠着指甲，一副事不关己的样子。

终于，老钱一个人从楼上下来，手里多了一个包。驾驶室车门拉开，老钱坐进来，启动了车，往厂外开。老赵、老孙不约而同从各自的方向向后张望，没有人追出来。女人问后排的人怎么处理，老钱说到了门口，让他下车。

一脚油门，车飞了出去，三下两下到了门口。门卫认识这车，没等车开到，电动门已经打开。老钱把车开出门口，停住，掏出枪，放进那个人兜里。那个人吓傻了，不要，老钱不由分说，塞进枪，把他推了出去。车门一撞，扬长而去。

老赵和老孙问老钱这么做还收得了场吗，老钱说："钱本来就是我的。"然后又拿出一把同样的手枪，冲着自己一扣扳机,火苗蹿出,点了一根烟。女人哈哈大笑。

老钱找了个银行,把钱存上,说这趟成都没白来,找个地方庆祝一下去吧。老赵和老孙心有余悸,不想再待,要晚上就回北京。一查,还有票,四人赶紧回房间收拾东西,退房去机场。

退房的时候,老钱在前台排队买单,察觉到身后大门进来两个警察,他悄声离开前台,往安全通道走。老赵问老钱怎么了,老钱顾不上回答,加快脚步,余光看到警察也加快了脚步向这边走来。老钱小跑起来,消失在拐弯处。老赵一扭头,这才看见走过来的警察。

老钱进了安全通道门后,撒腿就蹿,跑上二楼,出了安全通道,往餐厅旁边的卫生间跑。进去一看,窗户打不开,又往三楼跑。三楼以上就是客房区,一间客房正在打扫,窗户被服务员用钥匙打开换气,老钱二话不说,跳上窗台,往下看了看,毫不犹豫跳了下去。继十多年前从女生家楼上跳下来后,老钱又一次从窗口跳了出来。这次下面是花坛,有缓冲,没受伤。

老钱以为刘总报了警,其实警察不是来找他的,来找老赵。老钱在一楼溜掉的时候,警察并没有关注他,而是站到老赵面前,问他是老赵吗,老赵说是,怎么了。警察亮出证件,说他们是成都经侦的,想找老赵了解一下老郑的情况。老郑是想收购共享床铺的电商平台老板,警察说老郑涉嫌巨大经济行贿,正在候审中。老赵说他怎么不知道,警察说今天上午刚带走,还没对外公布,老郑的电商注册地在成都,所以由他们负责。老赵问:"你们怎么知道我在这?"警察说:"我们需要知道就能知道。"老赵说:"我跟他连一顿饭都没吃过,只是见面、开会,没有其他往来。"警察说:"这些不重要,我们知道他想收购你的平台,了解下你们怎么合作的。"老赵说合同里都写了,需要的话可以给他们看合同。警察说:"合同已经在我们手上了,还想问你点儿问题,上车聊吧,配合调查也是公民的义务,不耽误你一会儿的飞机,我们的车送你去机场。"老赵说:"那我的朋友怎么办?坐得下吗?"警察说他们和这事儿无关,该怎么去机场还怎么去。

老赵坐上警车,先走一步。老钱的女人给老钱打电话,让他回来。过一会儿老钱在酒店正门外探头探脑,女人冲他招手,他狼狈地进来,已经知道老赵上了警车,惊魂未定,说:"我边跑还边想,难不成人这一辈子的剧本真是已经写好了,我的主题就是使劲跑——有钱没钱都得豁出命去跑?我怎么就不能心安理得地坐会儿呢!"

三人打车到了机场,看到老赵一个人正在门口打电话。

打完电话，老赵说警察走了，只是问了点跟郑某合作的细节以及缘由，郑某因为涉嫌巨额经济行贿，旗下企业的一切经济行为都暂停了，刚才打电话已经证实了。所以老赵共享床铺的项目，成了一个嗷嗷待哺的孩子，生存危机被提上议程。同样嗷嗷待哺的还有贫困学校的那些孩子，老赵这次走访的时候，已经承诺不久后改善他们的学习条件，还给他们开设奥数兴趣班。现在老赵不太为自身难保担忧，而是觉得愧对那些孩子。同时，他又觉得用数学从根本上帮不了任何孩子，人类需要解决的不是数学问题。在自己还是个孩子的时候，父亲一心发展他的数学能力，以为数学是人类文明的标志，活了三十年了，他发现数学不过是买和卖的衍生品。人类更在意的是买和卖的问题，问题也就出在了买和卖这里，而这一问题的根源，是叫作人心的东西。一想到人心，老赵就觉得很累，这是一个仿佛黑洞般的难题，非数学所能及，彻底把他难住了。候机大厅窗外一架架飞机驶出视野，老赵说看来是时候考虑退休了。

老钱安慰老赵，说："你的命比我好多了，至少没成天从窗台上往下跳。本想好好活着，却不得不屡次做出那种近乎自杀的行为，仿佛一个长了腿的鸡蛋，为了不被煮了，只能自己往下摔。"老赵总结了自己的人生大事，女朋友被挖墙脚、服务的企业卖毒牛奶、合作的伙伴商业贿赂,人生剧本的主题就是釜底抽薪。老孙摸摸脑袋,想说什么。老钱抢先说:"你的人生主题我已经给你想好了,就是守株待兔,等到兔子了,算捞着了,等不到,也就等不到了,接着往下等,总能等到,让人羡慕。"老孙说:"我不是想说这个。"老赵问:"那你想说什么?"老孙重新想了想,说:"其实我什么也没想说。"老钱说:"说不说都不重要了,现在老李已经没了,没办法改变自己的命运了,也可以说命运已经被改变了,咱仨还活着,你们害怕以后吗?"

三人沉默了。夕阳从接近地平线的角度照进来,把三个人照成古铜色,像三尊在这里已经坐了数百年的塑像。

"可惜。"其中一尊突然说话了。是老孙。

另两尊一愣,动了动,看向老孙。

"谁可惜?老李?老赵?还是说我呢?"老钱问。

"都可惜。"老孙说。

"怎么就可惜了?"老钱又问。

"可惜就是可惜。"老孙说完,站起身,向前走去。

"哎,哪儿去?"老钱问。

"登机。"老孙说。

"没到点呢,那么着急干吗?"

"着急回去改剧本!"老孙已经走到登机口,排在第一个。

老钱说:"都这岁数了,还怎么改?过来斗会儿'地主'吧,人生苦短,及时行乐。"

老孙说,别光斗这种"地主",也得斗斗真的"地主"。

9

深夜到了家,老孙打开门,进屋换鞋,孩子奶奶和孩子的鞋就在门口,想必已经睡了。这次去成都,老孙叫了他妈过来帮着带孩子。

老孙放下钥匙,看到桌上放着自己的快递,是出版社寄来的。为了评上副教授,去年他联系了一家出版社,科研项目夭折,只好靠出版著作,达到评选副教授的最低标准。所谓的著作,不过是些陈旧的知识换个说法,内容没有什么价值。

老孙撕开信封,露出两份白纸黑字的合同,末页盖了鲜红的印章,闪着油光,仿佛一个光鲜亮丽的未来。只要老孙把六万块转给出版社,半年后书就能印出来,起印四千本,出版社包销两千本,不过是往全国各省市图书馆和部分大学的书架上放一本,剩下两千本都给老孙,算是他花六万块钱买了两千本自己的书,送人还是垫桌子,就是老孙自己的事儿了。有了这本书,明年可以申报副教授了,人过四十,还是讲师就有点寒碜了。评上副教授,虽然也没有拿得出手的科研,至少工资会涨点,能多带孩子出去吃两顿饭。人过中年,不就这点儿要求吗?这是老孙去成都之前的想法。

现在,他双手一扯,撕了合同,不想再凑合活着了。没错,已经中年,没时间可浪费了,明年混个副教授,十年后混个教授,然后退休,有什么意思?去他的"人都是按着剧本在活",我要自己写剧本!老孙把撕碎的合同扔进垃圾筐,然后向储物柜走去。他记得里面有一个硬盘,拷了过去电脑里的文件,其中有数百张烟花绽放的图片,此刻,他很想重温这些照片。

找出硬盘的同时,也找出一个日记本,扉页上写着:

$$S + 2KNO_3 + 3C = K_2S + N_2 \uparrow + 3CO_2 \uparrow$$

这是火药爆炸的化学方程式。老孙清晰地记得,二十多年前,高考前夕,自己如何将它写在日记本上。那时候考前先报志愿,老孙报了化学系,筹划着未来每天都和烟花打交道,这个方程式,就是誓言。可是二十多年过去,当年期盼的日子,一天也没有过,谁知道剧本怎么就写成这样了,现在他要开始改剧本。

老孙把硬盘接上电视,屏幕亮起。这是一台六十五英寸的4K高清电视,老孙两年前搬进这套三居室,孩子大了,需要自己的房间,卖掉两居室,添了钱,换了这套三居室,客厅大,置办了大电视。现在每月还有房贷,主意是老婆拿的,钱也是老婆拿得多,她挣得多。老孙以前认为,这也是剧本安排好的,现在明白了,剧本写成这样,就是因为自己放弃了,老婆不得不站到前沿。

老孙第一次在这么大的屏幕上看这些照片,色彩艳丽,画面清晰,一朵朵礼花绽放,身临其境,心中的烟火又被点燃了,看得老孙眼圈湿润。他关上客厅的灯,想让自己在黑暗中和那些烟花融为一体。客厅黑下来,老孙盘腿坐在电视前,翻阅着一幅幅照片,看着那些烟花,浑身炙热,不由自主伸出手,想摸一摸那些烟火。突然感觉余光中也有一道烟火闪过,扭头一看,走廊尽头儿子房门底下渗出光,还亮着灯。

老孙推开儿子房间的门,儿子在房间的地上坐着,和老孙刚才盘腿的姿势一样。老孙出现得太突然,给儿子一措手不及,儿子目光从墙上收回,转向老孙:"爸?"

"还不睡?"说完,老孙顺着儿子刚才的视线看去,看到墙上挂着一双球鞋。"怎么把鞋挂墙上了?"老孙问。儿子说不想再踢球,挂靴了。他从电视上知道足球运动员退役叫挂靴,会把球鞋挂起来,寓意从此不再踢球,现在他的那双小球鞋正挂在墙上。老孙问怎么就不踢了,儿子说没意思,总输,队友之间还闹别扭。

以往孩子每天哪怕是洗了澡,睡前也都是小花脸,能看出孩子爱跑爱跳的痕迹。现在看着儿子那张白净的脸,老孙有点难过。他摘下球鞋,看到鞋面上有处污迹,用手一蹭,掉了,然后把鞋挂在儿子脖子上,坐在他面前说:

"不要怕输,继续踢,把他们赢了,没有人规定你永远会输,使劲跑,射门!被挡出来就再射,别怕射不进,射不进抢下来再射,抢!不要怕摔跟头,不要怕受伤,流点儿血不是什么大不了的事儿,你可能会疼,但要咬牙坚持,那是你的荣耀。为了荣耀进攻,全力以赴,直到进球!"

说着,老孙脱下自己的黑衬衣,从开襟处用力一扯,扯成一条一条,把其中一条交给儿子:"拿去当手绢,带到球场擦汗。"

"爸爸,你怎么了?"儿子看着光着膀子的老孙,有点儿害怕。

"我没事儿,就是希望你明天一早就出门,站在球场上,赢了他们!"

这时候儿子看到门外客厅的电视上有光影变化,问老孙在干什么。老孙说他在放礼花,然后拉着儿子的手,一起出来看。

五彩缤纷的烟火,像一朵朵盛开的花朵。"好看吗?"老孙问。儿子说:"好看。"老孙说:"如果你赢了球,爸爸给你特制一个礼花,升到天上后,爆炸成一个足球。""真的吗?"儿子问。老孙说:"当然,这就是我以后要做的事情。"

老孙又在硬盘里找了一个原子弹爆炸的视频给儿子看——一团云雾突然炸开,腾空而起,拖着一条细长的尾巴,越升越高,细长的云雾到了高空,逐渐往四周扩散,同时又有源源不断的云雾被拔起,形成一朵越来越大的蘑菇。

儿子第一次看到这样的画面,很是惊奇。老孙说,这叫蘑菇云。儿子又问怎么变出来的,老孙指着儿子的胸口说——从这儿。

儿子低头看了一眼自己的胸口,除了衣服,什么也没有。

老孙的手重重拍在儿子肩膀上,说:"只要你还想踢球,就去踢,输赢不重要,重要的是你出现在球场上。你是一个人,不是一团细菌。人生是一条很长的路,走到哪儿,无论多少年后,都要记住你现在想去踢球的冲动!"

这时,儿子瞳孔扩大,仿佛真的看见一小朵蘑菇云从身上冒了出来,感觉自己不是个小孩了,而是一片山河大地,蘑菇云在这片土地上,越长越大,越升越高。

老孙说:"记住它,它能让你在任何时候,永远前行,永远敢'斗地主'!"

"什么是'斗地主'?"儿子问。

"是一种扑克游戏,也是你的生活。"老孙说。

脱险

1

光着膀子靠在床头,烟抽一半,第一时间我没想起再拥抱一下对面的女子。她刚刚从卫生间走出,已盥洗结束,穿戴整齐,望着我,眼神平静。我能体会出,这是欣喜与悲伤正负相加的结果。

突然难过不已,我站起身,把烟换到悬着的左手,伸出右臂揽住她,搂得紧紧的——一只胳膊搂人,再紧也不会紧到哪儿去。现在我很少再用双臂去拥抱什么。

她衣服的棉布沾到我右臂内侧的皮肤,很舒适,伴生一种安全感。现在这种安全感正离我而去。她叫陈妙,此刻,和我正式结束十二年的恋爱——其实前两年我们的关系就很复杂了,说恋爱已不是恋爱,说同居也分居了好久,还掺杂点儿类似亲情的玩意儿——变身为我的前女友。我们不是加微信认识的,和她好的时候,微信还没出现。

四十分钟前我准备摘掉她的胸衣时,她说:不要了吧,一会儿你还有事儿。我的手停留了半秒钟,随后它被更快地褪去——我不是赶时间,是不喜欢不让我做这件事的那个缘由。

两个小时后,我将开始新的人生。一会儿我主演的电影要在一个新创办的二级电影节上展映。之后,我将不会再为工作发愁,管朋友借的钱很快就能还上,下次房租到期前半个月便可以把钱转到房东的卡上,说不定还能在北京买房——这些都是一个经纪人向我描绘的。她还说,前提是我得懂得配合。不知道是因为面相,还是因为不爱主动说话,我容易给别人一种不好相处的印象,所以找我合作的人,或者说是赏我饭吃的人,一直不多。当然,更主要的原因是我毫无名气,没人爱用。现在电影就要放映了,我的行情也变了。以前每年只是演演话剧,为了填饱肚子,还得恶心着自己,在烂片乃至短视频里客串个角色。直到今年年初,这部片子入围了欧洲的一个电影节,获得三项提名,其中包括最佳男主角,我竟然就是那个男主角的扮演者,最终还获奖了,局势骤变。新闻传到国内,不到七十二小时,就有人询问我的档期了,然后陆续有网剧的男三、男二甚至小成本电影的男一找来,我都没接,不是不想接,是不知道该接哪个,从牌面上看,这些戏的班底都挺好,拒绝哪个都可惜。说来也巧,真是缺什么来什么,这时候又冒出几个经纪人,问我签没签公司,并发来经纪合同,要帮我打理演艺和商务活动,独家最好,非独家也行。我还是不知如何选择,就对这几家说,都非独家吧。因为我没经历过这些事情,不知道取舍的标准。昨天就有三个项目找过来,那些非独家的经纪公司把剧本转发给我,我都还没看,因为之前一部四十集网剧的剧本还没看完。听说那些顶流演员,公司都给他们配了帮忙看剧本的人,他们每天拍戏,根本没工夫看,专门看剧本的人会从找上门来的众多剧本中挑选适合这些演员的,拒绝掉被幸运选中的那个项目以外的所有项目。我当然没到那份儿上,估计也到不了,所以得自己看剧本,关键是我也愿意看。以前我收到的剧本都是片段,只是要我演的那几场戏,副导演把它们择出来,通过邮箱或微信发给我,都拿不到纸质的,用不了半天就看完了;现在厚厚的一摞摞打印好装订美观的剧本摆在我出租屋的小桌上,盯着它们,我看了半天,也没翻开一页。我得静静。

2

北京奥运会那年的春天,我人生第二次来到北京——第一次是四年前,来参加北电和中戏的艺考,没有足够幸运拿到它们的准考证,也谈不上倒霉,这种殿堂级的学校本就距我遥远。那时我即将从东北某综合大学的歌舞剧专业毕业,这是一个听起来貌似那么回事儿,上完四年也只是去地方剧院一辈子按月拿一份有限工资的专业。大四的下半学期已经开学,身边同学为了能在全班的毕业大戏中演上重要角色争得头破血流,我放弃了。我的目标不是在本校的舞台上比同届学生在毕业歌舞剧里多演一场戏,而是北京。

我的高中同学有考上北航的,知道我要来京留住,主动提供了宿舍里的一张空床,床主人去了外企实习,被派到欧洲总部接受为期三个月的培训和考察,此时已在德国。我拉着行李箱,住进这间宿舍。

宿舍在"大运村"里。世纪之初的那场世界大学生运动会结束后,新建的"大运村"空了,挨着北航,赶上全国扩招,部分因扩招有了上北航机会的学生便被安排在"大运村"住宿,我有幸在这住了八十天。那年我没有遇到传说中的沙尘暴,后来挥之不去的雾霾也尚未"崭露头角",当时北京给我一个印象:待人友好。更重要的感觉是,北京像某种化学品,能把封结数百上千年的琥珀树脂一点点溶化掉,让我从里面飞了出来。

我去了"大运村"斜对过拐角的北京电影学院以及它隔壁的北影厂打卡,参观了位于东棉花胡同的戏剧学院,然后买学生票看了人艺的话剧《茶馆》。看戏时,坐在我旁边的是一对传媒大学表演系的学生,两人拉着手,听口音也不是北京的。我问起他俩毕业后的打算,他们淡淡一笑说,北漂呗。好像这是一个无须问的问题。我锲而不舍,又问了第二个问题:怎么接戏养活自己?女生说跑组。我知道他们会把我看成土老帽,但还是问:怎么跑?演出还没开始,男生三言两语回答了我的问题仍未解决我的困惑,问我是哪儿的,我如实告知。女生说:加个QQ,回头把你拉组讯群里。后来我明白了,组讯就是剧组的资讯,什么戏需要什么样的演员、开机时间、拍摄周期、去哪儿送资料、在哪儿面试,这些消息都会发在群里。现在已经有专门的 App 以 B to C 的方式解决了这些问题,当年就靠口口相传。

进入组讯群,我便开始跑组——知道哪儿有剧组在筹备后,觉得有自己适合的角色,就把资料送过去。到了北京才知道,这里有专门给演员做个人资料的广告公司,可以拍各种造型的照片,还负责设计,图文并茂,印在一张铜版纸上,一千份起印。漂在北京的演员太多,养活了好多行业。

我是在一个话剧剧组里遇见陈妙的。在北京待到第四十几天,带的钱即将花光,正犹豫跟父母开口再给我转点儿的时候,我终于跑成一个——一部小剧场话剧,听说制作费只有六万,还包括排练和置景的费用。我和陈妙都被选入B组。一部话剧通常都有两个组,主打的是A组,卖票卖的也是A组,只有A组的人出了意外——受伤或生病,才轮到B组的人上。说白了,B组就是替补。A组的排练费每天一百,演出费单算;B组的排练费一天五十,基本没演出的机会,也就挣不到演出费。这部剧排练二十天,然后在北京首演——当然演也不是为了挣钱,出品人投这戏只是为了给话剧市场注入新鲜的活力,导演是新导演,更多冲着日后。若这部戏在北京有了口碑,就能接到外地演出商或剧场的邀请,可以巡演,这时候B组的作用就体现出来——A组总有演员会因各种事情无法参加,又不能临时再找人排练,B组正好救场,有点像预备役。当然戏能不能巡演,得看命。

在一处由废弃厂房改成的排练厅门口,制作人知道我和陈妙刚入行,推心置腹说了这些,希望我俩能全情投入排练以及面对日后演出时无法登场的事实。陈妙听完欢欢喜喜一副无所谓的样子,我内心的声音是:甭说每天还有五十,只要让我跟着,负责搬道具不给钱都行。

话剧讲的是一对兄妹闯北京的故事,导演从二十多个候选人中挑出陈妙演妹妹。陈妙是南方女孩,小巧灵秀,一看就是"妹妹型",要是我,我也定她。因为没什么演出经验,所以她进了B组。定我演哥哥,按导演的话说,是因为我在生活中就是哥哥,导演面试我的时候,除了试了一段戏,还跟我聊了会儿天。我确实有一个弟弟,比我小三岁,生他时家里缴了罚款,可是我在生活里没什么哥哥样儿,并不懂得谦让。就这么误打误撞进了剧组。

我和陈妙第一次见面,还没熟,就大吵一架——剧情需要。我那个角色是一个古板的哥哥,她演一个叛逆的妹妹,我俩的吼叫还不太放得开,导演说:尽快熟悉,需要你俩吵得天翻地覆。排练结束后,我把她的电话在手机里存为"陈妙",这是剧中妹妹的名字,没记住她的本名,之前制作人做过介绍,我没听清,又不太熟,没再问,就这么存了。

排练初期,A组白天排,B组晚上。陈妙让我白天去她家吃个饭,增进了解,她和男朋友住在"奥运村"旁边。我拎着一袋水果,按陈妙说的,到了指定小区的指定位置,给她打了电话。她说马上来接我,不一会儿穿着拖鞋出现在楼口,抵着有门禁的楼门,冲我招手。我闲聊着跟随陈妙进了单元门,一楼大厅明亮整洁,大理石铺地,她拐进楼梯间,顺着台阶走了下去。

这里的每间地下室看上去都是一个样子,头顶有限的空间里晾着男女老幼的衣服,穿行而过时不常需要低头侧身。七拐八拐,陈妙把我领到一间的门口。门虚掩着,她推开说:就这。屋里最抢眼的东西是两把立在床上靠墙放的吉他,一把是缺角的木吉他,另一把是酒红色的电吉他,漆面反着光,透着骄傲。十几平方米的房间里有一扇窗,窗户敞开着,外面是天井,有微弱的光落下来。陈妙已经在窗前架好电磁炉,摆了牛肉和蔬菜,旁边就是一张小双人床。陈妙贴着床沿坐下,往平底锅里倒了一点油,启动了电磁炉,说今天吃"铁板烧"。我在陈妙对面的椅子里坐下,身后是两个可拆卸的布面衣柜,占满一堵墙。一个是蓝色的男款,贴着闪电、摩托车、骷髅头等贴纸;另一个衣柜是米黄色的女款,挂着两张电影明星的海报——赫本和周迅。我问她男朋友呢,陈妙说昨晚出去演出了,估计是喝醉住在哪个朋友家了,到现在也没接电话。我问她男朋友的乐队是玩什么风格的,陈妙说用他们自己的话说就是:北京需要什么风格,我们就玩什么风格。她男朋友是吉他手,三把琴是全部家当,演出时背走一把,留在家里的琴永远放在床上,以防地下室漏水被泡坏。陈妙和男朋友在老家是艺校的同学,一个学表演,一个学作曲,两人去年夏天来的北京,经朋友介绍,租了这个地方。

一顿饭让我和陈妙变熟了,放松很多。吃完我执意帮她刷了碗,水房有四个洗手池,墙那边是卫生间。陈妙送来洗涤灵,她的餐盘和碗都是硬塑料的,她说这样方便搬家不怕摔,不方便的地方就是挂油,不好刷。刷完,我跟她完整顺了遍剧本,加入一些明知会被导演拿掉但我俩依然喜欢的设计,反正我们是 B 组。对戏中我觉得,陈妙比 A 组那个女演员更适合这个角色,那个演员确实经验丰富,比陈妙有气场,举手投足间透着专业,但陈妙更像,我甚至觉得,妹妹这个角色的原型就是陈妙。差不多到时间了,我俩便出发去了排练厅。走出楼口,已是黄昏,夕阳悬挂在楼宇之间,一束红光打在脸上,我俩像被宝石的光芒照到。这时候,我以为我和陈妙的梦想是一样的,或者至少相似——我认为所有来到北京的非北京人,都有一个目标:成就自己。

话剧如期上演,演了四天,A 组演员全勤出场。平均上座率接近七成,加入送出去的票,基本坐满了一百八十人的剧场。戏好坏先不说,谢幕时观众都比较客气,送上掌声,那些拿着赠票来看的,还会为演员们奉上鲜花,营造气氛。享有这一切的,当然是 A 组的演员。我和陈妙站在侧台,感受着这气氛,情不自禁拥抱在一起,虽然未能上场,但一起跟着付出,一点点得到锤炼,此刻也是感慨万千。戏就算告一段落了,反响不冷不热,上网搜戏名也能搜到,都是新闻通稿,暂时没看到剧评人热赞的文章,一切也在情理之中。已全力以赴,大家没什么遗憾,明天各自开始新生活,我也该回学校完成毕业手续。

如期拿到毕业证后,我复印了三百份,装进行李箱,准备再赴北京。订票前,我发短信问陈妙她那边的地下室还有空房吗,她说刚腾出来一间带窗户的。我给陈妙手机充值了三百,算作订金,让她帮我订下来。

这趟我是坐飞机来的北京。不是因为机票打折厉害,只是想增强北漂的仪式感,让这一当时在我看来浪漫而令人激动的行为显得隆重一些。对于此番闯荡北京,我并没有什么规划,只有一腔热情,套用一句歌词就是"让我在这雪地上撒点儿野",我不知天高地厚地在心里把"雪地"换成了"北京"。

机场托运柜台后面的传送闸机把我的行李箱吞进去,我赤手立于原地,心里突然咯噔一下——当时并不能分辨出,这是悬着的心触地的声音,还是觉得那台闸机以及它后面连接的城市仿若猛兽,看到我的未来就这么被吞下后产生的本能反应。

3

我的右臂环绕着陈妙的脖颈,右手腕搭在她的右肩上,手指捻揉着她沐浴时沾湿的头发。这样站了有半分钟。她的双臂在我腰间揽过,箍紧,说:该走了,别迟到。

刚刚,我们来了一发"分手炮"。也许这么说并不准确,因为进行到一半的时候,我发射失败。这让分手显得有些遗憾,我俩都渴望圆满,但时间不允许了,离电影放映会开始还有两个小时,我得准备准备出发了。

今天上午,陈妙发来信息,说要回来一趟,取点儿东西。我多少能理解她回来之前为什么要打招呼:也许是太久没回来,钥匙找不到了——估摸有三四个月没踏进过这个门了;也许是怕我不方便,有别的朋友在,尤其是女性朋友;还可能是默认我俩已经分手,回来算串门,需要提前跟主人约时间。我说:随时来取,有钥匙吧,自己开门。她又问:你在吗?我说:在不在都行,需要我在吗?她说:最好在。正合我意。我说好。

陈妙进门的时候,我正坐在沙发上吃午饭,自己做的火腿炒饭,一般我都是这么处理头天剩的米饭。我问陈妙吃了吗,她说吃了。她是疫情刚开始的那个春天搬出去住的,算算也有两年了,之前还每周必回,自打电影的消息散开后,便没再见过她。

搬走时她只说去一个网红孵化公司上班,有底薪,加带货提成,一天三场直播,还要拍些短视频段子,工作时间不定。公司租了一套别墅,上下四层,房间多,面积大的房间布置成各类风格的直播间,小的分配给每位主播当宿舍,她就先在那住了。我认为这就是哪儿飘来的一笔闲钱,弄了个不靠谱的事儿,钱花完,事儿也就黄了,不看好,但也没拦着陈妙。这时我俩的关系在我看来已若即若离,她有权决定自己的一切。疫情让影视行业陷入寒冬,没什么开机的项目,指着每日上工糊口的从业人员纷纷转行。在北京混了十二年,我俩像大多数漂在北京多年的人一样,依然在底层挣扎,不开工就没饭吃。陈妙至少还有放下身段挣钱的责任心,我则是死扛着,从不被饿死的角度,轮不到我对她的所作所为发表意见。结果这家网络商贸公司还就活下来了,且发展壮大,开始赢利,给主播们涨了工资,业务也多了。休息日陈妙回来时匆匆跟我唠过这家公司,烧钱养了一个直播号,涨粉数量跟烧钱多少成正比,当钱花到一定程度时,主动上门求带货的产品也多了,蚕丝被、鸭脖、啤酒、扶贫土特产、扫地机器人,什么都有。特别是带剧情的短视频,植入一个产品,能拿好几万。一段三分钟的视频可以放进两三种商品,会有专人写脚本,拍摄、剪辑、推广都一条龙,跟剧组没什么两样,不过是把拍摄的画面从以往尽量往宽银幕靠的横屏模式变成适合手机的竖屏而已。她说这些,是想告诉我,时代变了。我知道时代变了,可就是无法做出应对。按世界卫生组织的划分,我还算青年,却感觉很多年前就老了,老得我每天无事可做,跟不上趟儿。陈妙则越来越忙,网上每天都有新人、新号横空出世,扔出炸屏的短视频,竞争惨烈,他们公司的号得保证每日更新,才不掉粉。对于任何企图上市的公司,掉粉无异于股价下跌。

每日除了工作,陈妙还在干些什么呢?——有时候我会这么想。其实主要想的,还是她会不会跟了别的男的,这是我以前希望发生的,我给不了她什么,所以曾跟她提过:要不分了吧?

那时我建议陈妙:多替自己想想,你是女的,应该去过稳定且有质量的生活。我已经自暴自弃。陈妙对我的建议的回应是:有什么具体的事情需要分开吗？如果没有,就先不改变现状。

这挺让我来气的,越看到她跟我在这套出租房里耗着,我就越不安。如果她出门就有宝马坐,每天忙于往返于顺义的国际幼儿园和家之间接送孩子,我会舒坦许多,可是她偏不。所以,也谈不上是赌气,我就从里屋搬到客厅沙发上睡了。我俩住的是一套在北五环某回迁小区租的一居室。

2018年的北京,沙尘掺着雾霾,笼罩着我进退两难的中青年生活。我也琢磨过这个问题:离开我,陈妙就能过得更好了吗？开宝马住顺义别墅的人,择偶有门槛,找小三儿更挑拣,陈妙无论从学历、履历还是年龄上,都落于下风,打入上流家庭并非易事,但对于想沾沾文艺圈气味儿的中年中产来说,陈妙还是有机会的。若干年前,在一个鱼龙混杂的饭局上就曾有一个四十岁的拆迁户想让陈妙嫁给他,说他将分到四套房,如果陈妙同意领证,其中一套房就写陈妙的名字,再给她配一辆小特斯拉代步。陈妙那时候二十七岁,把这个当笑话跟我说了,我也当笑话听了。现在真希望陈妙身边这样的人再多一些,不断抛出橄榄枝,让她好好想一想这个问题。或者找个有稳定工作的同行,陈妙跟他不用再从头了解彼此的工作与难处,有东西拍,她就出去,没活儿的时候,对方也能养家,她赖在床上刷刷手机、打理打理家务,未尝不好。

睡了半年沙发后,情况依旧,并有将一直下去的趋势。我问陈妙:你是对自己重新开始新生活没信心吗?那几个月里,除了话剧社发的勉强够我买菜做饭的底薪——我曾签约了一个按月发薪的话剧演出公司——我不再有其他进账,必须得跟陈妙做个了断。没想到她的反应是,什么也没说,拿起手机,给房东转了房租。这是她爸教会她的做事风格。她小时候,她爸只做三件事情:喝酒、抱怨、睡觉。不喝酒的时候,抱怨陈妙和她妈妈耽误了他的追求和自由;喝完酒就是睡觉。家里的活儿永远是陈妙妈妈干,干慢了,还要挨她爸的骂。陈妙心疼妈妈,幼儿园中班就开始帮妈妈扫地,自己洗袜子,有时候还被她爸支出去买酒。别人的家,越过越红火,添置了新家电;陈妙家只是窗台上的空酒瓶越堆越多。喝进她爸身体里的酒精又散发到空气中,家里永远凝固着一股颓败气息。小时候的陈妙以为干完留给妈妈的那些活儿,家中就能明朗起来,直到上了初中才明白,这是一个男人为一个家注入的挥之不去的东西。初中毕业,陈妙考上当地的艺校中专,当时《还珠格格》火遍大江南北,她并非像很多这个年纪的女孩一样希望自己也能像"小燕子"那样一飞冲天,只是了解到,艺校的女孩到了周末能去商场促销的活动上唱歌跳舞挣外快,她渴望挣到钱。每当她爸对生活抱怨不止的时候,给他买一瓶酒,就能堵上他的嘴,然后家中便清静了——比起他发牢骚,起伏不定的呼噜声显得很动听。所以,陈妙需要挣到钱。在艺校期间,她认识了一个弹吉他的男朋友,后来两人来了北京,认为北京的机会更多,无论是挣钱还是别的什么机会。所以当初给前男友买吉他、现在承担房租,都是陈妙必然会做的事情。她不习惯用语言交流来解决问题,甚至形成所有问题都源于钱而产生的认知。

续了房租不久后,陈妙就去了直播公司上班。哪怕知道她当晚不回家,我也一直睡沙发,牢记自己寄宿的人设,即便如此仍不能心安理得。

刚到北京的那段日子,我相信天道酬勤;十二年过去了,满不是这么回事儿。不是所有人都因为不勤快才陷入生活的泥潭。这些年,我在北京只做了一件正经事儿,就是演话剧;或者说,为了这件事儿,错失了做正经事儿的机会。北漂之初,我什么活儿都接,给明星当过"光替",不是脱光后的替身,是正式拍摄前,站在灯光下的替身,我替明星把光效和走位都试好,明星再就位;也在相亲节目里当过牵手成功的男嘉宾,演的是"在校研究生"。被我牵手的女嘉宾是陈妙,她当时为了挣钱,以"职业漫画师"的身份在那档节目里站了四期,后面因为接了一个古装剧跟组的活儿,需要以相亲成功的方式离开节目组,她就推荐了我。当时我俩已经是男女朋友,能多挣一份钱,我就应了。无名小演员选择不了什么,能被无论什么差事选上,对于无门无路的我来说,都是在帮我留在北京。那时即便没什么能让我们在江湖安身立命的活儿,也感觉北京是宽厚的,世界对我们敞开怀抱,每天都感觉到有希望——现在看,那是仅属于年轻人的、未经现实捶打未必能转化成实的、可怜又可贵的希望。

就这么东一榔头西一棒子地拍了一段日子,也许是命运使然,一次跑组的时候,碰到上回合作兄妹话剧的那位导演,他当年三十出头,跟人合作了一个话剧社,正在我面试剧组的隔壁招募签约话剧演员。选中后会有底薪,不高,排练费和演出费另算,只要不耽误公司正常演出,可以干别的。当时我仍为每月的生活费苦恼,冲着那微薄的底薪,进去试了试,导演认出并录用了我,签了合同。有了底薪,我想应该能松口气了,排练之余自己辛苦点儿,再找找别的进账途径,便留京无忧。这就算入行了。但没想到,纯靠话剧,并不比以前宽松,有演出还好,若没演出又不排新剧,生活必会捉襟见肘。之前想的,不忙的时候再接点影视活儿,根本不现实。话剧和影视是两个圈子,来回换圈需要大量的时间成本,表演方式更是完全不同,演惯了话剧再去拍影视剧,生理上有种偏偏很饿,吃东西却难以下咽的感觉——关键是找我拍的东西真给钱多也行,我也能忍,钱若再少,那就犯不上了。话剧是演员的权杖,当聚光灯照来时,站在台上,感觉世界的中心就在我这,更加笃定话剧演员是不需要也不屑去横店的,而那些一集几万、十几万的演员,也只能活在横店。舞台上的那一会儿,能产生浓度极高的幸福感,那是享有话语权的时刻,全剧场的人默不作声,所有注意力投到你的身上,哪怕从你嘴里冒出的那些台词都是屁话,也会流经他们的脑袋,他们会跟着琢磨有没有道理,然后不等得出结论,便灯光亮起,该谢幕了。你带着他们进行了一场冒险——他们是失恋的文艺青年,也可能是终于找到一个空闲的夜晚溜出家庭的中年人,或者是某个五百强公司的被KPI(关键绩效指标)搞得开始大撮大撮掉头发的小白领——明知舞台上发生的事情是假的,还是把掌声、喝彩声毫不吝惜地献给你。这些响动实实在在地落到你的身上,跟随着你,可蔓延到台下和灯光关闭后的时空中,所以现实生活里狼狈点儿对于我不算什么。我也渐渐意识到,愿意活在一种注定悲剧的情绪中,是我的真相。

当我想忍气吞声去挣那不多的钱的时候,当初被我拒绝的那些有活儿源的副导演已经忘了有我这么个人,缺人的时候不会再想起我,我更不会主动去联系他们。这就是我的命。所幸有陈妙挺身而出,她说缸里不能全是名贵鱼种,总得有一条清道夫。她游弋于各种挣不到太多钱档次也不高的广告和影视剧组,确实影视圈挣钱的机会多,但那些事儿只能解决物质生活,谈不上任何精神追求。我想等我混出来,一定好好补偿陈妙。年轻时的日子,和中年人的体重正好反着,后者毫无征兆地涨了上来,前者不知不觉就被用光。若干年过去,我和陈妙的处境不见改观,致使我生了分开之念。

交房租、不拒绝任何工作,陈妙的勤勉使我厌烦。她的禀性就是"劳动让我充实",过好世俗的日子,这不是缺点。我知道我出了问题,去看心理医生,带回来一堆抗抑郁的药。其实最好的药方,是让我走进剧场。每个人在意的东西不一样,我关心的是把笼子中的那个自我放出去。但疫情之下,各地剧场处于半歇业状态,能巡演的剧目停了,新剧更没人排,发底薪的话剧社也宣告停业,笼中那个呼之欲出的自我被判了无期,收入也归零。然而我并不能离开北京,就像生活里我的话很少,不代表我张不开嘴——只是为了不让能量发散掉,准备上了舞台再用一样。

我得做些事情,不能活成被陈妙"包养"。我去卖盒饭了。

离我住的地方不远,有个新建成的湿地公园,面积大,管理员少,本不让钓鱼,但有人来钓也管不过来,钓鱼的人便越来越多。有一次我去公园里散步——大夫说除了吃药,多进行户外运动也利于抑郁症的消除——看到一排人坐在树下钓鱼,有三四十人,正一声不响,沿河岸而坐,各自为战,全力投入,像一排少年守着网吧里的一排电脑。我被这个场景吸引,找了块石头坐下,点上烟,看他们钓。我的手机很少响,所以我也不知道看了多久,大约抽到第四支烟的时候,有人从渔具箱中拿出桶装方便面,注入自带水壶里的热水,开始泡,泡好后,秃噜秃噜吃起来。声音和香味感染了周围的人,有人拿出面包配上午餐肉,有人打开一包花生米,就着啤酒,一粒粒吃起来。我凑过去跟他们聊了会儿天,得知他们一钓就是一天,年龄不等,分布在三十到七十岁之间。第二天临近中午,我又去那个湖边转了一圈,情况和前一天大致一样。我知道我可以干什么了。当晚我在网上订了一些蔬菜和一次性餐具,隔天早上快递小哥送来,我开始打理,炒了三锅菜,蒸了一盆米饭,分装在二十个餐盒里,用泡沫保温箱包好,拉去湖边。出门前,我找出以前在剧场用过的放音喇叭,充好电,录了一段话:盒饭,炒菜,两荤一素,十五一盒。我怕到了现场张不开嘴,所以提前备好。

喇叭响起第一声的时候,吓那些钓鱼的人一跳,纷纷回头看我,我拧小了音量——不影响他们上鱼,才有卖掉的可能。一开始没人来买,眼看就十二点了,我自己打开一盒,吃起来——我的专业在此时发挥了作用,我需要做出津津有味的样子。有人坐不住了,过来看盒里都有什么,三个菜是青椒肉丝、宫保鸡丁和炒茼蒿,一摸还热乎,就买走一盒,坐到渔具箱上,一边盯着漂儿,一边扒拉起来。菜味儿散开,旁边的人伸过头,像是在问好吃吗,也不知道得到什么答复,问的人屁股离开渔具箱,朝我走来。之后三三两两陆续有人来买,还有人问我有冰镇啤酒吗,我说卖完了,明天多带点儿。刨去我吃的那一份,十九套盒饭售罄。

从此,我关注天气预报。如果第二天晴朗,就订购二十五人分量的菜;如果全天阳光普照,出门前我就往保温箱里放进十听冰镇啤酒;如果阴雨,则将啤酒换成"小二"。通过预判和实证,我发现无论什么天气,都阻挡不了钓鱼这件事情发生。还有夜钓的,一钓钓一宿,点着蚊香,头上戴着跟矿工灯似的手电,漂是荧光的。夜里睡不着的时候,我就煮点儿小米粥,从盆里捞出几个提前腌泡的茶叶蛋,拉去公园。

我挺喜欢这样的生活。从洗菜到切菜、炒熟、装盒,大约需要两个小时,正好是一场话剧的长度。演话剧是一种释放,现在我重新得以释放。抗抑郁的药不用吃了。卖了三个多月,也算参与了近百场演出,我给保温箱里增加了卤鸡翅、卤豆干,创造更多变现机会。每天做完饭出门前,在窗口抽根儿烟,生活美好。

陈妙中途回来,看到满屋的一次性餐具,以为是剧组的。我说了自己正在做的事情,她很高兴,说有事儿干又有钱挣,挺好。我深知这不是长久之举,到了供暖期,湖面一结冰,这差事彻底玩完,冬钓爱好者毕竟是少数,也不太可能一坐坐一天,大冷天没人肯在外面吃盒饭。所以我再度向陈妙提议:多替自己想想。并把话说透,作为男人,我肯定不算成功,甚至可以给出很失败的结论。陈妙说,她都能跟她爸一起生活十六年,我比她爸强多了。然后又说,真到了必须改变的时候,她会见机行事的。这么一说,我就如释重负。

立秋过完没几天,我接到话剧社导演的电话,问我干吗呢,我说做饭呢。他说多做出来一口,他也没吃呢,一会儿来找我,顺便说个事儿。我俩在湖边接头,他接过盒饭,掰开筷子,我打开两听啤酒,给他一听。得到手艺不赖的评价后,我俩都笑了——几年前排练午歇,大家闲聊,说话剧演员都应该会做饭,这是以最小的成本获得好吃食物的唯一方式。

碰了一下啤酒,他说现在有人找他拍电影,我们疫情前巡演过的一部话剧,被一个从英国学习回来的"85后"女制片人看到,觉得故事挺好,问想不想把这故事拍成电影,她可以拿着剧本去欧洲电影节走一圈,看能不能拉来钱。疫情已成常态,死守话剧无异于在一棵树上吊死,他不拒绝往电影上转,前提是拍电影也得是原班人马,还是他导我们演。制片人也认可换了人出来的味儿就变了。现在真弄来了钱,先是剧本在一个电影节上获得五万欧元启动资金,一家英国公司愿意再拿出十万欧元,有了欧洲电影节的噱头和外国电影公司的加持,国内也有四家小公司入股,够拍个低成本电影了,不图非上院线,只要获奖,就算赢。干了十几年话剧,对电影多多少少有些了解,话剧是舞台语言,电影是视听语言,找一个好的摄影师和声音指导,能解决两种语言的转化。现在拍摄预算出来了,没有片酬,演员和导演都是按月拿工资。导演问我卖盒饭一个月能挣多少钱,我说算上啤酒和饮料什么的,弄好了六七千。他说真不少,比拍这电影挣得多。

从进组围读剧本,修改剧本,到拍摄完毕,我拿了四个月工资。电影是跟卡夫卡的《变形记》正好反过来的故事：一只甲虫，不甘做昆虫，造物主知道了它的愿望，给它吃了一种植物，它变成了格里高利，也就是《变形记》里的主人公。甲虫发现，变成人后，首先得每天出门上班，它的甲虫习性尚未退化，很怕在挤地铁的时候被挤扁；到了公司还要挨老板的骂，这动静一点儿不比池塘里青蛙的聒噪悦耳；加完班又要去看望住院的父亲，妹妹嫌他来晚了，牢骚不停，他知道，其实妹妹这是嫁不出去憋的；他把一单业务让给了同事做，想让这位男同事能跟他妹妹吃顿饭，娶了她，没想到鸡飞蛋打，他丢了工作，妹妹被人骗；当他落魄地回到家中，想从母亲那里得到一些安慰时，戴着老花镜的母亲却举着一张彩票向他炫耀：中了五十块！他无奈地睡去，睡前翻看了一本叫《变形记》的书，希望自己第二天醒来，真的能变成甲虫……现在回过头想，这电影里都市生活的荒诞、人与人之间的冷漠，再带点儿人文关怀，是欧洲电影节喜欢的调调儿，获奖并不意外。但拍摄时我们并不清楚自己在干什么，只有在工作满月发工资的时候，才多少觉得疫情期间能有份坚持搞艺术的工作是幸运的。

拍完也快过年了。我提前交了房租，并告知陈妙，免得她交重复了。电影开机当天，我和导演等主创站在陈设简单的香案前,身后两棵树的上方张挂着"开机大吉"的横幅,四角用绳绷紧,在瑟瑟的冷风中抖动。我觉得这班人太不容易,今天干的事情也许是绝地反击,也许是自取其辱,悲从心起,在朋友圈发图以示纪念。陈妙在下面点了赞。之前我没告诉她我要去干什么,我想都该分手了,没必要干什么还通气儿。但陈妙点完赞后,我觉得毕竟还用着她交了房租的房子,我说走就走,关机后还得回去,不打招呼不太礼貌,就发私信说了电影的事儿,她回:闲下来我去探班。

拍摄期间,陈妙每隔几天就会发来信息。我认为撇清关系的两个人,不应该还经常联系,所以即便第一时间看到信息,也会耗到晚上或第二天再回,借此提醒她正视这一点。拍摄过半时,她真要来探班,问我地址。我不想延续关系,就说组里杂乱,不宜接待,她也就没来。电影在安徽乡下杀青,历时四十天,我回京进屋一看,整洁明亮,还多了两盆绿植,在冬日的暖阳中盛放着。一盆开红花,是君子兰;另一盆开粉花,我用手机扫了一下,得到的答案是风信子。我知道有花语这么一说,忍住没查。

那年春节,我一个人回家过年。陈妙之前说过,过年公司不许他们离京,免得回来后还要隔离,耽误上工,春节到元宵节期间正是短视频营销的良机。所以订票的时候,我没有半点迟疑,只勾选了自己的身份证号,没想到陈妙竟然给我父母买了拜年礼品,让我捎回去。我坚决空手上了火车,东西留在北京。

年后,疫情不时在各地小炸一下,成功吓唬到当地的人,也有效干扰着国民经济。开春后我又去卖盒饭了,好在公园地处五环外,人气不高,管理上没人上纲上线,总能拢来一拨拨钓鱼的人。入秋后,电影完成制作,拿到合拍片上映的许可证,隔年春节过后入围出了钱的那个欧洲电影节,最终还获了奖。制片人为了能让片子在中国挣到钱,借势宣传,导演和我们的名字开始出现在电影公众号的文章里。我那个一直冷清的微信热闹起来,加好友的人不断,手机噗噗老响,一定程度上影响到我租冰车的营生——这年冬天我也没闲着,弄了十个冰车,五个单人的,五个双人的,在湖边出租。我发现玩冰的比钓鱼的还多,特别是孩子放了寒假。随着手机老响,以及新加好友所询问的内容,我隐隐觉得今年夏天可能不用卖盒饭了。我给陈妙发信息,问什么时候回,想吃什么,我做。我想重新跟她谈谈。可能是我头掉得有点儿猛,她说不一定。也就是在这个时候,陈妙开始不怎么回来住了。后来好不容易回来一次,也没提前打招呼,带着空行李箱,走的时候装满东西。

今天展映完,若口碑不塌,说不准国内宣发公司会把它过度包装后推入市场,我也将从一个默默无闻三十六岁的话剧演员变成有大银幕作品的影帝,以后不用卖盒饭了。对于即将开始的新生活,我和陈妙渐渐都心知肚明。所以,今天她说回来取东西,我正好可以跟她再聊聊,收回之前的决定,继续跟她过下去。

4

大学毕业那年我拉着行李箱来到北京,住进陈妙帮我订好的地下室。我那间和陈妙与她男朋友的那间不在一条通道里,平时各干各的,一旦知道有合适的剧组,我和陈妙就在地下碰头,穿上像模像样的衣服,带着简历和照片走上地面。面试、二试、三试,然后等待通知。无论每天要跑多远的路,仅为了把照片留给副导演或匆匆见一眼导演。希望使人沉迷:我们坐地铁,坐公交,坐摩的,"腿"着,乐此不疲。那时候还没有共享单车,不然也会购买年卡,扫开每个地铁口或天桥下污头垢面的车辆,欢喜地骑在路上。

之所以一起跑组,除了路上能有个伴儿,还有个好处,就是试戏的时候能互相搭一下。那些挑出来考察演技的片段多是对手戏,如果没有同伴,副导演会从同样来试镜的演员中挑出一位,同时检验两个人。如果对方的戏太弱,反应传递不过来,会影响发挥。我和陈妙都认为对方试戏时能给出恰当的反应,有助于自己的表现,也因此结伴而行。试戏的时候精神高度集中,甚至会紧张,心思都在戏里,我往往事后回到住所,坐下来才会意识到,几个小时前和陈妙拉过手、拥抱过,或摸到了她的眼泪。

过了元旦,二环的护城河结冰了。地下室没有暖气,住户靠电加热器取暖,物业管得也松,地面下了雪,只要肯花电费,在地下住着也不遭罪。白天为了省电,电取暖设备能不开就不开,我的取暖方式是买根儿跳绳,去一楼大厅跳,跳得浑身发热甚至出汗,再回到下面的房间,每跳十分钟,能抗冻一个小时。有一天我正跳的时候,陈妙从外面买菜回来,放下手里的塑料袋。我看出她想跳,把跳绳交给她,她让我继续跳,在一旁做好钻进绳儿的运行轨迹中进行双人跳的准备。我放慢速度,陈妙看了三个,掌握节奏后,在绳儿从我身前刚刚扫过的当儿,站到我的对面,随后绳儿再次落下,她和我保持着一致的速率,跳了起来。陈妙身形小巧,绳儿下面多了一个她,也不显短。她一边跳,一边变着花样:一会儿单脚跳,一会儿转身,时而面对我,时而背向我,时而侧身冲我。

她说她在小学跳绳比赛里,从三年级到六年级毕业,一直是学校第一。那天跳完回到屋里,我整个下午没再冷过。

不久后的一个晚上,一户的电炉子引起火灾,好在没有人员伤亡,物业联合住户一起灭了火,没报火警。要是叫来消防队,地下就得被清空,物业也不能靠租金创收了,对大家都不好。为防止再发生,物业只能采取一刀切的方案,过了晚上十一点就断电,电褥子也不能用了。即便这样,大家也没搬走,只是加了床被子。

某天半夜,因为冷,我躺在床上睡得不深,听到有人敲门,问是谁,门外传来陈妙的声音。我拧开应急灯,穿好衣裤,打开门。陈妙迷迷糊糊站在门前,穿着棉拖鞋,披着羽绒服说,太冷了。我以为她是来借暖宝的,之前我们聊过晚上御寒的方法,我说特冷的时候我会贴暖宝,弊处是刚贴上的时候特别烫,覆盖之处的皮肤会痒得毫无睡意。我要拿给她,她却睡眼蒙眬地进了屋,脱掉羽绒服,露出一身保暖衣裤,躺到我的床上,盖上被说:两个人能暖和一点,赶紧进来。我站在门口,不知所措。陈妙脸冲墙,背对着我说:我跟那个王八蛋分手了。

我关上了门。

没有别的地方可待。我穿着衣服,平躺在陈妙旁边,掀开一点被,搭在身上。陈妙往墙边凑了凑,让出更多被子,我在不贴住陈妙的情况下,尽量将自己全身盖住。

陈妙身上散发的气息透过她的保暖衣裤和我的棉被,传入我的鼻孔。

我把平躺的姿势换成面向陈妙,棉被可用面积多了出来,垂在我俩身体之间,像果壳隔开两粒花生。轻微的身体翻动使床发出嘎嘎的声音,黑暗中尤为响亮。待声音退去,我试探着将隔开我和陈妙的那部分棉被抬起,展开胳膊,犹犹豫豫地伸了过去,轻轻搭在她的身上,缓缓落下,却终不能挨实。

到此为止,这是我对自己的要求,同时已经想好,如果陈妙有何异议,我就解释说,这样更暖和。

没想到她说的却是:搂紧点儿。

我没有照做,只是胳膊彻底搭实,不再因为什么而悬浮。她转过身来,搂紧了我。我能感受到她手腕脉搏的跳动。

黑暗中飘出陈妙的声音:那王八蛋找了一款姐儿,把我给他买的吉他带走了,给我留在这了……

现在,我单臂揽住陈妙,她的手腕贴着我的后腰,我感受着她脉搏的跳动,我这个王八蛋被她留在了这里。

今天陈妙又是带着空行李箱回来的,此时已经填满,立在门口,随手拎的包挂在拉杆上。她收拾东西的时候,我站在旁边看着,她故意避免和我说什么,加上最近两三个月没有回来的事实,我似乎知道了她的新决定。

当陈妙扣上行李箱拉链的时候,我打开一瓶威士忌,摆上两个杯子,擅作主张都倒上酒,一杯递到陈妙面前。我说:喝一杯吧,好久没一起坐坐了。陈妙稍有犹疑,还是接过杯子,坐到我对面的椅子上。我坐的是沙发,因为平时睡这儿,估计陈妙坐着别扭,所以我就自己坐了。为了谈话内容高效明了,我先自己捯了一杯,然后又给自己满上,陈妙举着杯子不知所措。我说:你慢点儿,我是为晚上壮壮胆。陈妙知道我晚上的安排,问我几点出发,她看了一下手机。我说六点,路上一个半小时够了。展映会在英皇电影中心,英皇集团中心的负一层,虽然是部小成本文艺片,但因为获奖有了噱头,展映地点也弄得煞有介事,行业通病。陈妙小抿了一口,放下杯子。

卫生间里你的东西都打包了。我直截了当,看着陈妙。刚才去上厕所,我注意到里面的变化。她盯着茶几上的酒杯说:别的东西都不要了,你受累处理一下,扔了也行。因为已经知道了她带走的东西,她现在这么说,我没有特别意外,问她有什么打算。陈妙说:你不是早就说应该分开了吗?现在时候到了。如我所料,但还是费解,便问:为什么是现在?陈妙眼睛看向书桌上的那几摞剧本,说:你马上就要忙起来了,开始新生活。我说:这跟分开有什么因果关系吗?我刚有信心和你在一起,也许以后不会像以前那么窘迫了。我起身拿来剧本给她看,沉甸甸地托在手里,不是显摆,是想把我的未来毫无保留地展示给她看。陈妙没有伸手接,我像点钞机过钱一样,把几套剧本的内页闪动着翻过,说:我将来不过就是把这些玩意儿拍出来,换成钱,不会再交不上房租,没准还能换个高档小区的两居室住住,你不是喜欢宠物吗?养只猫,狗也行,反正就是能过上自己想过的日子了。这么说的时候,我脑子里闪现出自己的一个形象:头戴绫罗官帽,身披朝服,胸挂朝珠,裆下无物——这几摞剧本里有一个是太监角色,代理经纪人跟我说这个剧组报出的片酬高,角色讨巧,台词搞笑,剧中还跟女一有恋情,如若接演,必能成为本年度令人难忘的荧屏形象,收获更多大众流量,这是我需要完成的第二步;第一步是在业内被认可,得了奖代表这一步已经完成。此刻这个剧本被我压在最底下,我特想告诉陈妙,为了她,我愿意去演,又觉得这样是在逼她,忍住没说。

陈妙放在桌上的手机响了,微信声,屏幕亮起,她拿起看了一眼,没有回复,又锁屏放在桌上,屏幕变黑。她说:我对和你在一起的新生活没把握。我问:手机里有人找你,你已经找到新人了吗?陈妙说:你不用多想,我跟你分开不是因为这个,刚刚是工作群发的通知,我现在就是觉得一个人挺好的,不用考虑那么多,没那么累。她又说,最近三个月里,已经在心里接受我们分开,自己是单身了,头两周还不习惯,现在适应了;到了这岁数,有自己要做的事情,有稳定的工作,比什么都重要。

我又一口喝掉杯中的酒说:你说对未来咱俩的新生活没把握,那我每天继续卖盒饭你就有把握了是吗?我接着去卖好了。陈妙也干掉杯中的酒说:你要抓住机会,勇往直前,绝不回头——多少人一辈子也等不来这种机会。在我倒酒的时候,陈妙又说:你会有新朋友,进入一个新世界。我等倒好了两杯酒才说:那又怎么样?你又不是不知道,过了三十多岁我很少跟新东西交心,比如手机。陈妙知道我对智能手机和互联网没什么好感,用归用,但顶不喜欢这些现代文明。她说:也许你真是这样想的,但即将发生的事实是,我和你说好了去山顶,都是坐车,我坐的是汽车,你坐的是缆车,咱俩走不到一块儿去。我说:那不都是奔着山顶去的吗?管他坐什么呢,管他是演话剧还是直播带货,管他是拍电影还是卖盒饭,晚上不都得关了灯睡觉吗?我不跟别人睡,就跟你睡还不行吗?我盯着陈妙。

陈妙自己啜了口酒说:你已经是另一个世界的人了,我不想强努着,装成你那个世界里的人,到时候还得迁就我,你也难受。我说:我不过就是刚刚看到能不被饿死的势头,你说的这些都是你的想象。我还嘴硬。陈妙说:这已经是趋势了,趁现在一切还没发生,正常分开,还能留下点儿好的回忆,免得将来牵扯多了,闹得鸡飞狗跳,互相记恨。我对陈妙说:我不是那种庸俗的人,否则也不会扎进话剧里出不来;也不是那种见利忘义喜新厌旧的人,觉得那样不仅浑蛋,还傻缺。即便这样,也丝毫起不到扭转陈妙的作用,她去意已决,说追求更好的日子和欲穷千里目才是人类。

我做最后的挣扎,说之前我混得不好的时候,她可以挣钱养我,我提议分手,她也没有离开,为什么现在不可以反过来?陈妙说短时间内反过来不难,但她不相信我能像自己说的那样一直做下去,因为她之前这么做的时候也有过犹疑,且不止一次,只是被她忍住了,并坦白说,时间长了,她未必能一直继续下去,将心比心,认为我也不可能长久地维持两人的关系,不如早分开,让一件必将结束的事情早点儿结束,或是让一件必然发生的事情提前发生,给未来人生的时空腾出地方。

没想到是这样。我问忍了多久,陈妙说记不清了,一开始是模模糊糊的,后来这种模棱两可的东西越来越明确,变成两人确实不合适了的具体念头,时不常冒出,如果再这样下去两三年,她未必还能绷住。我说:你怎么就认定在这件事情上,我也绷不住?陈妙说:那你怎么就认定,在应该分开这事儿上,我不会比你更决绝?

完蛋。无解。

来北京之前,我曾设想过很多种十余年后的情景,没有一种跟今天的相像,连一点边儿都不沾。

5

2009年的春天,我和陈妙搬离地下室,在本栋楼的楼上与一个日本人合租了一套两居室。阳光、小区的风景、过得去的餐具、像回事儿的饭菜,开始出现在我们的生活中,为此,每月要多支出两千五百块钱。这意味着,我和陈妙必须每月多接两千五百块钱的活儿,因为目前找到我们的活儿,都不是接一单就能活半年的那种。冬夜温暖的被窝、二十四小时的洗澡水,这些是我们所需要的,我俩只能去接各种能让我们过上所需生活的活儿，都是按日计算劳务的广告或宣传片，即便不存在糊口的问题，能让我们赶上的活儿，也多是这种的。我们毕竟不是北电、中戏毕业的，专业竞争力差，又没什么人脉，无捷径可走，也只能从这些最基础的事情做起。当时我和陈妙思路很统一：甭管什么活儿，先能让我俩在北京站稳脚，有个暖和的地方睡觉再说。

跟我们合租的那个日本人，比我大两岁，来北京也是做演员的。他家在日本乡下，世纪之初，在镇上的网吧看了成龙的动作电影，从此着魔，想做日本的成龙。平日在码头搬鱼，周末坐大巴去市区的"中国功夫"训练班学习武打动作。学了三年，又省吃俭用，带着三十万日元到了香港，这里是成龙功夫片的制造基地。来之前，听说香港很小，大街上经常能看到剧组拍戏，逛商场也总能遇到各路明星，他学了几句用于自我介绍的粤语，指着碰到剧组后，说出这些日夜背念的话，就能获得一份演员工作，哪怕先从替身做起。到这一看，满不是那么回事儿，剧组一个没看到，卖光盘的音像店倒是不少，张挂着各款港片海报。他问音像店老板哪里有剧组在拍电影，老板说：我只知道从哪进电影光盘，你要是想演电影，就去TVB（电视广播有限公司）。日本兄弟用英语问TVB是怎么回事儿，老板用港式英语给他解释，日本兄弟听蒙了,语言不通,置身于繁华的湾仔庄士敦道,举步维艰。眼前的街景他曾在港片中看到过,却亲切不起来,此刻的境遇,跟电影里的浪漫和充满希望的生活完全不一样,只得找个便宜的旅社先住下,四个人挤在一间屋子的两张上下铺,卫生间在楼道,公用。为了能在香港久留,几天后他换到了六人的房间。一次在街头徘徊时,赶上枪战,其他路人抱头就跑,他却来劲了,左右寻找摄像机在哪里,直到警察击毙了劫匪,他才意识到这不是在拍电影。后来,渐渐知道香港的TVB有无线电视艺员训练班,周润发、梁朝伟、周星驰都是在那接受培训,然后一点点演起来的。他去参加了那年的TVB考试,因为粤语、普通话都太差,未被录取。这时候他已经到香港半年了,懂得从报纸上看剧组招聘信息,跟北漂一样,也去跑组,偶尔混个边边角角的角色,没饿死,也知道继续下去不会有啥出息。北京奥运会前,他看到港台导演陆续都来内地发展了,香港的电影公司没落,内地电影公司如雨后春笋,于是他也北上,从港漂变成北漂。没想到来了内地如鱼得水,抗战戏市场广大,他是日本演员,毫不费力地接了几部演鬼子的片约,生活有了保障。比起我和陈妙,他算有钱人,总是主动交水电煤气费,陈妙也总会把其中的一半再给他,双方相处和谐友爱。

住进楼房的这年秋天,一个在京的文工团面向社会招聘演员,只招两名男性演员。我去报了名,需要参加考试,择优录取。初试是舞台表演,自选片段;复试是面试,过了初试才有资格。我初试选的片段就是刚到北京时参排过的那个话剧,陈妙帮我搭戏,我俩练了一个礼拜,在网上精挑细选了服装和道具,力图做到完美。初试那天,我俩拉着两个箱子去了,里面装的是戏服和道具。考试在文工团的剧场进行,台上亮着面光灯,台下黑着灯,间隔坐着准备参加考试的人,百十来号。第一排坐的是评委,面前摆了一排桌子,放着矿泉水和纸笔。我和陈妙在后排的昏暗中换上戏服,等候上场。进场时拿到流程单,一共八十多个应考者,我是三十七号,按顺序登台,上午前四十号进行展示,中午有盒饭。我惴惴地坐在观众席里,看着前面的表演,揣摩着评委的标准,考试要求是每人准备六分钟内的表演,有的评委看了很久才叫停,有的评委看了几眼就喊了。轮到我,我拉着行李箱上场了,一件件往外拿道具,陈妙帮着我。才拿了几件,五位评委里的一位女评委说:不用摆了,无实物吧!

就这样,还没演,我就知道自己被淘汰了。我们要摆的不是普通陈设道具,是一会儿情绪爆发要摔的道具,为了不把现场搞得一片狼藉,我和陈妙特意从淘宝买了不怕摔的儿童餐具和模型手机。果然,才演了一分多钟,对面不远处传来一个男评委的声音:停,谢谢!

我们表演的这个片段,两分半后才渐入佳境,一分钟背景都没交代清楚。也怪我们经验不足,不懂开门见山。我和陈妙鞠躬,拉着行李箱下场。

没领盒饭,我和陈妙直接拉着箱子坐公交车回家了。为了保证演出状态,我俩是打车来的,现在没花这份钱的必要了。正午的公交车上人不多,我俩并排坐着,行李箱放在脚边。车行驶在北四环路上,我茫然地看着窗外,银杏树黄了,街道真宽,楼也高,跟我老家完全就是两个世界。这时陈妙的手伸过来,拉住我的手,我才意识到自己的手已经有多凉。

活在北京,身边需要有一双热手。这是我人生第一次有了需要什么的感受。一个月后,我妈过五十五岁生日,我带着陈妙回了老家。父母以高涨的热情面对陈妙的出现,作为儿子,我深知他们这种漂浮的热情背后透着焦虑。和他俩独处的时候,我问:你俩怎么想的?我妈说:你北方她南方,离得远,习惯不同还是次要,关键是以后家安在哪儿?我说:安北京。我妈说:真要是能安,也行。之后,他俩再跟陈妙接触,热情中不自觉透出朴实,我觉得我妈对五十五岁生日应该是满意的。

回到北京后,继续跑组。刚入行小演员的日常工作不是拍戏,是找戏拍,也就是跑组;能有东西拍,那是上天对我们跑组工作的奖赏。跑着跑着,有了一个感受,当负责演员的副导演得知你是在外地无名院校学的表演,而不是中戏、北电、上戏的时候,立马兴趣减半。同样是新人,同样没有交情,他们会向导演和制片人提报这些一类院校的毕业生,因为他们也处在被考察中,如果推荐的是"野鸡大学"表演系出来的,他们会被认为是不入流的副导演,很难再有下次工作的机会。还有一点,有时候导演和制片人也不知道该如何选人,他们觉得中戏、北电、上戏的毕业生会更保险一些,毕竟这些院校有门槛,能考上也能说明些问题——如果因为走后门考上的,更能说明一些问题,毫无疑问更要用这样的人。基于此,我决定上个电影学院的表演进修班,黄渤就是这班上毕业的,他拿了影帝后,这个结业证也值钱了。经过两轮考试,我还真考上了,学制一年,食宿自理,学费三万,相当于一年的房租;除了周末,每天有课,意味着不能跑组了,跑成了也未必能拍成,缺课太多,视为自动退学。报名之初,这些要求写得清楚,所以陈妙没有报,她说她先去挣钱。当然考上了我也可以不去上,拿到录取通知书,轮到我做选择了。陈妙说:考上也挺不容易的,干吗不去上?我把钱挣出来就是了。我俩都知道,钱也不是说挣就能挣来的。我问:挣不出来怎么办?陈妙说:反正是先交学费,一次交清,房租、生活费不够了,再管家里要或者向日本友人借呗——我知道这两条路陈妙就是说说,能不做绝不会做。我说:万一有一天,我混出来把你甩了怎么办?陈妙说:你要是真当了影帝,把我甩了我也赚了,至少我是跟影帝睡过觉的人了。这是我们那时候年轻才说得出来的话。我当时很清楚自己心里怎么想的,对自己的人品比较有把握,所以拿着录取通知书就去学校报到了。

不久后,陈妙接了一个拍电视购物的活儿,很兴奋,能连续拍十五天。从不粘锅到红木家具,从保湿面膜到电动按摩椅,从六百六十六块的瑞士机械手表到九百九十八块的南非钻石,每天拍一种,她会对着摄像机惊呼:天哪,这简直就是地板价!您还在等什么?还不快快拿起电话,拨打荧幕下方的电话,把这件超值的宝贝揽回家!每日陈妙回到家,累得来不及卸妆,一边吃饭一边看明天的台本里要求她卖什么。有时候做梦还会说:快快拨打荧幕下方的电话……黑夜中,我再度确认了去进修班报到前对自己的要求:莫要辜负。

上学期间,我妈做胆囊微创手术,我不方便请假,陈妙主动提出去医院替我陪我妈。我应了,有她在,能知道家那边的真实情况,平时我妈总爱夸大个人痛苦,博取过度同情,导致家庭不必要的内耗。陈妙离京一周,出色地完成了满足病人,同时又没让我上课太分心的任务。我妈术后第二天出院,发短信告诉我,她打算把传家宝给陈妙。传家宝是一个翠镯子,我奶奶在我出生前给了我妈,我妈又给了陈妙。从手术室推出来,我妈全麻后渐渐苏醒,痛感仍在,身不由己喊着"疼、疼"。又是陈妙递上一双手,握住我妈的手,使她心里有了底,感觉不那么疼了。收到我妈的短信后,我说行。返京前,我妈拉着陈妙的手,说了些辛苦她了的话,然后把翠镯子套在陈妙的手上。陈妙不要,我妈说:你要摘,阿姨就生气了!陈妙只得戴着镯子上了火车。火车启动后,才摘下来,包上收好。回到北京也没怎么戴,在家做饭,外出拍戏,都怕碰到。

后来从进修班毕业,并没有给我带来什么实际的帮助。我把个人资料上的毕业院校填上了"北京电影学院表演系",单看文字,煞有介事,但当被副导演问到是哪届的时候,我只能如实说是进修班。因为电影学院每级就那么多人,圈子小,真正表演系的学生像在玻璃罩里上学,能被所有想看到的人看到。跑组的时候,剧组方说出两三位师生的名字,看应试者的反应,便知真假——当年不少漂在北京做演员的年轻人用三大院校(中戏、北电、军艺)来包装自己。每次说出"进修班"三个字的时候,我总感觉自己在缩小,索性把这三个字印在资料上,至少保证了面试前后不会变形。毕业之初在我心中闪烁的光芒,到了这时候就像萤火虫从夜晚的树洞飞进白日的树林,自己都怀疑光还在不在。

接下来的十年,是我和陈妙人生最魔幻的十年,也是北京在近现代史中魔幻的十年。一种形如烟雾浑浊呛鼻的固气混合物开始笼罩在这座城市的上空,人们管它叫雾霾,我和陈妙很长一段时间戴着 $PM_{2.5}$ 口罩穿行其中,我们的未来和北京纵横的道路一样迷离惝恍,仅能看清脚前的一小截儿,走一步说一步。

然而不能离开。我们渴求的东西,只有北京有,老家回不去了,离开北京更是两眼一抹黑。

也不能结婚。家人催过,被我们当成了耳旁风。好像结了婚一切就失去了似的,而一切是什么,我们也不十分清楚。我和陈妙在各自老家的同学都结了婚,过着所谓人类应该过的生活,当了公务员的穿着父辈们才穿的那种衣服,从兜里往外掏烟和倒酒的动作也像上一代人。我和陈妙在北京虽艰难,但有个好处,就是没有长成我们的家长那样。

和所有这个岁数离家的年轻人一样,我俩也渐渐不愿回家过年,回去一趟待三天,比三天不睡觉还累。每年一进腊月,我们就更玩命儿地跑组,希望能赶上一部跨年的戏,不用编理由不回家了。但家还是得回,是任务,随着岁数增长,也为了让自己安心,尽量选非节假日回,避开特殊气氛,也能少见到一些不想见的人,而且机票便宜。每次从家返京,再看到托运行李被卷入机场闸机那个黑黢黢的洞口时,更感觉未来缥缈,前途不明。

这十年里,我也慢慢理解当初考文工团,为什么演了两分钟不到就被叫停,因为没有关系。不是说那种能提前内定、考试只是走个形式的关系,至少事先可以请考官给我所选的剧目把把关,找个符合文工团调性的——而我那时候只图自己舒服,选的片段是小剧场剧目,太先锋,说台词的质感跟文工团想要的是两种路子。关键是我的特质并不属于那个集体,需要明眼人早一点指出,免得南辕北辙。当然我也可以靠自己感知,但需要支付十年作为顿悟的成本。然而当年就是能愣头儿青一般,毫无顾忌地去考。

十年之后,"95后""00后"带着饱满的胶原蛋白杀入这个行业。我和陈妙也到了只能演幼儿园小朋友爸妈的年纪,生存空间愈加狭小。陈妙说,幸好发明了美颜相机,让她不会太吃亏,所以她去了网红直播公司,基本算是转行了。

6

　　那些年每一趟无功而返的跑组和日复一日燃起又熄灭的希望，如同空气中的微尘，不知不觉飘落，伴着时间的油渍，一层层凝结在原本光鲜亮丽的青春生活上。经过很长时间后，一摸，已经粘手了。这十年，和我们的活力，都不是一下就没了的。现在回过头看，有几个重要节点。

　　先是我侄子的出生。我有个弟弟，大学毕业后留在老家，进了事业单位，娶妻生子升官的效率都很高。2014年春天，万物复苏之际，他和女朋友未婚先孕，于同年一个秋高气爽的日子，匆匆办了婚礼。翌年春节一过，我的侄子出生，男孩的身份，让我妈和我爸将全部精力放到这个家庭的第一位第三代人的身上。他俩当上爷爷奶奶后，帮我弟看孩子，有了事情做，也就不催我了——前几年他们老催我抓紧结婚，说我弟还等着我结完轮到他结。我只能当成耳旁风，我离婚姻还远，心理上和物质上都没准备好，和家里闹得挺不愉快。没想到我弟帮我摆脱了困境，让我在北京得过且过的生活由此延续下去。小时候，我弟出生后，我老欺负他，觉得我的好东西被他占了。爸妈告诉我，算命先生说了，我弟是来帮我的,让我别再欺负他了。原来我不信,现在信了,他真是来帮我的,所以我侄子出生的时候,我尽己所能,给了一个大红包。

然后是2016年春天,北京房价猛蹿了一下,恨不得一个礼拜就涨几万,这让年收入极为有限且无房的人坐立不安了。我从这时候开始有了一种"赶不上趟儿"的感觉,我和陈妙的关系没有因此直接发生变化,但注定了我们想要活得好就得改变路线,这一年我已年过三十,她也快了。我想的办法是,树挪死,人挪活,陈妙应该离开我。为此我很自责,不应该在她已经过了女人最好的年龄后把她重新推向市场。我不是不愿意跟她在一块儿,主要是怕耽误她,我知道我的未来不太可能有改观——当时我的精力都在话剧上,命运轨迹已可预见——她要是耗到四十再跟我分,对她更不利。我开始盼着她早一天觉醒,离开我。

也是在房价暴涨的这一年,我们的房东决定卖掉这套房子,我和陈妙以及那位日本演员已经在这住了六年多,那个叫健吾的日本朋友也不得不搬走了。他在不远处买了一套不限购的商住两用loft(公寓),经过几年的奋斗,他已经成了一个中国电视剧观众脸熟的专演日本兵的线上演员。所谓线上,就是凡是遇到这样的角色,选角副导演们都能想到他,他已经成功进入了"大数据"。搬走前夜,我们喝了一顿酒,他准备了生鱼片,陈妙做了麻辣香锅。为了显示友情,健吾的清酒和我从老家带来的白酒都被倒进农夫山泉的大瓶子里,做成一款"水乳交融"。半醉不醉时,健吾认真跟我说了三件事情:第一是要对陈妙好,一直好;第二是要保持身心自由;第三是钱并非坏东西,能挣的钱,一定要去挣。我感觉他话里有理,似有所指。当时我也似醉非醉似醒非醒,就这三件事和他展开辩论。我说:你说的这三件事是矛盾的,如果我去做第三件事情,会伤及第一件事情和第二件事情,伤害的性质不一样。他给我添上酒,问我性质有何不同。终于等来表达的机会,我说:如果我全力以赴做第三件事情,势必没有精力投入第一件事情上,同时也等于放弃了第二件事情,因为很多时候,挣钱是以丧失自由为代价的。陈妙听出我的弦外之音,轻轻撑我,示意不要再说。我俩私下聊过健吾,在中国的抗日神剧中出演被以各种充满想象力的方式干掉的鬼子,是自取其辱,还是艺术无国界?我的态度是,艺术当然无国界,但不是任何东西都称得上艺术——这时候我已经知道健吾在北京买了房,自认并未带着吃不到葡萄说葡萄酸的心理,纯粹就事儿说事儿。说来可笑,面对健吾我总有一种不知从何而来的自信。

健吾没体会到我是结合已发生的事实在说这三件事儿——也没准儿是心里早就对这些有数,已准备充足——耐心地跟我说不要割裂地看这三件事情,它们相辅相成,哪怕在某一件事情上让步也是为了使三件事情整体上能螺旋式上升。在我听来,这是他为自己辩解。"水乳交融"已经喝完,我还要开啤酒跟他争个高低,陈妙及时拦下,说明天健吾要搬家,喝多了误事儿,到此为止。可能是喝了掺的酒,第二天一早我在头疼欲裂中迷迷糊糊听到房外杂乱的走动声和挪动物品的响动,知道是健吾约的搬家公司来人了。昨晚回到房间,临睡前我还跟陈妙说,我觉得如果健吾回到老家被人问起这些年干了什么的时候,他将无地自容。陈妙头脑简单,平时我说这类话的时候,她都转不过弯,也不接话,给我接了一杯水放在床头,就关灯睡了。和健吾的争论在我脑袋里一晚上没停息,我已无气力出去跟他告别,主要是在这个争论的答案明晰前,我不知该如何站在他面前——不是因为已反省到昨晚的话里暗藏对健吾的攻击,而是无意中暴露了自己的脆弱和无力,羞于见人。陈妙出去了,我听到她替我开脱,说喝多了还没醒。健吾说:让他继续睡吧,你俩保重,等新家收拾好你俩过去玩。然后他就搬去自己奋斗得来的房子里,关门声传来。随后一片沉寂。我不知道此刻陈妙在这套记载了她六年青春岁月的房子里正在干什么,我躺在床上,有种一脚踏空的感觉,半个月后我和她将搬离这里,当务之急不再是找活儿,而是赶紧找房。

房租也随房价水涨船高,我和陈妙从五环里搬到五环外。我俩年岁大了,不愿再过激荡的生活,需要一个宁静私密的空间,加之有话剧社稳定但不高的底薪,便没有与人合租,在某回迁小区找了套一居室,这里比商品房的小区租金低。虽然有了独立居所,我却深感心气没有住地下室的时候高了,觉得北京的冬天更冷了,夏天更闷了。

随后的几年,我的侄女又出生了。我弟潜移默化又帮了我一把。家里倒是不催我结婚了,除了我弟替这个姓氏完成了传宗接代的任务外,还有一个原因是家里不太看好我的婚姻,我和陈妙都三十多直奔四十,还混成这样,还非得在北京,结了也是麻烦。

终于,在2019年秋天,来北京的第十一个年头,我单方面提出分手,陈妙不置可否。

说完不久后,就暴发疫情了,行业寒冬也尾随而至。这也让我和陈妙的分手拖拖拉拉,全人类都觉得在当前环境下,活着的最好策略是按兵不动——不轻易出门和不轻易改变生活现状。

整个行业迟迟不见回春的迹象,苦哈哈挨了两年,公司高层纷纷带头降薪,巨头平台也不顾颜面动手裁员。大家看清现实,颓势不是说扭转就能扭转的,不再雄心壮志,开始认真做项目,努力提高业务能力,经济危机使人返璞归真的作用全社会有目共睹。我也因此去卖了盒饭,曾经给我发底薪的话剧公司倒闭了,马导,就是第一个找我演话剧的导演,也是这家公司的创始人,为了活下去,给脱口秀栏目组写脚本去了。

马导,也是后来这部获奖电影的导演,是我在北京的生活从另一个维度上看的节点。

那天在湖边,马导吃着我做的盒饭跟我说,我混成这样他一点儿也不意外,我身上有种苦行僧的特质。我问他为什么这样认为,他说因为他也是这路人。他比我大六岁——四十岁的生日是在我们拍的那个电影的剧组过的——在北京也是一无所有。跟人合伙开过话剧公司,签了一些给发底薪的话剧演员——我也是其中一员——忙活几年刚开始赢利,疫情将剧场演出打到谷底,瞬间零进账,房租加人员开支,迅速掏空了账上趴着的一点儿钱,疫情望不到头,不得不辞人退房。在北京奋斗近二十年,只剩一肚子苦水和半脑袋白发。当初签他公司的时候,我问为什么会选择我——能成为一个有月薪的话剧演员是件挺让人羡慕的事儿。他说我是一个心里有东西的人。不知为什么,他说的话我基本都会走心,我就问他是怎么看出来的。他说:因为之前合作过,越是在混乱的地方,人越容易辨认出同类——我们都属于对自己不满、心里老放着什么东西的那类人,与之相对的一类人,是动辄沾沾自喜,毫无烦恼。我追问当初那部话剧为什么能找我演 B 组——那个因为我在生活里就是哥哥的答复显然太玄乎,如果这真是妙义所在,我愿意听他把高见展开道来。这回他说,只因为钱少,前面定了的人都不愿意来,最后轮到我和陈妙。那是他职业生涯的第一部戏,也是我和陈妙参与的第一个还算像样的剧组,加上这种特殊的合作因缘,患难与共,让我和马导成了能交心的朋友。

后来马导开始走上坡路,在话剧界受到关注,每年有人投钱排一部新戏,多部老戏不断接到巡演邀请,话剧也有一个特定的圈子需要稳定地运转。签了他公司的演员每个月都有事儿干,收入跟同样每月都开工的影视演员没法比,但也能衣食无忧。我也就死心塌地跟着他干了,倒不是只图收入稳定,而是不敢掉以轻心,只有用尽全力,才对得起自己的良心和野心。关键是这事儿一干上,我就觉得自己是这块料,活了二十多年,从未有过地得心应手,虽然一开始也紧张,有各种小小的不适,但我清楚这不过是起步阶段正常的摩擦。

越演我就越觉得,干这行是种幸运,因为可以在不同的剧中过上不同的人生,这是花多少钱也买不来的。影视剧虽然也是演绎别样生活,但拍摄过程是一场一场地拍,也不按顺序,且时间拉得长,往往数月,不像话剧一口气两个小时内演完,身心完整沉浸其中。我常会出现一种感觉:只有话剧是真的,别的都是假的。现实生活在我看来,更像是一种候场,只有晚上舞台上的那两个小时才是真实生活。所以,我不是没想过争取也能在北京买上房,不是没想过每年也能带父母出门旅旅游,只是它们很快就被另一种生活舞台上的人生——冲散了。

人一旦认准目标后,很难再对旁的事儿起心思。签了话剧公司后,我很少再去参加杂七杂八的聚会,那种闲聊和吹牛会浪费我的能量,尤其是喝多了,醒来后要用大量时间和心力对抗头疼、沮丧。我更愿意攒着这些劲儿,用在舞台上。身心没有能量,无法铺满那个舞台,哪怕是小剧场。

除了话剧,我后来基本就不接别的活儿了,也是想走得更远——激出自己更多的潜能和离肉身所困的现实更远。

其实是有些自私,只图自己爽了,没考虑和陈妙在一起的生活。先不说自不自私,就说接活儿,那些活儿拍之前,我就知道拍完了也没动静,除了增加了收入,没别的帮助,而且下次找来的还是这类活儿。现在想想拒绝掉的那些活儿,还真没一个让我后悔的,才过了几年,它们已被时间淹没,消失得无影无踪。马导说,只有经典才能活下来,干这行,如果没有留下来东西,等于没来过这个世界。太对了,在北京留下一套房又能证明什么?可能这就是我面对健吾时的自信的来源。

我总能从马导那里获得能量。有一次我问他,他每天待在家里的大部分时间都在干什么——他虽然是公司股东之一,却很少露面,也不参与经营。他说想想孙悟空被压在五行山下的五百年里干了什么,他就干了什么。虽然他是笑着说的,我依然觉得他如实回答了我的问题。

那天他在湖边吃着盒饭还说,我们都是在生活中没犯什么错误,却越活越失败的人。我深以为然。没做好并不代表做错,各行各业,而且大多数人,都不具备把事情做好——也没有这个道理——的命运。

这十年也让我看清自己和陈妙是两类人:她务实,我务虚。我陪她回过两次老家,那时候她爸还活着。她的父母住在她爸单位分的职工楼里,老式小区,临街没有围栏,没有物业,房子是90年代初盖的,跟那一时期的中国大多数工厂职工楼类似。走在楼前已经破碎的砖石路上,我能想象到,或许这里二十年前还是坑坑洼洼的土路,雨后就会有一个坑一个坑的积水,楼里的孩子们会下来玩水,穿着雨靴踩水坑,或往大水坑里扔石头,像日本军队往太平洋里投炸弹。陈妙家是个小两居室,装修从用料上看,还是搬入时期搞的,也是凑合一弄,房内廉价白酒混着炒菜的油烟、调料味似乎已经渗透到墙皮里,毫不遮掩地解释着男主人为什么至今仍带着老婆住在这里。我听陈妙说过,她爸好酒,跟酒比跟她和她妈亲,退休前早饭还不喝,现在不用上班了,起床晚,也不赶时间,索性早饭也不落空。听陈妙她妈说,是"244"的节奏——早饭二两,午饭四两,晚饭四两,一天一瓶,每天拎出门的垃圾袋里准有一个空瓶。陈妙也不怎么管她爸,她说让他喝吧,喝上以后不那么如意的感觉就消失了,家里也能安宁。我很理解她爸的这种感受,跟我喜欢站在话剧舞台上是一个道理。我去她家的那两次,都住外面的宾馆,让陈妙留在家里睡,多陪陪她父母,没我他们可以按原先的习惯过日子,免得我和两位老人都拘束,两边不舒坦。当然还有一个重要原因,就是我和陈妙不明不白的,这么多年也没个说法,特别是我是男方,直接就睡女方家里,有些说不过去。这两次来访,我发现一个现象,就是饭都是陈妙妈妈做,从炒完第一个菜开始,陈妙爸爸就叫我上桌喝起来。我说等等阿姨,他说不用,趁热吃,陈妙妈妈也说不用,我也不好再推辞,半推半就坐下吃起来。直到最后一个菜炒完,陈妙妈妈才上桌,喝饮料为主,偶尔吃口菜。我认为是女同志岁数大了,饭量不大也是正常。后来才注意到,每次都是等陈妙爸爸——当然现在也包括了我和陈妙——吃完,她才动筷子,还剩下什么就打扫什么了。我顿时明白,为什么陈妙和我吃饭,当遇到菜少的时候,也会这样,以及不喜欢吃肉,爱啃骨头。

我还翻看了陈妙以往的照片,有她在艺校时候的,除了校园生活,也有社会演出照。陈妙娇小的身形裹在租来的演出服里,混迹在同学或社会演出团体中间,像个未成年的孩子,脸上化着浓妆,出现在商场门口、露天庙会、游乐园的小舞台等各类看上去并不怎么尊重文艺的地方,要说她是被人贩子拐走逼迫去卖艺的也一点儿不违和。陈妙告诉我,她少女时代的最大愿望就是外出演出,一是可以不回家住,不用看她爸的脸色,二是可以挣到钱。成长阶段很长一段时间里,她都为钱所困,哪怕是学校收杂费,每次管家里要,她爸都大发雷霆,觉得在抢他的酒。于是我也就理解,为什么陈妙会买东西,同样一件东西,她总有办法比我少花钱就能买到,也总能趁各类商品搞活动的时候囤好货,以低廉的价格享受非低廉的生活,继而明白了当初考文工团和去北电进修班上学的为什么是我。

　　第三次去陈妙家是陪她奔丧,她爸如本人所愿,终于两眼一黑倒在酒桌上。没有痛苦。陈妙和她妈也没有痛苦,这是她俩多年前就预见到的结果。房里的味道变了,主要来自遗像前点的香。陈妙非常老练地完成了摔盆、护送遗体、安置骨灰、招待亲友吃饭等工作。她家的事儿我也不便插手,只能在一旁给予精神上的支持。看着陈妙不知疲倦地忙来忙去,我突然懂了:为什么我们两个北漂能罕见地在一起十年不分?因为我和陈妙想要的东西不一样,没有撞车。我企图在北京这个舞台上实现个人野心;陈妙不过是把北京当成一个比老家商场前的舞台更大一些的舞台而已,因此对找来的活儿也不像我那么挑拣,不过是把艺校时期的生活方式延展到北京,就像以前干完活儿拿到钱后给她爸买瓶酒带回家一样,她在北京则是带着钱回到和我住的地方。幼稚如我,曾不谙世事地以为所有来北京的人梦想都是一样的。

　　所以前两年我开始琢磨和陈妙分开,别让她陪我务虚地耗干青春,这对她没有意义,我不想像她爸那样成为拖累她的人。现在我的处境扭转,决心好好待她,因为我的野心也包括:做一个不愧对女人的爷们儿。但现在陈妙说在分手一事上她未必不会比我更决绝的时候,我知道事情已没有我想的那么简单了。

7

我又给我俩的杯中续上酒,除了一直喝下去,想不到更好的能留住陈妙的办法。

正喝的这瓶酒是健吾送我的,日产威士忌。他是我们那个电影的出品方之一,投了五十万。搬完家后,他在霍尔果斯注册了一家影视工作室,要把自己演日本鬼子挣的钱投资拍电影。他说这样一来,回到日本后,若有人问起他在中国这些年做了什么,他有的说。几年前我请他看过同名的话剧,所以同名电影筹拍时,他知道后便以自己公司的名义投了些钱。电影获奖后,我心中有愧,请他吃饭,他还不太清楚我和陈妙的近况,送了我这瓶酒,让我带回去跟陈妙一起喝。我一直记得搬家前他对我说的那三句话,怕他再度提起,也希望提起;对于这三个问题,我也不清楚自己做得怎么样,一喝上酒,就喜欢聊这些难以下结论的事儿。可健吾到底还是没提。

这瓶酒七百五十毫升,喝掉了一半,多数是我喝的,身上有些热,才想起陈妙直接喝会有些烈。我说这也没备冰块,冰箱里有冰棍和饮料,可以配着喝。陈妙说不用了,少喝一点儿就好。

有句话压在我的心里一直没问出来——今后怎么过?我知道如果陈妙这么问我,我也无法清晰回答。以前我要分手的时候,想的是先结束眼前的,未来才会渐渐露出轮廓,我猜她现在也是这么想的。我换了一个好回答的问题,问陈妙搬走后是不是还住公司。陈妙的安排挺让我意外,她已经在公司附近租好房,把她妈妈接过来了。她还说决定做一个丁克:一是她自己就不是一个幸运的孩子,对未来一个孩子成长过程中要面对的各种事情缺乏必胜的信心;二是她不想给好不容易轻松下来的生活又添新愁。我知道,陈妙父亲的去世是个意外,虽然不幸,但这个意外使这个家庭轻装前行,陈妙和她妈妈不需要再来一个意外。不是所有的意外都在解决麻烦,更多是反向的意外——我弟又有了二胎,家中一团乱麻,我爸我妈开始劝阻他要三胎——陈妙她们母女二人从此开始清清亮亮的生活不失为最好的选择。

陈妙又看了一眼时间,离我们分开的时候越来越近。我举起酒杯说:这杯喝完,我送你下楼。我俩各自饮尽杯中酒,陈妙拿起手机叫车,我拉着陈妙的行李箱率先走到门口,看到鞋架上的跳绳。它是我的日用品,每隔三天我就会去楼下跳二十分钟绳,锻炼肺活量,上舞台需要。我拿起跳绳说:咱俩再跳一次吧!陈妙转过头,看到我手里的跳绳,放下手机,走过来。我腾挪几步,到了宽敞的地方,陈妙站到我的面前,低垂着头。绳儿的中段被我绕到腿后,两端提在手中,置于身体两侧,我做好准备,嘴里喊号:预备……

跳!我甩动着绳儿,陈妙和我同起同落,绳儿在我们脚下划过。

一个,两个,三个……我看不到陈妙的眼睛。

四个,五个,六个……陈妙轻轻揪住我衣服的两侧,尽量保持同步。

七个,八个,九个……她抬起头,噙着的眼泪流了出来。每蹦一下,就有泪珠甩出,落到我的胸前。

我扔下绳儿,抱起陈妙,一手搂脖,一手抄腿,把她抱进卧室。她还是那么轻瘦、娇小。

好久没在这张床上躺过了,也好久没有跟陈妙亲热过。她的脸,她的嘴,她的脖子,时隔许久后再度留下我的痕迹。我尝到了陈妙的眼泪。手滑进她的衣服,触碰到胸衣的卡扣,她说:不要了吧,一会儿你还有事儿。

为什么不了?我在心里问自己。难道就因为稍后的电影发布会,就得取消此时我和陈妙在一起的自由吗?这更让我下定决心完成手头的事情,卡扣在我手中一分为二。

我又回到了熟悉的地方。陈妙在我身下双目闭合,眼皮上紫色的毛细血管隐约可见;双眼皮因为闭合而伸展开,露出里面丰富的层次;睫毛下垂,盖住下眼睑;头微微歪向一边,双臂自然打开。我攥住她的手,十指相扣,脸扎进她散开的头发里。

每一次起伏,我就在心里对陈妙说一句话:希望你幸福、愿你快乐、万事如意、一切顺利、对不住你、我爱你……我想起她十二年前说过的一句话——好歹也算跟影帝睡过觉了,我盼着她现在也能这样戏谑地想;我决定以后每天都要看陈妙的直播,用我的片酬给她刷"跑车"和"大火箭";我想把自己的一切都交给她,让她统统带走……

我说:以后,我们即便不在一起,还能这样吗?

她睁开眼,平和而坚定地说:今天是最后一次。

我说:如果将来还单身,你再来找我,或我去找你,好吗?

她说:不好,我们最好不要见面。

为什么?

因为你进入"数据库"了,无数双眼睛在注视着,你不能有劣迹,要成为安全的"数据",要成为优质"数据",将来才能变成"矩阵",才没有白来北京……

听到这些,我僵住了,像滚动着数字的屏幕突然断电。我意识到该怎么演太监了——当经纪人建议我接拍这个角色的时候,我说:这不是扯淡吗?我哪会演?现在竟然学会了。

我不想当一个"数据"。我滑了出来,真的成了一个太监。无论怎样努力,也软塌塌的,像一个破罐破摔故意蹲在教室外不进去的学生。

怎么了?陈妙问。

我无法回答,感觉自己像科幻电影里演的那样,身体从下往上正一点点变成另一种材质。如果安全的数据能成为一种可视、可触摸的材质,会是什么效果呢?

要我帮你吗?看我没有反应,陈妙又问。

我使劲摇了摇头,似乎这样可以阻止脑袋也被那种材质同化。

你没事儿吧?陈妙诧异地看着我。

对不起,你去冲澡吧。我坐到床沿,点起一支烟。我觉得自己已经不是人类,没有资格再触碰陈妙。

那我洗完就走了……

好。

陈妙抱着衣服,进了卫生间。

我找了条毛巾被裹在腰部,靠着床头继续抽烟。俄顷,陈妙穿戴整齐,发梢挂水,出现在我的对面。我起身,一手拿烟,一手抱着她。世界无声,感受着她心脏跳动波及身体的震颤。抱了片刻,她说:该走了,别迟到。

我撤掉胳膊,扔掉烟蒂,准备换上衣服送陈妙出门。陈妙突然从包里掏出一个木盒交给我,说:把这个给阿姨。我接过,打开那个因氧化而有些陈旧的木盒一看,是我妈给她的那个翠镯子。

我怔在原地,等缓过神,陈妙已经拉着箱子走到门口。我追上去,陈妙说:不用送,就到这吧,一切顺利!说完转身走开,消失在楼道的拐口。

我拿着镯子回到屋里,没有关门——这是我此刻唯一能做出的动作。这个门不只是给陈妙留的,也是留给我的,我一点儿不喜欢关上门后所谓的安全感。

门敞着,我去洗澡。

水汩汩从头顶浇下,冲走我的眼泪,像大雨落在一辆漏油的车上。我想象着陈妙这会儿已经上了出租车,驶向一个离我越来越远的地方,仿佛一位母亲,把孩子送到要来的地方,便转身离开。我用尽毕生力量哭了一会儿,然后关了水龙头。"雨"停了,"漏油"的"车"还在滴答。

擦干身子,我没有再洗脸。一会儿我要带着这些外人不易察觉的泪痕去展映会,这是我今天的妆。准备上场。

我摘下挂好的牛仔裤,为了今天的活动,昨天我已经把它熨烫过,以前这种事儿都是陈妙帮我做。我单腿站立,另一只腿伸进裤筒,一蹬,裤腿撕裂——脚正好钩到裤管膝盖处的漏洞上,把做工留的洞豁大了,那条裤腿像折断的树枝,只剩边缘勉强连接着。

我索性拽掉膝盖以下的裤筒,另一条腿也对称操作,变成毛边短裤,穿在身上,然后出门了。

身后的门依然敞着。

8

我穿着短裤站在路边,往打车软件里输入要去的地方,准备叫车。正是下班时段,用车高峰,显示前面还有十几个人在排队,二十分钟后才有车接单。时间倒是够,但是我突然觉得穿着短裤打个车去参加首映会挺傻的。不是穿短裤傻,也不是打车傻,是整个事情对我个人而言,哪儿不太对劲。裸露的膝盖被风吹着,我萌生一念,应该骑车去。路旁就停着共享单车,我是包月用户,熟络打开手机,扫了一辆。

骑在上面,双腿画圈,膝盖开合,耳畔生风,冷热适中,找回来点儿感觉。这下似乎对了。展映的影院在我身后,需要骑到前面的路口,过马路,然后再往回骑。绕是绕了点儿,但是怎么能不遵守交通规则呢?我可是影帝。

路口有警察在值班,看到他们,我突然想起自己喝酒了。酒驾已经入刑,那是不是酒后骑行也违法?我要是被拘留,就算污点艺人了,人被封杀,作品得下架——虽然没什么作品,这样一来我以后真的只能在北京卖盒饭了吗?想到这,我没在路口掉头,继续沿着主路东侧的马路向前骑行,我要做优质"数据",不能被警察逮着。

是的,我要跟这个世界好好合作一次。如果这个世界一直将我拒之门外,我也心服口服,现在我只不过偶然演了一部电影,然后就具备了进入"数据库"的资格,假以时日,若成为优质"数据",便不再是我找戏,是戏找我,听说有些演员可以把导演换了,只因为他们是优质"数据",这般世道,难道不够贱吗?

我骑在车上,嗓子有些冒火。刚才喝了半斤威士忌,现在它像润滑油一样遍布在我的体内。我特意没喝水,这样一会儿能在众人的手机里显得瘦一点儿,脱水是我们这行人参加活动前很重要的一件事情。观众和影院在我身后,我需要找到一个没有警察的路口掉头。

路旁的小餐馆飘出油烟味儿,正在做的应该是咖喱鸡或牛肉,陈妙身上也常粘着这种味道。以前我和她出去跑组,去往不同的方向,她总会比我提前到家,我一进门就能闻到房间里弥漫着这种味道。骑在车上又闻到这味儿,脑子里不由自主出现一碗白米饭,我当机立断甩掉了这个想法,作为优质数据,身体不是自己的,要控制碳水,不能享有世俗的幸福,要把自己活成一块塑料。

我卖盒饭的那个公园出现在前方,公园门口有一座过街天桥,终于可以掉头了。我推着自行车上了天桥,来到正中央,一条南北的大马路从胯下延伸出去。有点儿累,我点上一根烟,立稳车,俯身倚着栏杆抽烟。脚下的车流,一束往这边开,一束往那边开。一会儿到了天桥的那边,我就可以往影院的方向骑了。主办方跟我说放映结束前到场就行,时间够用,活动结束后,还约了两家专写10万+文章的自媒体采访,让我提前备些抓人的事儿说,可以讲讲卖盒饭和出租冰车的经历,围绕"不会滑冰的厨师不是好演员"做文章。一辆警车呼啸着从桥下驶过，不知警笛为何而鸣，听得我浑身一紧，突然觉得以后接戏也需要人把关了，别万一赶上触碰底线的片子，坐进这种鸣笛的车里。

烟抽完了，我没有把烟头扔到天桥下，那不是一个优质"数据"所为，我的做法是将烟头揣进兜里。走在桥上像踏在空中，我推着自行车到了桥的另一侧。一条坡度不是很陡的台阶路连接着桥下，两侧的扶栏狭长而立，像一条似曾相识的隧道。

沿着坡下尽头那条水平的柏油路，顺行南下，便能抵达影院，先跟观众交流——他们衣着光鲜，表情丰富，怎么看都不像是来看电影的，更像是我来看他们演话剧的——然后接受采访，明天朋友圈里将出现关于这部电影和我的文章，新生活开始了……以后再抽烟不能被媒体拍到，时不常还要硬着头皮做一些公益得让媒体拍到；不能再去公园卖盒饭了，不是因为接了戏，是没有食品加工许可证，作为"数据库"里的一员，不能干违法的事儿，哪怕是打擦边球；到了冬天肯定也不能租冰车了，没有生产安全许可证；更不能去跟陈妙约会，哪怕心里还想着她……突然，我的眼前出现在老家机场柜台前值机准备来北京的那一幕——行李被安检闸机吞进山洞般深邃黑沉的内膛，莫名生起惶恐和不安。现在终于知道让我心神不宁的是什么了。它从扶栏旁的树后闪出等候多年的身影,邪魅一笑说:你可算来了!

终于见到它。这回安心了。

面对坡下的那条路,我转过身,掉转车头,骑上坐好,从反方向的那个坡冲了下去。沿着主路西侧的马路,逆行北上。

这回感觉更对了。好像回到小时候,骑着自行车,吹着风,一切乱糟糟,又不那么乱糟糟,都挺好。风大的时候,经过垃圾桶,能闻到淡淡的味道,世界又真切起来。

到了一个小路口,遇到南北向的红灯,东西方向一辆车都没有,一个老外骑着小摩托过去了,我也紧随其后。北京都开始让老外闯红灯了,我何必严防死守?一个靠自行车在北京讨生活的人,让他一米也不逆行,哪怕没车也要等完所有红灯,不是他做不到,是提这要求就有病。

路边的绿化围栏里排列着整齐的白桦树,过于整齐,以至于看上去不像树了。关于树,我的想法是最好就一棵,兀自生长。如果以后能给我个地方种树,我就种一棵樱桃树或苹果树,种不活的话种葡萄也行,结了果实自己酿酒,酒只要不多喝,就是好东西,能让人清醒。喝自己酿的酒,绝对是好上加好。

出门前喝的那些酒在体内参与完循环,现在变成尿,呼之欲出。骑车的好处体现出来了,可以自己控制速度,想停就停,想尿就尿。我把车停在围栏的一个豁口外,走进树林,选了一棵背人的,在下面解决了。

回到车上,继续前行。不远处就是北六环了,手机哔哔哔响起来,拿出一看,是软件提醒我,即将驶出单车有效范围。我点了"已知晓",继续往前蹬。

小腿鼓胀,车轮转动。天渐渐黑起来,不远的地方能看到大片的厂房,房顶亮着一盏盏灯,勾勒出这些厂房的轮廓和占地面积。超长和正常的货车正一车车出货,把这些东西运往超市的货架和各处批发市场。

手机又响了,马导发来的信息,问我到哪儿了。我说过六环了,他说怎么才出发,我说早出发了,正往六环外骑,然后拍了一个骑在车上看到的路边风景发给他。他说这是哪儿呀,我说我也不知道,突然就不想去展映会了,然后骑到了这里。他发来俩字:别停。

脚像知道自己的使命似的,不离脚镫,在车身两侧一圈圈做圆周运动。已经骑出汗,脱掉上衣,系在车把上。天彻底黑了,进入一片乡村。四周黯淡下来,分贝减弱,迎面的空气也凉爽了些。

再往前骑,不知道是哪儿,不能减速,总感觉后面有什么东西在紧紧追赶着,我只能使劲地骑,使劲骑,就像在北京的这些年一样地使劲。